एक मुलाकात तथा अन्य कहानियाँ

एक मुलाकात तथा अन्य कहानियाँ

शुभा शर्मा

प्रभात प्रकाशन, दिल्ली
ISO 9001:2008 प्रकाशक

प्रकाशक • **प्रभात प्रकाशन**
4/19 आसफ अली रोड,
नई दिल्ली–110002

संस्करण • प्रथम, 2015
मूल्य • दो सौ पचास रुपए
मुद्रक • आर–टेक ऑफसेट प्रिंटर्स, दिल्ली

EK MULAKAT TATHA ANAYA KAHANIYAN
stories by Smt. Shubha Sharma Rs. 250.00
Published by Prabhat Prakashan, 4/19 Asaf Ali Road, New Delhi-2
e-mail: prabhatbooks@gmail.com ISBN 978-93-5186-201-7

मेरे परिवार
को
समर्पित

प्रस्तावना

जेम्स जॉयस और नैटली सरॉट से लेकर पुटुमैपिथन तथा सुरेश जोशी तक का युग एक अत्यधिक प्रखर एवं प्रगाढ़ प्रयोग का युग था, जहाँ लेखक या कवि की अभिव्यक्ति में मनोदशा के विविध रूप देखने को मिलते हैं, जैसे कि कई आधुनिक और उत्तर-आधुनिक कृतियों में कोई गीत भावनाओं से भरा होता है या केवल भाषा भावों से ओत-प्रोत होती है। उस युग के बाद अब ऐसा प्रतीत होता है कि कथा-साहित्य किसी अनकही कहानी को रुचिपूर्वक एक ऐसी भाषा में कहने के अपने मूल कार्य की ओर लौट आया है, जो भाषा सही भावनात्मक प्रतिक्रियाओं का आह्वान करती है। वर्ष 1960 के दशक में अग्रणी भारतीय लघु-कथा साहित्य में जिस वर्णनात्मक विषय-वस्तु को किनारे कर दिया गया था, वही समकालीन लघु-कथा में पुन: अपने पाँव जमाने लगी है और लेखक, महिला हो या पुरुष, एक मोहक कहानीकार के रूप में अपने आपको पुन: स्थापित करता नजर आ रहा है। इस संकलन में सभी लघु कहानियाँ शैली के इस सुखद परिवर्तन को अनोखे ढंग से प्रस्तुत करती हैं। ऐसा नहीं है कि वह रीति या शैली किसी तरह महत्त्वहीन या अनावश्यक हो गई है या उस शैली ने अपने आपसे प्रयोग करना बंद कर दिया है। अंतर केवल इतना है कि कहानी कहने का तरीका सहज रूप से उससे जुड़ जाता है। जो यह कहने का प्रयत्न कर रहा है।

इस संकलन में 'दीवार पर जड़ाऊ तस्वीर' नामक कहानी है, जरा उसपर नजर डालें। यह कहानी अकस्मात् शुरू होती है। "दीवार पर जड़ाऊ तस्वीर। आज उसने ऐसा ही महसूस किया, जैसे वह एक लोकोक्ति के अनुसार दीवार पर बैठी कोई मक्खी के समान हो।" यह कोई जासूसी कहानी नहीं है बल्कि दु:ख और प्रतिशोध की एक कहानी है जो डॉ. शिशिर पांडे के इर्द-गिर्द घूमती है। डॉ. पांडे ने अपने एक रिवॉल्वर से अभी-अभी अपनी इहलीला समाप्त की है और इस कहानी के फोकस में वे लोग भी हैं जो उसे जानते थे और उसकी शोक-सभा में शामिल होने आए हैं तथा उसके कर्मों के बारे में भाषण सुन रहे हैं जिनमें से अधिकतर दुर्भावना से प्रेरित थे। वक्ताओं और मृत

व्यक्ति को लेकर कहानी की अनेक तहें एक-एक कर खुलती चली जाती हैं जिनका वास्ता अलग-अलग समय और स्थानों पर हुई घटनाओं से है। शिशिर एक पर-पीड़क, एक बिगड़े दिमागवाला, एक धूर्त षड्यंत्रकारी तथा एक बेईमान व्यभिचारी के रूप में सामने आता है जो छल-प्रपंच के जरिए अवैध संबंध बनाने तथा कामासक्त छेड़छाड़ की बात आने पर अपने घनिष्ठ नाते-रिश्तेदारों की भी परवाह नहीं करता है। अधिकतर वक्ताओं के पास शिशिर के बारे में बताने-सुनाने के लिए सिहरन पैदा करनेवाले किस्से हैं जिन्हें वे अपनी बलात् सहानुभूति, अपने झूठे प्रेम और औपचारिकता का निर्वाह करने की दृष्टि से अपने उच्च सुरों में दुःख जताने की परंपरा के पीछे छिपाने का भरसक प्रयास करते हैं। उनमें एक रामानुजन है जो मेडिकल कॉलेज के दिनों से ही लंबे समय तक शिशिर का संगी-साथी रहा है। वह अपने कुशाग्र सहपाठी के प्रति एक भावभीनी श्रद्धांजलि अर्पित करता है लेकिन वर्णनकर्ता जानता है कि उसके अलावा एक वही है जो एक भयंकर रहस्य से वाकिफ है।

दूसरे वक्ता थे डॉ. सेन, जो सीनियर, एनेस्थीओलॉजिस्ट हैं। उन्होंने भी मृत व्यक्ति की प्रशंसा में बहुत कुछ कहा; लेकिन वह असल में शिशिर की क्रूरता के शिकार रह चुके थे। मदोन्मत्त शिशिर ने मक्कारी का एक ऐसा जाल बुना कि डॉ. सेन को विवश होकर लंबे अध्ययन अवकाश के बहाने कॉलेज छोड़ना पड़ा, क्योंकि उनके ऊपर जो ताने कसे जा रहे थे और उनकी प्रतिष्ठा पर जिस तरह प्रहार किया जा रहा था, वह स्वभाव से ढुलमुल और विनम्र होने के कारण अपना बचाव करने में स्वयं को असमर्थ पाते थे। शिशिर का भाई शरत् पांडे भी उसकी धोखेबाजी और उसके द्वारा पैदा की गई गलतफहमी का शिकार बन चुका था।

बहुत वर्ष बाद जब शरत् को सच्चाई से अवगत कराया गया तो वह पूरी तरह टूट गया और भाइयों के बीच कभी न पाटी जा सकनेवाली गहरी खाई बन गई और यहाँ वह भरे गले से बड़ा भावुक होकर अपने भाई को याद कर रहा था।

इन सब बातों के बाद डॉ. खरबंदा की बारी आई, जिनकी बेटी ज्योति को कामासक्त शिशिर ने लुभाने और अपनी हवस का शिकार बनाने की कोशिश की थी, जिसके साथ शरत् के अपने पुत्र विवेक की सगाई हो चुकी थी और विवेक उस घिनौने कांड को भुलाने की चेष्टा कर रहा था। अपने पिता की प्रशंसा करने में विवेक बड़े संयम की मूर्ति बना हुआ था। उसने इतना ही कहा कि सारी बुराइयों एवं कमजोरियों के बावजूद उसके पिता एक भले इंसान थे। अंतिम वक्ता के शब्दों में इस पहेली का रहस्य छुपा था और उन अनेक सवालों के जवाब थे जो सवाल यह कहानी उठाती है।

यह कहानी अनेक तरह से निदर्शनीय अर्थात् उदाहरणात्मक है, क्योंकि यह लेखक के विषय संबंधी औत्सुक्य, स्त्री जाति के पक्ष के प्रति उसकी वचनबद्धता और उसकी

नूतन वर्णनात्मक योजना को भी उजागर करती है। यह पूरी कहानी भिन्न-भिन्न स्थानों और भिन्न-भिन्न वर्षों में घटी अनेक घटनाओं के जरिए अपनी पांखें खोलती है, जिन्हें एक कल्पित शोक-सभा के माध्यम से एक माला में पिरोकर पेश किया गया है और कहानी के सभी पात्र उस शोक-सभा में एक ही मंच पर नाटकीय रूप से सामने आते हैं।

इस पूर्ण संग्रह में जितनी कहानियाँ हैं, उनमें से अधिकतर कहानियों का वर्णन इसी उद्वेग के साथ एक ऐसी भाषा में किया गया है, जो कहानी कहने के लिए उपयुक्त हैं। 'वनवास' नामक कहानी में दीपांकर बरुआ करीब ग्यारह वर्ष के अंतराल के बाद न्यूयॉर्क से अपने घर वापस आता है अपने पिता को देखने, जो आइ.सी.यू. में हैं। यहाँ आकर उसे घरेलू नौकर कमरू, जो बँगलादेश से आया एक लड़का है, के बारे में एक बड़ी सच्चाई का पता चलता है। दीपांकर को उससे जलन होती थी, क्योंकि उसके माता-पिता ने कमरू को लाड़-प्यार देकर बहुत सिर चढ़ाया हुआ था और दीपांकर का मानना था कि उसे घर से दूर रखने के लिए कमरू ही जिम्मेदार है। कहानी सन् 1982 के आस-पास की है, जब असम में बँगलादेशी प्रवासियों 'मियाओं' के खिलाफ एक विद्रोह छिड़ा हुआ था, क्योंकि असमवासियों की नजर में अतिक्रमणकारी थे जो जबरन उनके क्षेत्र में घुस आए थे और जंगल काट रहे थे तथा नौकरियाँ हथिया रहे थे। दीपांकर के पिता को लगता था कि उनके पुत्र का असम में कोई भविष्य नहीं है और इसी कारण उन्होंने आगे की पढ़ाई के लिए दीपांकर को अमेरिका भेज दिया। दीपांकर वहीं रुक गया, क्योंकि पढ़ाई समाप्त करने के बाद उसे अपनी पसंद की नौकरी मिल गई थी। उसके पिता देयुता पिछले दस वर्ष के दौरान केवल दो बार उसके पास गए थे। इस दौरान दीपांकर के मन में 'मियाओं' के लिए नफरत बहुत बढ़ गई थी जिन्होंने अपने ही देश में उसे एक अजनबी बना दिया था और उसने घर लौटने पर कमरू को देखते ही उसपर घातक हमला कर दिया। लेकिन जल्दी ही कुछ तीखे सच उसके सामने आ जाते हैं। उन सच्चाइयों को जानकर दीपांकर को गहरा झटका लगता है और उसकी आँखें खुल जाती हैं। वह सोच में पड़ जाता है कि आखिर शरीर और खून का रिश्ता होता क्या है।

'धर्मयुद्ध' नामक कहानी भी मन में हर समय उमड़ती उत्तेजनापूर्ण एवं डरावने सपनों का एक भाव-प्रवण प्रतीकात्मक नाटक है। यह कहानी मंचोली में जन्म लेती है जो वामपंथी उग्रवाद का अड्डा है। यह कहानी उस क्षेत्र में तैनात एक साहसी पुलिस अधीक्षक अनीश और उसकी चित्रकार पत्नी रेवा सिंह के बारे में है जो अपने पति की सुरक्षा को लेकर हर समय चिंतित रहती है। एक दिन भर बुरी तरह अस्त-व्यस्त, किंतु नृशंस रूप से विजयोल्लसित एवं प्रतिशोधी अनीश लड़खड़ाता हुआ अंदर आता है और

अपनी पत्नी से कहता है कि पुलिस ने उग्रवादियों के नेता अन्ना श्रीकुमार को पकड़ लिया और जान से मार दिया है। रेवा को यह सुनकर अंदर-ही-अंदर बड़ी घृणा होती है और वह सोचती है कि पुलिस तथा उग्रवादियों में कोई अंतर नहीं है, क्योंकि पुलिस ने भी वही तरीका अपनाया—कोई मुकदमा चलाए बिना या कोई जाँच-पड़ताल किए बिना अथवा बचाव का कोई अवसर दिए बिना फैसला कर दिया। वह संभावित बदले के बारे में भी सोच रही थी, जैसाकि उसका कमसिन आदिवासी सहायक गंगा बेट्टी सोच रहा था। उसके बुरे व भयावह सपने बहुत जल्द सच साबित हुए, जब पीपुल्स वार ग्रुप ने सुपरिंटेंडेंट ऑफ पुलिस के लिए डेथ वारंट (मृत्यु का हुक्मनामा) जारी कर दिया। डीआईजी चाहते थे कि अनीश किसी दूसरी जगह अपना तबादला करवा ले, क्योंकि उसकी जान को खतरा था। अनीश दुविधा में था, क्योंकि उसने जिस कार्य को अंजाम देने का बीड़ा उठाया था, उसमें उसे कामयाबी हासिल होने जा रही थी। वह लक्ष्य पूरा होने तक रुकना चाहता था। उसकी जान के लिए बढ़ती धमकियों के कारण पूरा घर सुरक्षा-कर्मियों से भर गया था। जिस घर से उसे बहुत लगाव हो चला था, उस घर में अब रेवा का दम घुटने लगा था और वह बालक आदि के साथ उस घर को छोड़ देना चाहती थी; लेकिन यह बात वह चिल्लाकर कहने का साहस नहीं जुटा सकी और जब उसने बहस करने का प्रयत्न किया तब वह अनीश के कठोर निश्चय के सामने हार मान गई।

अचानक एक दिन घरेलू नौकर गंगा काम पर नहीं आया। इसके कारण घटनाओं का एक दुरूह सिलसिला चल पड़ता है जिसमें रेवा की त्वरित सोच-समझ ऐन मौके पर परिवार को सुरक्षित निकाल ले जाती है। संपूर्ण कहानी बहुत अधिक असमंजस और सहानुभूति के साथ सुनाई जाती है और लेखिका किसी की भी तरफदारी नहीं करती है। वह पूरे घटनाक्रम को एक चिंतित गृहिणी के दृष्टिकोण से देखती है।

इस संग्रह में और भी अनेक चित्ताकर्षक कहानियाँ हैं, जैसे कि 'डायरी का रहस्य' नामक कहानी जो उमा की जिंदगी और मौत से वास्ता रखती है। उमा के सपनों में एक प्रेतात्मा बार-बार आती है जो खुद को राधा बताती है। यह पूरी कहानी एक डायरी में जगह-जगह लिखी संक्षिप्त टिप्पणियों के माध्यम से बयाँ की गई है। वह डायरी उमा को उस घर में मिलती है जिसे भुतहा माना जाता है। उमा का पति शशि हमेशा दौरे पर रहता था और उसकी पत्नी घर में अकेले रह जाती थी। क्या उमा अपनी लंबी, अकेली रातों में राधा का मायावी चोला धारण कर लेती थी? कहानी का अंत एक दिलचस्प मोड़ लेता है, जो पाठक के मन में कहानी को एक नए आयाम में देखने की उत्सुकता जगा देता है। कहानी पुनः धीरे-धीरे खुलती है और अनेक निष्कर्षों की ओर ले जाती हुई प्रतीत होती है। कहानी कहने के लिए डायरी लेखन के रूप में अपनाया

गया तरीका भी गुत्थियों को शनैः-शनैः खोलने में मददगार बनता है।

ये थोड़े से उदाहरण ही काफी हैं, जिनके आधार पर पाठक अनुमान लगा सकते हैं कि इस संग्रह में शामिल कहानियाँ वास्तव में कितनी सुंदर, विविधतापूर्ण एवं मन को बाँधे रखनेवाली होंगी। कहानियों के सभी पात्र हाथीदाँत पर बड़ी सफाई से उकेरे गए चित्रों जैसे दिखते हैं, स्थितियाँ अपने-अपने प्रसंगों में बहुत वास्तविक हैं, वर्णन करने की रीति-नीति अद्‌भुत कला-कौशल का परिचय देती है; छिद्रान्वेषी समाज के पाखंड तथा उसके दुर्बोध तरीकों और मनुष्यों में छिपी लिप्सा एवं हिंसा को उजागर करती तथा पितृसत्ता के अशक्त होते जा रहे विभिन्न रूपों की सूक्ष्म भर्त्सना के साथ प्रस्तुत ये कहानियाँ अपनाई गई शैली तथा विधा की कसौटी पर पूरी तरह खरी उतरती हैं। ये सभी खूबियाँ इस कहानी-संग्रह को वास्तव में बहुत दिलचस्प एवं पठनीय बनाती हैं।

—के. सच्चिदानंद

"लघु-कथाओं का यह प्रथम कुतूहलपूर्ण संग्रह कहानी लेखन के क्षेत्र में शिल्प अनुशासन और वर्णनात्मक क्षमता को प्रदर्शित करता है।"

—नमिता गोखले

अनुक्रम

1

दीवार पर जड़ाऊ तस्वीर

मक्खी, एक सामान्य कीट, जिसके शरीर का आकार 5 से 7 मिलीमीटर होता है और जिसकी सुप्रकट मिश्रांगी आँखों के करीब 4,000 पहलू होते हैं। मक्खी अंतिम छवि को एक मोजेक, अर्थात् पच्चीकारी की तरह देखती है। इसकी दो बड़ी-बड़ी गोलाकार आँखों में सैकड़ों या हजारों सूक्ष्म प्रकाश-संवेदी खंड होते हैं और इसी कारण इसकी दृष्टि पूरी 360 डिग्री की होती है।

दीवार पर एक मक्खी। आज उसने ऐसा ही महसूस किया जैसे वह कहावत के रूप में दीवार पर बैठी कोई कुख्यात मक्खी हो। उसकी आँखें व्यावृत्त, उत्तल आयामों में प्रत्येक छोटी-से-छोटी गतिविधि को देख रही हैं। उसके शरीर का एक-एक रोंआ उसकी तीव्रतर ग्रहण-शक्ति से बाहरी दुनिया के प्रभाव को कई गुना अधिक महसूस करने के कारण सिरे से खड़ा हो गया है और उसके कष्ट की चरम अनुभूति को प्रकट कर रहा है। उसने अपनी हथेलियों में गड़ी उँगलियों को खोला और नाखूनों पर नजर डाली। भूरे रंग की पॉलिश किनारों पर कहीं-कहीं हट गई थी। आज रात वह दुबारा पॉलिश लगाने की सोच रही थी। उसने फिर चारों ओर देखा। बड़ा कमरा आधा भरा हुआ था। आधे खिंचे पर्दे मंद पड़ती धूप को आधे मन से अंदर आने दे रहे थे। शिशिर पांडे की आधी जी हुई, बहुत जल्द खत्म हुई जिंदगी की तरह। उसे आश्चर्य हो रहा था कि पहेली शुरू होने से पहले वे और कितनी देर प्रतीक्षा करेंगे।

बंदूक की गोली चलने की आवाज गढ़वाल क्षेत्र की गोद में बसे पालमगढ़ की ठंडी व नमीदार हवा में साफ झनझना उठी। इसके बाद दूसरी, फिर एक और गोली चली, जिसकी आवाज घर के पीछे खड़ी चट्टान से टकराकर अँधेरे में गूँज रही थी।

उसने साँस रोककर इंतजार किया। छह फायर। कुछ ठीक नहीं था। कुछ समय बाद एकदम सन्नाटा छा गया, जैसे कोई कुशल तैराक पानी के साथ क्रीड़ा करने के बाद झट से बाहर निकल जाता है और पानी शांत हो जाता है।

सुबह 5:45 बजे सोनाली पांडे जागी तो नीरवता के ताल में डूब गई। यह सुबह दूसरी सुबहों जैसी नहीं थी जब घर के बाहर से झाड़ू लगने की आवाज आती थी और उसकी सास की सुबह की आरती के मधुर स्वर उसके कानों में पड़ते थे। आज घर गहरी निद्रा में था। कहीं से लगातार सनसनाहट जैसा शोर आ रहा था और उसे यह समझने में कुछ पल का समय लगा कि यह दरवाजे की घंटी की आवाज है जो बिना रुके बज रही है, जैसे वह जाम हो गई हो। सोनाली दौड़ी-दौड़ी नीचे आई और अधीर नौकरानी को जल्दी से अंदर आने दिया। इसी समय उसने देखा कि एक गहरा लाल द्रव्य रिसकर बैठक के दरवाजे से बाहर आ गया है। उसने डरते-डरते धक्का देकर दरवाजा खोला और अंदर प्रवेश किया। उसने इस बात की सावधानी बरतने की भरसक कोशिश की कि उस चिकने और फिसलनेवाले फर्श पर उसका संतुलन न बिगड़ जाए। अंदर का दृश्य देखकर उसकी आँखें विस्फारित हो गई।

जो कुछ हुआ था उसे समझने में सोनाली को सिर्फ एक पल लगा। यह उससे भी कहीं अधिक बुरा था जिसकी उसने कल्पना की थी। मौका-ए-वारदात पर हर चीज से बच-बचकर उसने बड़ी सावधानी से अपने कदम पीछे हटाए और सीधे अपने कमरे में चली गई तथा अविलंब 100 नंबर पर फोन घुमा दिया। काफी समय बाद सोनाली ने घटना का सिलसिलेवार ब्योरा किसी पुलिस अधिकारी के वास्ते पुनः याद किया। दृश्य का वर्णन करते-करते उसने अनुभव किया कि शिशिर ने मृत्यु का वरण करने में भी अत्यधिक सतर्कता से काम लिया है। उसके वृद्ध माता-पिता और तीन बड़ी बहनों के, यानी कुल पाँच शरीर पीठ के बल एक पंक्ति में पड़े हुए थे। देखकर लगता था जैसे योगी शवासन में हों। अंतर केवल इतना था कि वे मुरदा थे। उनके मस्तक लहूलुहान थे। सभी जख्म सिर के बाईं तरफ थे—उन्हें बहुत निकट से निशाना लगाया गया था। शिशिर सोफे पर अधबैठा, अधलेटी मुद्रा में था। रिवॉल्वर उसकी निष्प्राण उँगलियों में झूल रहा था।

डूँगरपुर मेडिकल कॉलेज के रजिस्ट्रार को उसके साथियों द्वारा शिशिर को श्रद्धांजलि अर्पित करने के लिए आयोजित सभा का शिष्टाचार निरीक्षक चुना गया था। सोनाली जहाँ बैठी थी वहाँ से उसे सब दिखाई दे रहा था। उसने देखा कि वह अपनी कमीज के बाजू कस रहा है, ऊपर से पहने कोट के बटन बंद कर रहा है और जैसे ही वह उपस्थितों को संबोधित करने के लिए मंच पर चढ़ा, करीब-करीब सौ चेहरे उसकी ओर घूम गए हैं। उसके हाव-भाव बता रहे थे कि वह सहज महसूस नहीं कर रहा है। वह

शिशिर को कभी पसंद नहीं करता था और वह, अर्थात् सोनाली उसके संबोधन को सुनने के लिए बहुत उत्सुक थी।

"साथियो, आज हम एक भीषण विषाद में इकट्ठे हुए हैं। हमारे प्रख्यात सहयोगी डॉ. शिशिर पांडे को नियति के क्रूर हाथों ने असमय ही हमसे छीन लिया। हम सब खड़े हो जाएँ और उनकी स्मृति में एक मिनट की मौन श्रद्धांजलि अर्पित करें।"

सभा में मौजूद लोगों के खड़े होने की क्रिया में कुरसियाँ टकराईं और पाँव आगे-पीछे हुए। सभा-भवन में टँगी पुरानी घड़ी की तेज टिक-टिक खामोशी के माहौल में साफ सुनी जा सकती थी। कुछ उद्विग्न शोक मनानेवालों ने अपना भार एक पैर से दूसरे पैर पर बदला। वस्त्रों की सरसराहट कानों में पड़ी। उसके सामने खड़ी दो लड़कियों ने एक-दूसरे से कुछ कानाफूसी की। वे क्या कह रही थीं? क्या वे अगली कक्षा के बारे में चर्चा कर रही थीं, जिसके लिए उन्हें देर हो रही थी? या वे संदेह प्रकट कर रही थीं कि यहाँ अपना समय नष्ट करने के बजाय क्या यह बेहतर नहीं होता कि वे जल्दी हॉस्टल वापस चली जातीं और अपना अधूरा गृह-कार्य पूरा करने में लग जातीं? नहीं। संभवतः वे शिशिर के जीवन से संबंधित किसी मसालेदार किस्से को दोहरा रही थीं। उसने चाहा—काश, वह भी उड़कर उनके पास जा सकती और उनकी बातें स्वयं सुन सकती। अगर यह शिशिर की लंपटता, व्यभिचारिता से जुड़ी कोई दूसरी उड़ती खबर होती तो वह चिल्लाना चाहती—यह सब सच है! इसका एक-एक द्वेषपूर्ण शब्द। क्योंकि शिशिर पांडे ने जीवन में जो रास्ता अपनाया था वह कैंपस में कितनी ही अफवाहों को जन्म देने के लिए काफी था।

एक मिनट का मौन ऐसा लग रहा था जैसे कभी समाप्त होने वाला नहीं है। उस दमघोंटू गर्मी में उसकी नरम सूती साड़ी उसकी टाँगों से चिपक गई। उसने साड़ी को बाहर खींचने और सीधा करने की व्यग्रता को किसी तरह दबाए रखा। उसकी गरदन की गुद्दी पर पड़ी उसकी मोटी सी चोटी उसे इतनी भारी लग रही थी जैसे वह चोटी उसका सिर पीछे खींच रही हो। जब रजिस्ट्रार ने अपना गला साफ किया, जो इस बात का संकेत था कि वे अब नाटक के अगले अंक की ओर बढ़ सकते हैं तो सबको कुछ राहत महसूस हुई। श्रोतागण पुनः अपनी-अपनी कुर्सियों में आराम से धँसकर बैठ गए। लड़कियाँ फिर कानाफूसी कर रही थीं। लेकिन जैसे ही रजिस्ट्रार ने कर्तव्य का निर्वाह करते हुए शोकपूर्ण आवाज में कुछ कहा तभी उनकी कानाफूसी बंद हो गई। वे डॉ. पांडे के सहयोगियों को उसकी स्मृति में कुछ शब्द कहने के लिए बुला रहे थे।

उसके होंठ एक मुसकान की विडंबना में ऐंठ गए। वह यही सुनना चाहती थी।

☐

रजिस्ट्रार के बुलाने पर लंबे-ऊँचे बलिष्ठ कद-काठीवाले डॉ. रामानुजव उठे और

मंच की ओर बढ़े। वह एक आकर्षक व्यक्तित्व के धनी थे। सिर के सारे बाल सफेद हो चुके थे, आँखों पर सुंदर फ्रेम का चश्मा था और उनके आचरण में मोहक शालीनता थी। शिशिर की एक रंगीन तस्वीर पर जूही के कुछ फूल चढ़ाने के बाद वे सभा को संबोधित करने के लिए मुड़े। शिशिर के साथ उनका संबंध लगभग ऐतिहासिक था। वे दोनों एक-दूसरे को अपने छात्र-जीवन से जानते थे। उनके बीच साहचर्य के बीज उस समय पड़े जब वे लखनऊ में एम.बी.बी.एस. की पढ़ाई कर रहे थे। हालाँकि दोनों के व्यक्तित्व एकदम विपरीत थे फिर भी उनके बीच इतनी गहरी मित्रता पनपी जो तीन दशक के बाद भी मजबूत बनी रही। कुछ वर्ष पहले डूँगरपुर में दुबारा उनकी भेंट हुई और तब से उनकी घनिष्ठता कायम रही। रमन, जो डूँगरपुर में इसी नाम से विख्यात थे, ने मेडिकल कॉलेज में शिशिर के साथ बिताए दिनों को याद किया और शिशिर को सन् 1972 की कक्षा में सबसे होशियार और सर्वाधिक प्रतिभाशाली छात्रों में से एक बताया।

सन् 1972, किंग जॉर्ज मेडिकल कॉलेज (केजीएमसी) कैंटीन, लखनऊ

रमन, शिशिर और वह एम.बी.बी.एस. के चतुर्थ वर्ष में, विशेषकर एक थकाऊ परीक्षा के दौर से गुजरने के बाद फुरसत के कुछ क्षण बिता रहे थे। कैंटीन उन्हीं जैसे थके-हारे छात्रों से भरी हुई थी। अपनी चाय और समोसे खत्म करने के बाद वे लंबे-चौड़े व हरित लॉन की ओर चले गए और नरम-नरम घास पर बैठ गए, जिस तरफ धूप छितरी हुई थी। यह एक सुहावना, ठंडा और शुष्क दिन था। जाती हुई शीत ऋतु के पद-चिह्नों का पीछा करते हुए वसंत ऋतु धीरे-धीरे आने की चेष्टा कर रही थी। हलकी ठंडी बयार पत्तियों के साथ छुआ-छुई खेल रही थी। चिड़ियाँ कोमल सुर में चहचहा रही थीं और कुछ दूरी पर एक कोयल की कुहू-कुहू भी सुनी जा सकती थी। कुल मिलाकर दृश्य मनोरम था। उसने गहरी साँस खींची, मन-ही-मन यह चाहते हुए कि अगर कोमल देशी संगीत भी बजने लगे तो सारा वातावरण मनोहारी चित्र जैसा हो जाए। अपनी लंबी जुल्फों को बंधन से छुड़ाकर हिलाते-डुलाते हुए वह अपनी पीठ के बल सीधी लेट गई और नीले गगन को ताकने लगी। तीन तरुण चेहरे, निश्चिंत और विश्रांत, इस आत्मविश्वास से भरे हुए कि उन्होंने अनेक चुनौतियों के बावजूद परीक्षा में बहुत अच्छा प्रदर्शन किया है, एक उज्ज्वल भविष्य की कामना कर रहे थे। लेकिन असल दुनिया में शिशिर बड़े प्रबल रूप से रहमान के साथ बहस कर रहा था। शुरू में तो उसने उन्हें अपने दिमाग से निकाल दिया, लेकिन जब उनकी बहस रुकी नहीं तो उसने शांति बहाल करने के लिहाज से मध्यस्थ की भूमिका निभाने का प्रयास किया। इस महान् सभा में जिस बात पर बहस छिड़ी हुई थी, वह प्रसूति-शास्त्र के प्रश्न-पत्र में दिया गया एक सवाल था। हे भगवान्! दो आदमियों के बीच प्रसूति-शास्त्र पर बहस। इस विवाद

में मध्यस्थता करना उसके वश की बात नहीं थी। संयोग से प्रो. दीक्षित उधर आ पहुँचे और झगड़ा बंद हो गया। उनका फैसला—रमन शुरू से ही सही था और शिशिर ने अपनी उत्तर-पुस्तिका में बड़ी गड़बड़ कर रखी थी। उसने शिशिर से एक विस्फोट का इंतजार किया, क्योंकि वह जानती थी कि शिशिर प्रसूति-शास्त्र और स्त्री रोग-विज्ञान में श्रेष्ठता हासिल करना चाहता है। इस पेपर में अच्छा करना उसके लिए बहुत महत्त्व रखता था। लेकिन वह सोच-विचार में खोया हुआ था और अपशकुनी रूप से खामोश था। अंततः वह आगबबूला होकर क्रोधावेश में एकाएक उठकर बाहर चला गया और अपने बचकाने व्यवहार से उसे तथा रमन को कुछ-कुछ चिंतित एवं हतबुद्धि कर देनेवाली अवस्था में छोड़ गया।

अगले तीन दिनों तक वे अपनी प्रयोग-परीक्षाओं के लिए तैयारी करने में लगे रहे। उसने शिशिर को उसकी खामोशी से बाहर लाने की बहुत कोशिश की, फिर भी वह अलग-थलग और उदासीन बना रहा। अपने अंतर्बोध से वह जानती थी कि प्रसूति-शास्त्र का प्रश्नपत्र ठीक न होने के कारण शिशिर के मन पर बोझ है। लेकिन यह बात काफी देर बाद सामने आई कि वह गड़बड़ी घुन की तरह उसे खाए जा रही है।

कैंपस में उस सत्र की यह अंतिम रात थी। अगले दिन, आखिरी प्रयोग परीक्षा के उपरांत, उन्हें परीक्षा के बाद की छुट्टियों पर चले जाना था। रमन और वह रात में करीब साढ़े ग्यारह बजे कैंपस में टहल रहे थे। शिशिर अभी भी कुढ़ रहा था और इसी कारण उन्होंने उसको अनदेखा करने का निर्णय किया, जब तक कि वह स्वयं मुड़ न आए। हवा में हलकी सी ठंडक थी और उसने अपना शॉल बदन पर कस लिया। उन्होंने प्रशासनिक भवन का चक्कर लगाया और फिर टाइल लगे रास्ते का आनंद लेते हुए महिला छात्रावास की ओर वापस चल पड़े। अचानक उन्हें प्रशासनिक भवन की दिशा से अँधेरे में दबे कदमों की आहट आती सुनाई दी। स्ट्रीट लाइट का बल्ब फ्यूज हो जाने के कारण रास्ते में उस स्थान विशेष पर घोर अँधेरा था। कौन होगा, जो आ रहा है, यह सोचकर वे स्वाभाविक रूप से एक ओर छिपकर खड़े हो गए। एक क्षण बीतते ही उन्होंने देखा कि काले लिबास में कोई आकृति प्रशासनिक खंड की ओर बढ़ रही है। उसकी चाल और चेष्टाएँ बता रही थीं कि वह कोई चोर है। भवन के प्रवेश पर वह आकृति रुकी। उसने इधर-उधर देखकर सुनिश्चित किया कि कहीं कोई उसे देख तो नहीं रहा है। फिर उसने ताला तोड़ने का प्रयास किया। ताले के अंदर लीवरों से किसी पैनी चीज के टकराने, लीवरों को ठेलने की आवाज रात के वायुमंडल में स्पष्ट सुनी जा सकती थी। लगता था, समय थम-सा गया है; लेकिन वास्तव में एक मिनट भी नहीं हुआ होगा। उस आकृति ने दरवाजा खोला और चुपके से अँधेरे में खो गई।

वह वहीं खड़ी-खड़ी जम गई थी। उसे जरा भी भान नहीं था कि इतनी देर वह

अपनी साँस रोके खड़ी हुई थी। एक शब्द भी कहे बिना रमन ने उसकी कुहनी पकड़ी और उसे वापस पगडंडी के रास्ते उनके हॉस्टल की ओर ले गया। अपने कमरे में पहुँचने के बाद उसने महसूस किया कि उनका व्यवहार कितना बेतुका था। वे चाहते तो घुसपैठिए को रोक सकते थे। घटना की सूचना प्रोवस्ट अर्थात् अध्यक्ष को दे सकते थे या कम-से-कम एक-दूसरे के साथ तो उस बारे में चर्चा कर सकते थे। ऐसा करने के बजाय वे अंदर तक झकझोर देनेवाली खामोशी ओढ़े हुए अपने-अपने हॉस्टल की ओर चले गए। उसे संदेह हुआ कि उसकी तरह कहीं रमन ने भी तो उस विशिष्ट चाल को पहचान नहीं लिया और इसलिए···।

अगली सुबह नाश्ते के तत्काल बाद उसके पाँव अपने आप उसे प्रशासनिक खंड की ओर ले गए। सामान्यतः तंद्रालु एवं कोलाहल-रहित, भूरे और लाल रंग की ईंटों से बनी इमारत में 10 बजे के बाद एकदम स्फूर्ति आ गई, जब कार्यालय के कर्मचारियों का आना शुरू हुआ। आज वहाँ बड़ी हलचल थी। लॉन में इधर-उधर झुंड बनाकर खड़े छात्र हंगामा देख रहे थे। पिछली रात वहाँ कोई सेंधमारी हुई थी। हैरानी की बात है कि कुछ भी चोरी नहीं हुआ था। तथापि घुसपैठिए ने कुछ उत्तर-पुस्तिकाएँ नष्ट कर डाली थीं जिनमें एम.बी.बी.एस. चतुर्थ के छात्रों का प्रसूति-शास्त्र संबंधी प्रश्नपत्र भी था। सुबह सफाई कर्मचारी ने जब ताला टूटा हुआ और अलमारियाँ खुली हुई पाई थीं तो पुलिस को सूचना देकर बुला लिया गया था। उस तोड़-फोड़ में किसी छात्र का हाथ होने का संदेह था। पुलिस को घटना-स्थल पर एक महत्त्वपूर्ण सुराग मिला था—कपड़े का छोटा सा टुकड़ा जो कील में तब अटका रह गया था जब घुसपैठिए ने भागने की हड़बड़ी की होगी। उस फटे टुकड़े पर एक नजर डालना ही काफी था—पहचान के लिए। वह एक तीखे लाल रंग का शॉल था। कैंपस में केवल तीन नागा छात्र थे जिनके पास ऐसे शॉल थे।

पुलिस का दुर्भाग्य कि उन छात्रों के भी अपने-अपने अकाट्य तर्क थे। वास्तव में उनमें से एक छात्र ने दो दिन पहले ही एक शॉल खो जाने की सूचना 'खोया-पाया' विभाग को दी थी। पुलिस अपनी ओर से पूरी कोशिश करने के बावजूद उन छात्रों को उस घटना से जोड़ने में नाकामयाब रही। कुछ छानबीन करने के बाद पुलिस चली गई। आखिरकार उनके पास इसके अलावा और भी बहुत से जरूरी काम थे।

पुलिस के चले जाने के बाद कॉलेज के अधिकारीगण इस मामले में कुछ खास नहीं कर सके। छात्रों को नैतिक मूल्यों की एक बड़ी खुराक पिलाकर उन्होंने भी 'बीती ताहि बिसार दे' कहना ही उचित समझा। हालाँकि यह शैक्षिक सत्र का आखिरी दिन था, फिर भी तुरत-फुरत एक पुनः परीक्षा आयोजित की गई और तदनंतर छात्रों को रवाना कर दिया गया। फिर कोई और ऐसी घटना हो, उससे पहले ही कॉलेज प्रशासन

उनसे छुटकारा पाना चाहता था। किंतु छात्र समुदाय में वह घटना खत्म होने का नाम नहीं ले रही थी। वापसी पर सेंधमारी की उस घटना के बारे में बहुत बहस और चर्चा हुई तथा कई प्रकार के कल्पित किस्से सुनने में आए। उसने ऐसी सभी बातचीत से खुद को दूर रखा और गौर किया कि रमन भी वैसा ही कर रहा है। वे दोनों जितना स्वीकार करने के लिए तैयार थे उससे कहीं अधिक वे जानते थे।

आज रात वही रमन अपने भूतपूर्व सहपाठी और सहयोगी की प्रशंसा कर रहा था और उसकी मृत्यु से चिकित्सक समाज को हुए नुकसान पर शोक व्यक्त कर रहा था। आज भी रमन ने उसकी ओर देखने तथा उन दोनों के बीच गुप्त व अनकहे सच को प्रकट करने से जी चुराना ही मुनासिब समझा। रमन के बाद रजिस्ट्रार ने शोक-सभा को संबोधित करने के लिए वरिष्ठ निश्चेतक (सीनियर एनिस्थीसियोलॉजिस्ट) डॉ. सेन को आमंत्रित किया। डॉ. सेन कुछ ही वर्ष पहले सक्रिय सेवा से निवृत्त हुए थे; लेकिन एक सलाहकार के रूप में वह अस्पताल आते रहते थे। डूँगरपुर में ही नहीं, भारत में अन्यत्र सभी जगह एनिस्थीसियोलॉजिस्ट की बहुत कमी थी। हालाँकि उनके पास एक डॉक्टर हमेशा रोल पर रहता था, किंतु शल्य-चिकित्सा की संख्या इतनी अधिक होती थी कि उस अकेले के लिए सँभालना मुश्किल काम था। इसी कारण उन्होंने एक अनुपूरक के रूप में डॉ. सेन की सेवाओं का लाभ उठाने का निर्णय किया था।

उसने डॉ. सेन की अत्यधिक स्वराघातपूर्ण आवाज सुनी। उनकी आवाज में बँगला व्यंजनों का कोमल पुट था। उन्होंने शल्योपचार अर्थात् ऑपरेशनों में शिशिर की मदद करने के दिनों को याद किया। वह शिशिर की शल्योपचार संबंधी कुशलता का गुणगान करते रहे और कहा कि डॉ. शिशिर के हाथों अनेक मरीजों को जीवनदान मिला है।

1988, हॉस्पिटल ओ.टी., डूँगरपुर

उसकी ड्यूटी दोपहर 2:00 बजे समाप्त हुई। हाथ-मुँह धोकर तरोताजा होने के बाद उसने जाने का निश्चय किया ताकि देख सके कि शिशिर क्या कर रहा है। उसके परामर्श कक्ष में पहुँचने पर उसको पता चला कि वह ओ.टी. में कोई ऑपरेशन कर रहा है। सामान्यतया वह घर चली गई होती किंतु आज उसने ओ.टी. के बाहर चिकित्सक कक्ष में बैठकर उसका इंतजार करने का फैसला किया।

मालती नाम की जो नर्स ड्यूटी पर थी वह उसकी एक पुरानी दोस्त थी। जब ओ.टी. से बाहर आई तो उसका चेहरा झक-सफेद पड़ा हुआ था। उसे देखकर मालती के चेहरे पर सुकून-सा आ गया। एक भी शब्द बोले बिना मालती ने एक हरा गाउन उसे थमा दिया और उसे अंदर आने का इशारा किया। किसी भी डॉक्टर के लिए उस दौरान ओ.टी. में प्रवेश करना बहुत असामान्य बात होती है, जब कोई दूसरा डॉक्टर ऑपरेशन

कर रहा हो। मालती यह अच्छी तरह जानती थी। फिर क्यों वह उससे इस तरह का अनुरोध कर रही थी? मामला क्या था?

ओ.टी. के अंदर डॉ. सेन एनिस्थीरिया मॉनिटर के निकट बैठे हुए थे। उन्होंने आँख मिचकाकर ओ.टी. में उसका स्वागत किया। शिशिर ने उसे अंदर आते नहीं देखा था। वह ऑपरेशन करने में पूरी तरह डूबा हुआ था। ऑपरेशन पर पूरा ध्यान देने में उसका सिर झुका हुआ था। मालती ने मरीज का ऑपरेटिंग रूम रिकॉर्ड उसे थमा दिया—दाहिनी ओर की डिंब ग्रंथि में कई रसौली (सिस्ट), निदान : विषालु। प्रस्तावित उपचार : दाहिनी ओवरी को निकाल देना। बहुत सीधा-सादा केस था। शिशिर को उसमें बहुत समय लग रहा था। इस ऑपरेशन में इतनी देर नहीं लगनी चाहिए थी। मालती क्या इसी कारण चिंतित थी? क्या उसने कुछ ऐसा देख लिया था, जो ठीक नहीं था? वह शिशिर के थोड़ा करीब चली गई और उसे वहाँ शराब की वही जानी-पहचानी गंध का सामना करना पड़ा। यह गंध अस्पताल के किसी रोगाणु नाशक द्रव की नहीं थी, बल्कि ह्विस्की की थी। शिशिर ओ.टी. में शराब पिए हुए ऑपरेशन कर रहा है। कोई आश्चर्य नहीं। मालती इसी वजह से मर्माहत थी, अत्यधिक घबराई हुई थी। उसने रोगी पर नजर डाली। रोगी गहन निद्रा में था और उसके आंतरिक अंग दुनिया के सामने खुले पड़े थे। अवश्य ही कुछ गंभीर रूप से गलत हो गया था।

रिकॉर्ड के अनुसार, रोगी की दाहिनी डिंब ग्रंथि अर्थात् ओवरी को निकाल दिया जाना था। शिशिर उलटा कर रहा था, वह बाईं तरफ की ओवरी निकाल रहा था। उसने अपने विकल्पों पर विचार करते हुए भरसक शांत रहने का प्रयत्न किया। शिशिर रोगी के स्वस्थ अंग की रक्त-वाहिकाओं को पहले ही काट चुका था। उन्हें बचाने के लिए अब वे कुछ नहीं कर सकते थे। लेकिन रोगी की जान बचाने के लिए दाहिनी तरफ की कैंसरग्रस्त ओवरी को निकाल देना आवश्यक था। उसने चार्ट पर दर्ज ऑपरेशन शुरू होने का समय देखा, फिर ओ.टी. की घड़ी पर नजर डाली और एक मोटा हिसाब लगाया। रोगी को मूर्च्छावस्था में गए हुए पहले ही सुरक्षित सीमा से अधिक देर हो चुकी थी। डॉ. सेन ने कोई चेतावनी की घंटी क्यों नहीं बजाई थी? क्या यह कोई शाही तमाशा था?

वह अभी तक अपने अगले कदम के बारे में सोच रही थी तभी डॉ. सेन अपनी कुर्सी से उछल पड़े। रोगी का रक्तचाप नीचे गिर रहा था। उसकी धड़कन अनियमित हो गई थी। कुछ पलों के अंदर ही सब कुछ समाप्त हो गया। चिकित्सकीय निर्दयता के कारण एक युवा स्त्री की जीवन-लीला का अंत हो गया। वह जानती थी कि ऐसे सभी सांयोगिक मामलों में शव-परीक्षा की जाती है। अगर उस जाँच-पड़ताल में यह बात सामने आई कि शिशिर ने गलत ओवरी निकाल दी थी तो उसका कॅरिअर खतरे में पड़ जाएगा। और अगर बात कुछ ज्यादा बढ़ी तो उसे हत्या के आरोप का सामना करना पड़ सकता है। प्रतिक्रियाओं

से अनभिज्ञ शिशिर पीछे की तरफ मुड़कर एक नजर डाले बिना ही ओ.टी. से बाहर निकल गया। उसने डॉ. सेन के चले जाने का भी इंतजार किया। जैसे ही मालती ने शव को हटाने और साफ-सफाई की तैयारी शुरू की तभी उसने मालती को बाहर साथवाले प्रतीक्षा-कक्ष में बुलाया। उसने अपने पर्स से नोटों की एक गड्डी निकाली और मालती के हाथों में ठूँस दी तथा उससे मदद की गुहार लगाई। स्थिति की गंभीरता से मालती अनभिज्ञ नहीं थी। अंत में चमकते, करारे नोटों ने मालती पर अपना असर दिखाया और अन्वेषण के भय को दबा दिया। उसने सहमति में सिर हिलाया।

अगले पैंतालीस मिनट में उसने शव की दाहिनी ओवरी को हटाने का घृणास्पद काम पूरा किया। उसने चिकित्सा संबंधी टिप्पणी दुबारा लिखी। उसने लिखा कि दोनों ओवरी संक्रमित अर्थात् रोगाणुग्रस्त पाई गईं। लापरवाही के सभी अंदेशों को निकालकर नई रिपोर्ट लिखने के बाद वह कर्मचारी-निवास की तरफ चली गई।

शिशिर दुनिया को भूलकर परम आनंदपूर्वक गहरी नींद में सोया हुआ था। किस आनुवंशिक खोट ने उसे एक व्यक्ति की हत्या करने के बाद बड़े आराम से सो जाने दिया? क्योंकि यह एक हत्या थी। जान-बूझकर एक जीवन नष्ट कर देना हत्या नहीं तो और क्या है?

ओ.टी. में मरीज की मृत्यु की खबर अगले दिन अस्पताल के कैंपस में जंगल की आग की तरह फैल गई। तथापि मालती ने अपना वादा पूरी तरह निभाया और कोई नहीं जान पाया कि असल में हुआ क्या था। भयभीत होने के बावजूद निडरता का चोला पहने शिशिर ने कायर बने रहने का विकल्प चुना—उस घटना में किसी भी जिम्मेदारी से पल्ला झाड़ लेना। डॉ. सेन के खिलाफ कानाफूसी के जरिए एक षड्यंत्र चालू हो गया। अज्ञात झूठी अफवाहों ने एक एनिस्थीसिस्ट के रूप में उसकी योग्यता पर सवाल खड़े कर दिए। शिशिर को इस मुहिम में उन सहयोगियों का समर्थन मिला, जो समविचार रखते थे। डॉ. सेन का जहाँ तक संबंध है, वह इस अप्रत्याशित आक्रमण का सामना करने में खुद को बहुत कमजोर पा रहे थे। वास्तव में, उनके दुःसाहसी एवं अनैतिक व्यवहार के लिए वह एकदम सही बलि का बकरा थे।

उसे पता था कि डॉ. सेन अपने कार्यक्षेत्र में श्रेष्ठ नहीं हैं या अत्यधिक सक्षम नहीं थे। वह आलसी, आज्ञाकारी और अनिर्णायक थे। लेकिन उस युवती की निर्मम हत्या के लिए वह कतई जिम्मेदार नहीं थे।

अंत में, डॉ. सेन अपनी प्रतिष्ठा पर किए जा रहे प्रहार को और अधिक सह नहीं सके और एक शोध-परियोजना के सिलसिले में अध्ययन-अवकाश लेकर यू.के. की एक प्रतिष्ठित यूनिवर्सिटी में चले गए। उनके जाने से उसे दुःख हुआ। लेकिन यह सोचकर वह खुश भी थी कि ऑपरेशन टेबल पर मरीजों के मरने की जिम्मेदारी अब

किसी दूसरे को उठानी होगी।

आज उसने डॉ. सेन को इतने वर्ष बीत जाने के बाद निकट से देखा। वही दब्बूपन उनके भाषण में सुस्पष्ट था। किसी ने, बहुत संभव है कि रजिस्ट्रार ने ही उनको मृतक की स्मृति में कुछ अच्छे शब्द बोलने के लिए कहा था और डॉ. सेन ने रजिस्ट्रार की आज्ञा का पालन किया। क्या ऐसा हो सकता है कि उनके मन में शिशिर के प्रति कोई दुर्भावना नहीं थी जिसने उनको उस अस्पताल से निकलवा दिया था जो उन्हें बहुत प्रिय था? अथवा क्या यह भी संभव है कि वह उस घटना के पीछे के कारणों से पूरी तरह अनजान थे? डॉ. सेन के बारे में तो वह नहीं जानती लेकिन अनभिज्ञता के सुख-भोग का दावा वह निश्चय ही नहीं कर सकती।

शोक-सभा को संबोधित करने आए अगले वक्ता को देखकर उसे हैरानी हुई। यदि वह किसी दूसरे महाद्वीप में काम कर रहा था तो इतनी जल्दी यहाँ कैसे पहुँच गया? संकोचपूर्वक उसका दाहिना हाथ उसके बालों को थपकी देकर बैठाने तथा गुमराह लटों को कान के पीछे अटकाने के लिए उठ गया और वह उसे बीच में नहीं रोक सकी। वह अब कोई तेईस बरस की लड़की नहीं थी और न वह उसे तथा इस दुनिया को गुलाबी छटाओं के साथ देख रही थी।

उसकी इच्छा के विपरीत उसकी आँखें उसके चेहरे पर घूम गईं। उनकी याद को ताजा करते हुए हर छोटी-से-छोटी बात उसका ध्यान खींच रही थी। उसके बालों में चाँदी ज्यादा थी और कालापन कम था। उसके चेहरे पर चिंता की रेखाएँ अवश्य उभर आई थीं मगर उसके हाथ अभी तक मजबूत और निश्चयात्मक थे, जैसे किसी जवान मर्द के होते हैं। जिस वक्ता को वह देख रही थी उसका कद उसके अपने कद से कुछ इंच लंबा था। उसके कंधों पर सिर रखकर उसे सबसे अधिक सुकून मिलता था। उसके वे चौड़े कंधे आज दु:ख और अकथनीय भार से झुक गए थे। वह उसकी लंबी व सुंदर उँगलियों को देख रही थी—वैसे हाथ किसी कलाकार के होते हैं। उन्हें साक्षात् सामने देखकर वह इस कदर ख्यालों में खो गई थी कि वह जो कुछ कह रहा था उसका एक शब्द भी वह ग्रहण नहीं कर पाई। वह मृतक व्यक्ति शिशिर अपने छोटे भाई के बारे में बात कर रहा था जिसने जीवन में उसके पदचिह्नों का अनुसरण किया, पहले स्कूल में और फिर मेडिकल कॉलेज में।

और वह याद कर रही थी कि उसके नरम-मुलायम कलाकारों जैसे हाथ उसके बालों को दुलार रहे हैं। उसके हाथों को वह अपने बड़े हाथों में पकड़े हुए हैं। उसके चेहरे को हथेलियों में भरे हुए वह उसकी घनी काली आँखों में गहराई नापने का प्रयत्न कर रहा है।

सन् 1974, लेडी हार्डिंग मेडिकल कॉलेज, नई दिल्ली

यद्यपि वह शिशिर को कई वर्षों से जानती थी और उसके अत्यधिक प्रसिद्ध बड़े भाई शरत पांडे के बारे में उसने बहुत कुछ सुन रखा था लेकिन उससे कभी भेंट नहीं हुई थी। उनकी भेंट उस समय हुई जब उसने जनरल सर्जरी में एम.एस. करने के लिए लेडी हार्डिंग कॉलेज में दाखिला लिया। उस समय शरत उम्र में उससे करीब पाँच साल बड़ा था और क्लास में उससे केवल एक वर्ष आगे था। एम.बी.बी.एस. की पढ़ाई पूरी करने के बाद शरत ने शिक्षा से अवकाश ले लिया था और वह गढ़वाल की पहाड़ियों के बीच बसे अपने पैतृक गाँव में लोगों की सेवा करने के लिए वापस चला गया था। वहाँ कुछ समय तक काम करने के बाद वह आगे की पढ़ाई करने के लिए लौट आया था। वह शल्य-चिकित्सा अर्थात् सर्जरी में अपनी दक्षता अर्जित करना चाहता था, क्योंकि उसने महसूस किया कि इस तरह वह लोगों के कल्याण में अधिकतम योगदान कर सकता है।

आरंभ से ही वह शरत से बहुत अभिभूत थी। उसके छोटे भाई की मित्र होने के नाते उन दोनों के बीच परिचय प्रगाढ़ होना अधिक सहज हो गया, या मान सकते हैं कि आरंभ में उन्होंने यही बात कहकर एक-दूसरे को अपना परिचय दिया। वास्तव में उनका तत्काल और तीव्र आकर्षण एक मजबूत संबंध में परिणत हो गया। पीछे मुड़कर देखने पर उसने अनुभव किया कि शिशिर की अदृश्य उपस्थिति हमेशा उनके इर्द-गिर्द मँडराती रहती थी और अंतत: उनके बीच में आ गई। बस उसे ही यह बात समझने में बहुत देर लग गई जब तक कि उनके मादक संबंध का सुख-बोध काफूर नहीं हो गया।

इंद्रधनुषी रंग लिये उन दिनों शरत के अलावा कुछ भी महत्त्वपूर्ण नहीं था। वे अतुलनीय थे। वे बौद्धिक रूप से समान और भावनात्मक रूप से एक-दूसरे के अनुकूल थे। मेडिकल कॉलेज के माहौल ने भी लगता है जैसे उनके लिए एक बुलबुला और एक मायावी संसार रचने की साजिश की थी। 'दम मारो दम' के उन मादक दिनों में पल भर के लिए जीने का सिद्धांत उनका आदर्श वाक्य बन गया था। शादी के बारे में उन्होंने कभी चर्चा नहीं की क्योंकि चर्चा करने जैसा कुछ था ही नहीं। आप तभी चर्चा या विचार-विमर्श करते हैं जब आप निश्चित नहीं होते हैं या जब आप कोई दूसरी राय लेना चाहते हैं। वे स्वाभाविक रूप से जानते-समझते थे कि वे दो शरीर एक आत्मा हैं। एक-दूसरे के लिए बने हैं। एक ही पहेली के दो टुकड़े हैं। ऐसी अनेक बातें उनकी प्रगाढ़ मित्रता को लेकर कही जाने लगी थीं। प्रेम के ऐसे भोंड़े प्रदर्शन में उन्हें यकीन नहीं था। उनका प्रेम इससे कहीं बढ़कर था।

शरत वास्तव में एक बहुत ही स्वाभाविक तरीके से अपने क्लीनिक के बारे में बातें करता जो वह पालमगढ़ में खोलना चाहता था ताकि वहाँ के लोगों की सेवा कर सके। वह भी मन-ही-मन इस सुंदर हरित क्षेत्र में एक छोटे से परिवार का सपना देखने

लग जाती। एक लड़का होगा और एक लड़की होगी। लड़के के बाल शरत के बालों जैसे सीधे-सपाट होंगे, लड़की की हँसती हुई काली आँखें होंगी। फूलों की घाटी में उनकी एक कुटिया होगी···

शरत ने अपनी एम.एस. की पढ़ाई पूरी करने में ज्यादा समय नहीं लगाया और फिर अस्पताल में ही एक अस्थायी नियुक्ति ग्रहण कर ली, ताकि उसके साथ एक साल और बिता सके। उनके बीच एक नि:शब्द करार था कि जब वह अपनी स्नातकोत्तर डिग्री की शिक्षा पूरी कर लेगी तब वे पालमगढ़ जाकर बस जाएँगे। उसका सहारा और मार्गदर्शन पाकर वह अपनी कक्षा में अच्छा कर रही थी और विश्वास हो गया था कि एक वर्ष के अंदर उसकी स्नातकोत्तर परीक्षाएँ समाप्त हो जाएँगी और वे दोनों पालमगढ़ चले जाएँगे।

और फिर जिंदगी में जैसे सभी अच्छी चीजों का एक अंत होता है वैसे ही उनके जीवन में भी वास्तविकता आकर बैठ गई। यह तब हुआ जब उसका एम.एस. पाठ्यक्रम समाप्त होने वाला था। शिशिर दो सप्ताह के लिए दिल्ली आ रहा था। इस बारे में खुलकर चर्चा किए बगैर उनके बीच एक अनकहा समझौता हो गया था कि आनेवाले को उनके संबंध के बारे में पता नहीं लगना चाहिए। इसलिए जब शिशिर दिल्ली में था तब शरत का दो कमरों का फ्लैट भाइयों के लिए खाली करके वह एक सप्ताह के लिए हॉस्टल में अपने कमरे में वापस आ गई।

उसका आना, ठहरना सब कुछ बड़ा ठंडा-ठंडा सा रहा। वे कई अवसरों पर डिनर के लिए मिले भी लेकिन उसने तथा शरत ने अपनी कोमल भावनाओं को बड़ी सावधानी से दबाकर रखा। उसे संदेह करने का कुछ खास मौका नहीं मिला। वह खुद भी विचारमग्न था क्योंकि वह लेडी हार्डिंग में किसी काम की तलाश में था और इसी सिलसिले में लोगों से मिलने का समय निश्चित करने तथा साक्षात्कार के लिए तैयारी करने में वक्त बिता रहा था। शिशिर अपने भाई के विपरीत गढ़वाल वापस जाने का इच्छुक नहीं था और दिल्ली में मेडिकल कॉलेजों में से किसी एक में नियुक्ति के लिए हर संभव प्रयास कर रहा था।

जिस दिन शिशिर को चले जाना था, वह उससे मिलने आया। उसने शिशिर का स्वागत करने में सावधानी से काम लिया क्योंकि यद्यपि उसमें कोई खास बदलाव नहीं आया था फिर भी उसके व्यक्तित्व में सयानेपन एवं होशियारी का एक नया तत्त्व लक्षित हो रहा था। वे जब एम.बी.बी.एस. में थे, उन दिनों उसके अपरिपक्व स्वभाव के बावजूद उसमें एक प्रकार का भोलापन और मासूमियत थी, जिसके कारण वह उसकी ओर खिंची चली गई थी। वह चिड़चिड़ा गुस्सैल हो सकता था, फिर भी वह एक भरोसेमंद दोस्त था। अब शायद वह अधिक कठोर, अधिक चुस्त-चालाक हो गया लग

रहा था। उस दिन शिशिर की नजर एक अजीब मक्कारी भरी भाषा बोल रही थी। सहज बुद्धि ने उससे कहा कि वह उसके और शरत के संबंध के बारे में किसी तरह जान गया है। शिशिर के गहराई से रहनेवाले सवालों के विरुद्ध उसने खुद को मजबूत ढाल बना लिया और जल्दी से निर्णय कर लिया कि उसे कितना बताना है और कितना नहीं बताना। उसका पाठ्यक्रम एक सप्ताह में समाप्त हो गया और वह समय आ गया जब वह और शरत जा सकते थे। उसके परिवार से वह भेंट करने वाली थी और वे दोनों अपने संबंध को औपचारिक रूप देने का इरादा जाहिर करने वाले थे। क्या इस सच्चाई को अब शिशिर से छिपाने में कोई बात थी? लेकिन उसके अगले शब्दों ने उसके फेफड़ों से साँस चुरा ली—शरत किसी अत्यावश्यक कार्य से पालमगढ़ चला गया है। वह अब किसी समय जल्दी वापस आने वाला नहीं है। तथापि शरत ने उसके लिए एक नोट दिया था।

उसकी कँपकँपाती उँगलियों ने उस अशुभसूचक सीलबंद सफेद लिफाफे को खोला। उसमें केवल एक परची थी, जिस पर शरत के सुंदर हाथ से जल्दबाजी में लिखा एक संक्षिप्त सुस्पष्ट संदेश था—

''प्रिय एस,

मुझे जाना है। हमेशा के लिए। मैंने यही समझा कि नियति ने हमें एक-दूसरे से मिलाया है। यह बात एकदम सही लगती थी। मुझे अफसोस है कि मैं कुछ ज्यादा ही धृष्टता कर बैठा।

क्षमाप्रार्थी हूँ।

डॉ.एस''

सिर्फ इतना ही। तेईस महीनों की गहरी दोस्ती के बाद शरत के पास कहने के लिए सिर्फ इतने ही शब्द थे। उसने सिर ऊपर उठाया और पाया कि शिशिर उसे बड़े ध्यान से देख रहा है। अपनी भावनाओं को छिपाने के लिए उसके पास अब कोई कारण नहीं रह गया था। इस समय उसे सांत्वना की जरूरत थी और शिशिर उसके लिए पहले से तैयार था। उस समय सबसे करीब शिशिर ही था जिसके कंधों पर आँसू बहाकर वह अपना दु:ख हलका कर सकती थी।

लेकिन सच्चाई की एक अजीब आदत है। यह तभी आ धमकती है जब उसके आने की कतई संभावना नहीं होती है। एक सप्ताह बाद वह शरत के फ्लैट में गई। उसके बिना वह बहुत असहाय महसूस कर रही थी। जो फ्लैट कुछ दिनों के लिए उनका 'घर' बन गया था, उसे देखने और वहाँ शरत की गरमाहट एवं आत्मीयता महसूस करने की तीव्र इच्छा उसे वहाँ खींच ले गई। उस फ्लैट में बिताए दिनों की स्मृतियों में वह कुछ राहत पाना चाहती थी।

मकान मालिक ने उसे न केवल बहुत आसानी से अंदर जाने दिया बल्कि उससे कागजात ठीक-ठाक करने का भी अनुरोध किया ताकि वह उस फ्लैट को दुबारा किराए पर चढ़ा सके। जब वह शरत की मेज की दराजों से सामान निकाल रही थी, उसे कुछ तसवीरें मिलीं—शिशिर, रमन और वह कैमरे में हँस रहे हैं। कुछ तसवीरें शिशिर के साथ थीं और कुछ उसकी अकेले की थीं। उन तसवीरों के साथ तीन खत रखे हुए थे जो उसने केजीएमसी में द्वितीय वर्ष के दौरान ग्रीष्मावकाश में शिशिर को लिखे थे। ये खत कोई नुकसान पहुँचाने वाले नहीं थे। मित्र द्वारा मित्र को लिखे गए खत थे। क्या शरत ने इनका कुछ और मतलब भी निकाल लिया? जब आखिरी कागज पर उसकी नजर पड़ी तो उसने सहारे के लिए मेज पकड़ ली। यह शिशिर पांडे द्वारा उसके साथ कोर्ट मैरिज (मजिस्ट्रेट के सामने विवाह) के लिए लिखी गई एक अरजी थी। यह अरजी जून 1973 की थी अर्थात् केजीएमसी से उसकी परीक्षाएँ समाप्त होने के समय लिखी गई थी। सह-आवेदक के स्थान पर उसके हस्ताक्षर घसीट दिए गए थे। इतना निश्चित है कि यह उसके हस्ताक्षर नहीं हो सकते थे, क्योंकि उसने कभी ऐसी कोई अरजी या आवेदन नहीं भरा था। सारी स्थिति साफ होने लगी। शिशिर को शरत और उसके बारे में सच पता चल गया होगा। वह उनके बीच फूट डालने के लिए पूरी तैयारी करके आया था। क्यों?

उसको दर्द का ऐसा दौरा पड़ा कि वह खुद को अगल-बगल से पकड़ते हुए सोफे पर गिर पड़ी। शरत ने उससे कोई जवाब या स्पष्टीकरण माँगने की भी जहमत नहीं उठाई। क्यों? यंत्रणा असहनीय थी। क्या उसने सोच लिया कि वह उस प्रकार की लड़की है, जो रोमांस एक आदमी से करती है, जबकि शादी रचाने का वादा उसके भाई से करती है? शरत के उन आखिरी शब्दों 'मैं कुछ ज्यादा ही धृष्टता कर बैठा' का अर्थ अब उसकी समझ में आ गया। चेतन बने रहने का संघर्ष उसने छोड़ दिया। उसके सामने एक शून्य की बाँहों में समा जाने के अलावा कोई चारा नहीं बचा था। घंटों बाद उसकी तंद्रा टूटी। उसके गाल भीगे हुए थे और गँदला गए थे—निस्सहाय क्रोध से।

धीरे-धीरे उसके अंदर का ज्वालामुखी बर्फ की मानिंद ठंडे रोष में बदलकर जम-सा गया। दोनों में से किसी भाई को पता नहीं चला कि सच्चाई अचानक उसके हाथ लग गई है। शरत अपने छोटे भाई के पक्ष में परम त्याग करने के बाद अपने ग्रामीण स्वर्ग की ओर प्रस्थान कर गया था। शिशिर पंख लगाए प्रतीक्षा में था कि जैसे ही उचित अवसर आए, वह चमकीला कवच धारण किए हुए किसी शूरवीर की भाँति प्रभावशाली ढंग से अंदर आए और उठाकर उड़ जाए। दुर्भाग्य से उनके लिए पटकथा बदलने जा रही थी और अगला दृश्य वह लिखेगी।

कई वर्ष बाद उसने शरत को सच्चाई से अवगत कराया और उसके चेहरे पर स्पष्ट झलक आई पीड़ा का सुख उठाया। शरत का चेहरा पीला पड़ गया और विकृत हो गया।

लगता था जैसे उसे शारीरिक पीड़ा हो रही है। इस असहनीय चोट के कारण उसका मन क्रोध एवं घृणा से उद्वेलित हो गया था। किसी पागल आदमी की तरह शरत पांडे, जो अपने शांत एवं संयत स्वभाव के लिए मशहूर था, एकदम गरज उठा और चिल्लाया। उसके ऊपर चीखा चिल्लाया, अपने अनुपस्थित छोटे भाई पर झल्लाया और अपने भाग्य पर, जिन्होंने मिलकर सच्ची खुशी उनसे छीनने की साजिश रची। उसकी यानी शरत की प्रतिक्रिया अत्यधिक संतोषजनक थी। उसी दिन से दोनों भाइयों के बीच एक कभी न मिटनेवाली दरार पड़ गई थी। यह जानकर उसके घृणा–उत्पीड़ित मन को बहुत सुख मिला था।

इस तथ्य के बावजूद कि उसने कभी विवाह नहीं किया था, कोई घर–परिवार नहीं बसाया और इस सच्चाई को जानते हुए भी कि यदि शिशिर उस निर्णायक समय पर नहीं आया होता तो उसका जीवन पूरी तरह भिन्न होता। आज वही प्रतिष्ठित सर्जन, डॉ. शरत पांडे अपने छोटे भाई को रुँधे गले से याद कर रहा था।

शरत ने अपने छोटे भाई की प्रशंसा में जो कुछ कहा उसके आघात से वह अभी उबर भी नहीं पाई थी कि तभी उसने डॉ. (श्रीमती) खरबंदा को फुर्ती से मंच की सीढ़ियाँ चढ़ते हुए देखा। सफेद बालोंवाली उस वयोवृद्ध विवाहिता एवं अस्पताल की अधीक्षिका को देखकर उसका मन श्रद्धा, दया एवं लज्जा की एक अजीब भावना से भर गया। डॉ. खरबंदा ने शिशिर के हेय कार्यों में प्रशंसा करने योग्य क्या देखा होगा? यह स्वाँग कब खत्म होगा?

लेकिन उसने डॉ. खरबंदा को पूरी तरह समझा नहीं था। डॉ. खरबंदा की आवाज स्पष्ट और दमदार थी तथा शब्दों में खरापन था। उनका भाषण संक्षिप्त एवं प्रसंगानुकूल था जिसमें उन्होंने ईश्वर से डॉ. शिशिर की आत्मा को शांति प्रदान करने की प्रार्थना की। वह शांति, जो उससे सदैव दूर रही, जब तक वह इस धरती पर अपने साथियों के बीच मौजूद था। उन्होंने उसके परिवार के प्रति भी सहानुभूति प्रकट की और कामना की कि जिंदगी को आगे बढ़ाने के लिए ईश्वर उन्हें सामर्थ्य दे।

नवंबर, अंतिम वर्ष, डूँगरपुर

डॉ. खरबंदा के दीपावली रात्रि–भोज (दीपावली की दावतें) अस्पताल कैंपस में बहुत प्रसिद्ध थे। खाना स्वादिष्ट होता था। बड़े जोशीले लोग दावत में शामिल होते थे और ताश के खेल में बहुत मजा आता था। मुख्यत: कम मिलनसार लोग भी डॉ. खरबंदा के प्रयासों के कारण उन अवसरों का आनंद उठाने में पीछे नहीं रहते थे। इस दीपावली पर समारोहों में एक और खुशी जुड़ गई थी—डॉ. खरबंदा की पुत्री ने एम.बी.बी.एस. पूरा कर लिया था और पाँच वर्ष के बाद वह घर पर दीपावली मना रही थी।

मेहमान एक-दूसरे से मिल रहे थे व बधाइयों और शुभकामनाओं का आदान-प्रदान कर रहे थे। आते ही उसने मुख्य हॉल में कोने की एक सीट ग्रहण कर ली थी। यहाँ बैठकर वह मुख्य भीड़ से छिपी रह सकती थी और कहाँ क्या चल रहा है वह सब कुछ वहाँ से देख भी सकती थी। उसने शिशिर पर नजर डाली। वर्षों से उसमें दया नहीं दिखाई दी थी। तेईस साल की उम्र में उसके युवा व आकर्षक नाक-नक्श अब परिपक्व तथा ओछे लगने लगे थे। आँखों और गालों के नीचे उभर आई झुर्रियाँ बता रही थीं कि शराब उसकी कमजोरी बन चुकी है। क्या उसने महसूस किया कि उसे देखकर कितनी अरुचि होती है? शायद बिल्कुल नहीं। वह सोचता था कि स्त्रियों के लिए वह ईश्वर का वरदान है और उनके साथ इश्कबाजी करना उसका पुण्य-कर्तव्य है। उस क्षण वह डॉ. गुप्ता की पत्नी को मोहित करने का प्रयत्न कर रहा था। उस महिला ने शिशिर की कामुक दृष्टि के नीचे अपनी साड़ी को थोड़ा सरक जाने दिया। उसने विरक्ति-युक्त मनोरंजन में अपना सिर हिलाया—एक बुढ़ापे की ओर बढ़ता मनचला और एक नीरस व अधेड़ उम्र की गृहिणी। एकदम शानदार जोड़ी। डूँगरपुर की कई श्रीमती गुप्ता तथा कई श्रीमती खान के साथ शिशिर की क्रीड़ाओं के किस्से हर किसी को मालूम थे। घनिष्ठ समुदायों में ऐसी बातें कभी बहुत देर तक छिपी नहीं रहती हैं। डॉ. गुप्ता और डॉ. खान ही ऐसे दो लोग होंगे जिन्हें मर्यादा की सीमाओं के इन उल्लंघनों की खबर नहीं होगी।

उसने अपने हाथ में बिल्लौरी शीशे में उसका प्रतिबिंब पकड़ा। सीधे चटकीले बाल एक बड़े जूड़े में गुँथे हुए अभी भी घने थे और उनका जबड़ेवाला चेहरा चौकोर लग रहा था। थोड़ी-थोड़ी बाहर निकली हुई आँखों की बगलों पर काकपद और चर्मपट जैसी खिंची हुई त्वचा। समय उनके प्रति भी दयावान् नहीं रहा था। उसकी आँखें इधर-उधर भटक रही थीं। हॉल के दूसरी ओर उसने डॉ. खरबंदा की बेटी ज्योति को देखा जो आज शाम सबसे खास मेहमान थी। वह लड़की डॉ. शिशिर के पुत्र विवेक के साथ बातों में डूबी हुई थी। संकुचित आँखों से उसने उन्हें बारीकी से देखा—उन दोनों की जोड़ी मोहक लग रही थी। लड़के का साँवला रंग लड़की की शहदनुमा त्वचा के साथ पूरा मेल खा रहा था। उनके घने काले सिर परस्पर निकटता के साथ झुके हुए थे, जैसे किसी विषय पर वे गहन विचार-विमर्श कर रहे हों। क्या उन दोनों के बीच कोई संबंध बना हुआ है? उसने ऐसा ही सोचा और उन दोनों के भविष्य के लिए एक मौन प्रार्थना ऊपर की ओर भेज दी।

जैसे-जैसे शाम आगे बढ़ी वैसे-वैसे मेहमानों ने संकोच का आवरण उतार दिया। जोश बढ़ने लगा—गिलासों में भी और मन में भी। सिगरेट पर सिगरेट जलने-चमकने लगीं और डॉ. खरबंदा का घर तेज ठहाकों व खिलखिलाहट से चहकने लगा। अंदर

धुआँ और गंध के मारे उसका बैठना मुश्किल हो गया, और वह बाहर बरामदे में जाकर एक आरामकुर्सी पर बैठ गई। कैंपस में घरों पर दीपावली की सजावटी बत्तियाँ दूर से चमक रही थीं। अमावस की काली रात में उनका और कोई मुकाबला नहीं था और हरेक की सजावट अलग तरह की थी।

विचारों में खोए हुए उसने हलकी सिसकियों की ओर पहले तो कोई ध्यान नहीं दिया। लेकिन सिसकियों और सुबकने की आवाज जब लगातार गहराने लगी तो उसके मन में जिज्ञासा और कुछ भय जाग गया। बाहर बगीचे में निकलकर आवाज की दिशा में चल पड़ी। चलते-चलते वह एक शयनकक्ष की खुली खिड़की तक जा पहुँची। वह किसी लड़की का कमरा लगता था। संभवत: यह ज्योति का कमरा था। मेडिकल की किताबें मेज पर बेतरतीब रखी हुई थीं और किसी लड़की के कपड़े इधर-उधर बिखरे पड़े थे। उसे कोई नजर नहीं आया। क्या करे, क्या वह लौट जाए? लेकिन अगर किसी को मदद की जरूरत हुई तो? वह जम सी गई। शिशिर की आवाज। अंदर। फिर वही, नशे में डूबी, गले से निकली; किंतु फिर भी साफ पहचानी जानेवाली फुसफुसाहट। वह खिड़की के कुछ और करीब हो गई और सुनने की कोशिश करने लगी कि शिशिर क्या कह रहा है।

''तुम्हें मजा आएगा, प्रिय! और फिर तुम दुबारा आओगी ज्यादा सुख लेने के लिए।''

''प्लीज, प्लीज! मुझे जाने दो। वे तसवीरें एक गलती थी। लेकिन यह नहीं। प्लीज।''

''मैं तुम्हें नहीं जाने दे सकता, तुम यह बात जानती हो। क्या तुम नहीं जानतीं? मैं नहीं चाहता कि तुम्हारी माँ मेरी और तुम्हारी उन तस्वीरों को देखें।'' शिशिर की आवाज फिर दुराग्रही हो गई, एक याचना जैसी—''तुम्हारे साथ यह वाली एक बार मुझे दे दो। फिर हम उन तस्वीरों को जला देंगे। मेरा वादा है।''

अब ज्योति अनियंत्रित रूप से सुबक रही थी। उस युवा लड़की के क्रंदन में भय एवं नैराश्य मिला हुआ था। उसके होंठ गुस्से में अकड़ गए थे। शिशिर कोई दया दिखानेवाला नहीं था। वह एक शिकारी तथा लुटेरा था और वादों का उसके लिए कोई अर्थ नहीं था। एक बार शुरुआत हो गई तो वह जब चाहेगा तब ज्योति का शोषण करता रहेगा। अगर किसी अशोभनीय घटना को रोकना है तो उसे तुरंत कुछ करना होगा। वह दौड़ी-दौड़ी घर के अंदर गई, हँसते-खिलखिलाते मेहमानों से टकराते हुए और विशेषकर एक मदहोश पड़े सज्जन के ऊपर से निकलते हुए। उसने व्यग्रता से डॉ. खरबंदा को खोजा। वह रसोई के दरवाजे के पास गर्म-गर्म नाश्ते की एक और प्लेट लाने के लिए खड़ी हुई थीं। उनके हाथ से ट्रे छीनकर दूसरे मेहमान के हाथ में पकड़ाकर वह श्रीमती

खरबंदा को लगभग घसीटते हुए उस कमरे के दरवाजे तक ले गई जिसे उसने बाहर से देखा था। दरवाजा बंद था। कैंपस में सभी घर एक जैसे ही बने हुए थे। इसी कारण उसे पता था कि इस बेडरूम का एक और दरवाजा होगा जो सामान्य बाथरूम से इस तक जाता है। अब तक दौड़ते-दौड़ते वह घबरा गई और उसकी साँस फूल गई थी। उसकी हताशा बढ़ती जा रही थी। डॉ. खरबंदा को भी लगने लगा कि कुछ गलत है। उसका नाम पुकारते हुए वह भी उसके पीछे-पीछे दौड़ीं। कुछ ही पलों में वे ज्योति के रूम के दूसरे दरवाजे पर पहुँच गईं। वह हिचकिचाई और उसने डॉ. खरबंदा को पहले अंदर जाने दिया। उसे भरोसा नहीं था कि डॉ. खरबंदा जब अंदर का दृश्य देखेंगी तो वह उनका सामना करने की हिम्मत कर पाएगी।

एक जोरदार धमाका! डॉ. खरबंदा ने एक फूलदान शिशिर पर फेंका, जो ठीक अपने निशाने पर लगा। शिशिर के माथे से खून बह रहा था। ज्योति बुरी तरह टूट गई थी और रोते-रोते बिस्तर पर ढेर हो गई। शिशिर ढिठाई से स्थिति का सामना करने की कोशिश कर रहा था। वह अपनी मासूमियत की दुहाई देकर यह दावा कर रहा था कि ज्योति ने ही उसके करीब आने की पहल की थी। चीख-चिल्लाहट की आवाज अब मेहमानों के कानों तक पहुँच गई और वे बंद दरवाजे को पीट रहे थे। इस आकुलता के बीच उसने बहुत राहत महसूस की। वे बिल्कुल ठीक समय पर पहुँचने में कामयाब हो गए थे। जैसे ही वह डॉ. खरबंदा और ज्योति की ओर बढ़ी तब उसने कुछ फोटो फर्श पर बिखरे हुए देखे। शिशिर और डॉ. खरबंदा जब जुबानी बहस में उलझे हुए थे तभी उसने चुपके से उन तसवीरों को उठा लिया। फिर वह कमरे से निकल गई और अपने घर की ओर चल पड़ी।

एक थरथराहट के साथ वह वर्तमान में लौट आई। उस रात ज्योति के लिए वह सब कुछ बहुत आकस्मिक था। वह भाग्यशाली थी कि उस घटना से वह कुछ खरोंचों के साथ ही सँभलकर खड़ी हो गई। मृत व्यक्ति को श्रद्धांजलि अर्पित करते हुए डॉ. खरबंदा ने शब्दों के साथ अत्यंत उदारता बरती; लेकिन जब तक वह जीवित रहा, शिशिर को उन्होंने फिर कभी घर के अंदर नहीं आने दिया था।

शोक-सभा अब समाप्त होने जा रही थी। रजिस्ट्रार के पास वक्ताओं की सूची खत्म हो गई थी। उसे अफसोस हुआ। जहाँ तक उसकी अपनी यादों का सवाल है, आज के दिन शिशिर के सहकर्मियों को बोलने के लिए राजी करना एक बड़ा कठिन काम रहा होगा। बेचारे रजिस्ट्रार ने इस उम्मीद के साथ हताशा में चारों ओर देखा कि क्या कोई व्यक्ति स्वेच्छा से उठेगा और मृतक के संबंध में अपने विचार व्यक्त करना चाहेगा?

उसके प्रयास तब सफल हुए जब एक नौजवान सुशील आत्मविश्वास से भरा हुआ अपनी जगह से उठा और मंच की ओर बढ़ा। इससे पहले कि वह खुद को संयत

कर पाता, रजिस्ट्रार का चेहरा मुसकान से भर गया और बाद में उसे ध्यान आया कि यह मौका अच्छे आचरण की अपेक्षा रखता है। वक्ता का मन बदलने से पहले ही उसने माइक पकड़ लिया और जल्दी से डॉ. शिशिर के पुत्र विवेक पांडे का परिचय दे दिया।

उसके अंदर दहशत पैदा हो गई। उसने गहरी व ठंडी साँसें लीं ताकि वह अंदर उठ रही मितली को दबा सके। वह क्या कहेगा?

विवेक ने अपना गला साफ किया। यह कहना नरमदिली होगी कि वह अधीर था। अजनबी लोगों से ठसाठस भरी सभा के सामने अपनी व्यक्तिगत भावनाओं को प्रकट करने का वह अभ्यस्त नहीं था। वह अपने जीवन में आज सबसे कठिन कार्य करने जा रहा था। उसने अपनी माँ से शक्ति प्राप्त करने का प्रयत्न किया। लेकिन वह चिंतित लग रही थी और यह देखकर उसने अपनी आँखें जल्दी से दूसरी ओर फेर लीं। किसी क्षण वह अपनी हिम्मत खो सकता था और स्थिति पूरी तरह बिगड़ जाने का डर था। ऐसा होने से पहले ही उसे अपनी घबराहट पर काबू पाना जरूरी था।

उसने इसकी प्रत्याशा नहीं की थी। शायद दूसरों ने भी ऐसा नहीं सोचा था। विवेक का वक्ता के रूप में मंच पर आना एक अचरज की बात थी। रजिस्ट्रार अभी तक अचंभे से खुले मुँह के साथ कृतज्ञता प्रकट करते हुए उसकी ओर घूर रहा था। विवेक क्या कहने की योजना बना रहा है? लगता था, जैसे उसने अपना भाषण पहले से तय कर रखा हो और अच्छी तरह उसका अभ्यास भी कर लिया हो। लेकिन उसका एक-एक शब्द दिल से निकला और उसके दिल को चीर गया।

दीपावली की उस चंद्रहीन रात से ही विवेक उससे कतराने लगा था। वह जानती थी कि विवेक परेशान और उलझन में है—ज्योति के प्रति उसकी भावनाओं का उन तस्वीरों से झलक रही सच्चाई के साथ महाभारत छिड़ा हुआ था। हालाँकि उसने अपने घर लौटने के तत्काल बाद उन तस्वीरों को नष्ट कर दिया था फिर भी बेरहम बेसिरपैर की उड़ानेवालों ने उनके अस्तित्व को खोज निकाला। इस खबर ने स्थिति को और भी जटिल बना दिया कि उसके पिता ने उस घृणित कांड में खलनायक की भूमिका निभाई थी। तब से विवेक परस्पर विरोधी भावनाओं से टुकड़े-टुकड़े हो रहा था, यद्यपि आज वह अधिक संयत दिख रहा था। लेकिन यह क्या था कि उसका मन फिर भटक गया था और विवेक की शुरू की पंक्तियों को सुनने से चूक गई।

वह सतर्क होकर वर्तमान में लौट आई और उसके शब्दों पर ध्यान देने लगी।

''...यस, आदरणीय गुरुजन एवं मित्रवर, पिछले दस दिनों में इस सच्चाई का मैंने स्वयं पता लगाया। जिस व्यक्ति को मैंने सदैव अपना पिता माना, उसने वास्तव में मुझे गोद लिया था। यह उसकी महानता थी कि उसने यह भेद मेरे सामने कभी नहीं खोला। उसने मुझे सदैव अपना ही खून समझा।'' विवेक यहाँ साँस लेने के लिए रुका और फिर

रूखेपन से आगे बोलना जारी रखा।

''फिर भी उनका एक ऐसा पहलू था जो उन्हें प्यार करनेवाले हमारे बीच बहुत लोग चाहते थे कि उन्हें वैसा नहीं होना चाहिए। सभी मानवीय बुराइयों एवं चारित्रिक दुर्गुणों के बावजूद वह एक इंसान थे। इससे कुछ भी अधिक बनने का उन्होंने कभी दावा नहीं किया। यह तो हम लोग थे जो उनसे अधिक की उम्मीद रखते थे। उनकी मृत्यु ने मुझे वह सब दिखाया है जो जीवित रहते वह नहीं दिखा सके। जिसे आप प्यार करते हैं उसे किसी धारणा या मूल्यांकन के बिना उसी रूप में स्वीकार करना चाहिए, तभी अंदर शांति हो सकती है। मैं प्रार्थना करता हूँ कि उसकी आत्मा को शांति प्राप्त हो जो सिर्फ एक पहलू को छोड़कर हर मायने में मेरा पिता था।''

उसने महसूस किया कि गाल पर एक आँसू टपक आया है। विवेक, जिसका अर्थ ही 'अंतरात्मा' होता है, अपने नाम का मूर्त रूप था। जिस प्रकार उसने शिशिर के प्रति अपनी सारी कड़वाहट तथा सारे वैर-भाव को निकालकर अपनी आत्मा का शोधन किया, उस पर उसे आज गर्व हो रहा था। शिशिर से घृणा बहुत आसान होती, जैसा उसने किया था। उसे क्षमा करना अधिक कठिन था और उससे भी कठिन था उसको उसी रूप में स्वीकार करना, जैसा वह था। शिशिर भाग्यशाली व्यक्ति था कि उसके पुत्र ने उसे क्षमा कर दिया।

जैसे ही विवेक ने बोलना शुरू किया तभी सबकी निगाहें शिशिर की पत्नी सोनाली की तरफ मुड़ गईं। दत्तक, यानी गोद लिया हुआ बेटा? कुछ लोग थोड़े उत्सुक दिखे, कुछ लोग चक्कर में पड़ गए और जो पुराने मित्र एवं सहयोगी पांडे परिवार को कई वर्षों से जानते थे, वे स्तब्ध रह गए।

कुछ पल के लिए सभा-भवन में बेचैनी भरी खामोशी छाई रही। पांडे परिवार को तीन दशक से भी अधिक समय से जानने वाला रजिस्ट्रार सदमे में खुला मुँह लटकाए बैठा था। दूसरे मेहमानों को लकवा मार गया लगता था। कहीं कोई दरवाजा धम्म से बंद हुआ और खामोशी टूटी। रजिस्ट्रार हरकत में आ गया। उसके हाव-भाव से लग रहा था कि यह दुर्भाग्यपूर्ण कार्यक्रम अनियंत्रित हो रहा है। वह इस सभा को समाप्त करने के लिए व्यग्र था। उसने अनेक बार अपना गला साफ किया और उस दिन की आखिरी वक्ता डॉ. सोनाली (शिशिर की पत्नी) को आमंत्रित किया।

वह इसी क्षण के लिए डर रही थी, जब डॉ. शिशिर की पत्नी को मृतक की तस्वीर तथा सभा में उपस्थित लोगों को संबोधित करने हेतु बुलाया जाएगा। उसे कुछ समझ में नहीं आ रहा था कि पत्नी क्या कहेगी, विशेषकर विवेक द्वारा अपने पितृत्व के बारे में बेधड़क घोषणा किए जाने के बाद। उसका मन उस संकटपूर्ण रात की घटनाओं की ओर वापस दौड़ गया।

दो सप्ताह पहले, पालमगढ़, गढ़वाल

मौसम एकदम बढ़िया था। रात ठंडी और साफ थी। हलकी-हलकी हवा चल रही थी जो पत्तियों को बड़े प्यार से सहला जाती थी। दूरी पर काली व डरावनी पहाड़ियाँ नजर आ रही थीं। जैसे सहचर कंधे से कंधे मिलाकर कतार में खड़े हों ताकि कोई अजनबी घुसने न पाए। उसने आज रात अप्राधिकृत प्रदेश पर पाँव रखने का मन बनाया। क्या वे उसे चेतावनी दे रहे थे? या वे पक्के मौन समर्थक थे?

शिशिर के आग्रह पर वे पालमगढ़ आए थे। वह सप्ताहांत में भाई दूज पर अपने माता-पिता तथा अपनी बहनों से मिलना चाहता था। शिशिर की तीन बड़ी बहनें अविवाहित थीं जबकि तीसरी बहन पाँच साल पहले विधवा हो गई थी। कहीं दूर भाग जाने का यह संयोग उसके मनोनुकूल था। उसने अपना मौका आने का इंतजार किया। उस रात उसके बड़े भाई को छोड़कर परिवार के सभी सदस्य डिनर के लिए इकट्ठा हुए। भोजन के तत्काल बाद दूसरे लोग निचली मंजिल पर बड़ी बैठक में सोने के लिए चले गए और शिशिर अपना शराब का गिलास उठाकर घर की बगल से लगे बगीचे में चला गया।

वह शिशिर के पीछे-पीछे चली आई। उसने नशे की अवस्था में यह समझ लिया कि वह शारीरिक संबंध बनाना चाह रही है। यह सोचकर कि उसकी नजर में वह अभी भी आकर्षक है, वह काम-वासना में अंधा हो गया। तथापि उसने शिशिर के कामोन्माद पर उसे स्पष्ट शब्दों में बताकर तुरंत ठंडा पानी डाल दिया कि वह और उसके प्रणय निवेदन उसकी नजर में कोई अहमियत नहीं रखते हैं। वह एक-एक करके तथा निष्ठुरता से उसकेसीने में शब्दों के तीखे तीर छोड़ने लगी, क्योंकि पिछले तीस वर्षों में उसने शिशिर के कवच में सभी छेदों का पता कर लिया था।

"तुम समझते हो, मैंने तुमसे प्यार की खातिर विवाह किया या इसलिए कि मेरे जीवन से शरत के चले जाने के बाद मुझे तुम्हारी जरूरत थी। एकदम गलत! मैंने तुमसे नफरत होने के कारण शादी की। मैं उस समय जानती थी कि तुमने शरत को मुझसे अलग किया है। हाँ शिशिर, इस बात से इंकार करने की कोशिश मत करना। मैं पहले से जानती थी। अत: मैंने अपनी कहानी खुद लिखने का फैसला किया। मैंने तुमसे विवाह कर लिया—प्यार के लिए नहीं, तुमसे नफरत का रिश्ता निभाने के लिए। मैं तुमसे घृणा करती थी और मैं चाहती थी कि तुम अपनी अभागी जिंदगी के हर घंटे, हर दिन, हर वर्ष उस गलती की कीमत चुकाओ, जो गलती तुमने की थी।"

सोनाली ने अपने अंदर का जहर उगल दिया। शिशिर को लगा जैसे उसे तमाचा मारा गया है। कुछ मिनट बीतने और अपने गिलास से एक-दो घूँट भरने के बाद उसका मिथ्या अहंकार पुन: जाग उठा और उसने पलटकर वार करने का प्रयत्न किया—

"यस, एस! तुमने मुझे दु:खी किया। इन सारे वर्षों में, जब-जब मैंने तुम्हें स्पर्श

किया। मैं तुम्हें पीछे हटते और सिमटते हुए महसूस कर सकता था। लेकिन तुम भी, अगर ज्यादा नहीं तो उतनी ही दु:खी थीं। तुम्हारे गर्भ में मेरा बच्चा था और जिसे तुमने सँभाला। उसके जरिए तुम्हें हर दिन यह बात याद रहेगी कि मैंने तुम्हें पा लिया है। तुम चाहो या न चाहो तुम पर मेरे नाम का ठप्पा लग चुका है!''

उसने एक छोटा एवं तेज ठहाका लगाकर अपनी प्रतिक्रिया व्यक्त की— ''ऐसा तुम सोचते हो। क्या तुमने कभी विवेक के जन्म की तारीख का हिसाब लगाकर देखा है? वह हमारी शादी के तैंतीस सप्ताह बाद पैदा हुआ था। तुमने सोचा कि उसकी पैदाइश जल्दी हो गई। लेकिन सच तो यह है कि उसका जन्म ई.डी.डी. के एक सप्ताह बाद हुआ था।''

सोनाली ने पर-पीड़न सुख के साथ गौर किया कि शिशिर के चेहरे का सारा रंग उड़ गया है। उसे बहुत खेद हुआ कि यह भेद उसने शिशिर को पहले क्यों नहीं बताया। अगर भेद खोल दिया होता तो इन विगत वर्षों में उसकी पीड़ा कई गुना बढ़ गई होती। उसने घाव में चाकू घुमाना जारी रखा।

''तुमसे विवाह रचाते समय मैं गर्भवती थी। मैं अपने बच्चे को मान-प्रतिष्ठा और उसके पिता के परिवार का नाम दिलाना चाहती थी, पांडे। इतने वर्षों तक दोनों पांडे बंधु उस छोटे व मासूम एस. पर वात्सल्य लुटाते रहे। बदकिस्मती से वह दिल्लगी और वह मजाक तुम्हारे ऊपर था।''

''क्यों झूठ बोल रही है बदतमीज औरत! कुतिया कहीं की! तुम्हारी हिम्मत कैसे हुई अपनी उस हरामी संतान को मेरे बेटे के रूप में मुझ पर थोपने की?'' लगता था जैसे वह गिलास उठाकर उसके मुँह पर दे मारेगा। फिर उसने अपना विचार बदल दिया। ह्विस्की का पूरा गिलास एक साँस में पी गया और फिर एक और गिलास भर लिया। उसके कुटिल व कपटी मन में कुछ तो चल रहा था। अगले सवाल ने सोनाली के संदेहों को पक्का कर दिया।

''क्या विवेक को पता है? क्या शरत जानता है?'' तो यह बात थी। उसका घायल अहं अभी भी अपने भाई से मुकाबला कर रहा था। सोनाली को खेल में मजा आने लगा। शिशिर को और अधिक चोट पहुँचाने का उसे यह अच्छा मौका मिल गया था।

''मैंने विवेक को दीपावली के बाद सुबह इस बारे में बताया। ज्योति के साथ तुम्हारे घृणित व्यवहार के बाद जो कुछ हुआ तुम्हें वह रात याद है। श्रीमती गुप्ता और श्रीमती खान क्या काफी नहीं थीं, शिशिर? तुम्हें नई कुँवारी लड़की के कौमार्य भंग का स्वाद चखना था।'' उसके होंठ तीक्ष्ण शब्दों का प्रहार करते हुए व्यंग्यपूर्ण ढंग से कुंचित हो गए।

''तुम विश्वास नहीं कर सकते कि उस लड़के को यह जानकर कितना चैन मिला कि वह तुम्हारा बेटा नहीं है। बेशक उसका असली बाप भी एक कमजोर दिल का मूर्ख

इंसान है। लेकिन वह कम-से-कम जवान लड़कियों पर तो हाथ नहीं डालता है। जहाँ तक शरत का संबंध है, उसे सच बताने से मुझे बहुत सुख प्राप्त हुआ। क्या तुम्हें याद है, जब हम तुम्हारी बहन की शादी में शामिल होने के लिए भोपाल गए थे? विवेक उस समय पंद्रह साल का था। एक आलस्य भरी दुपहरी में छत पर मैंने शरत को विवेक के बारे में बताया था, जिस समय तुम रंडी बाजार में अपनी जिस्मानी भूख मिटा रहे थे।'' उसके शब्द धारदार, तीक्ष्ण और लहूलुहान करनेवाले थे।

शिशिर क्रोधावेश में गूँगा हो गया लगता था। उसने थोड़ी और शराब गले में उतारी और उसपर गुर्राया, ''तू रंडी! मुझे हमेशा से संदेह था कि उस दौरे पर तुम दोनों के बीच जरूर कुछ पक रहा था। इसके लिए मैं तुम्हारी जान ले लूँगा।''

''तुम जो चाहो वह सोच सकते हो। लेकिन सच तुम्हारी आँखों के सामने है।''

''अभी क्यों, एस? तुम यह सब मुझे क्यों बता रही हो?'' शिशिर विनती भी कर रहा था और उसपर चीख भी रहा था।

''क्योंकि मुझे तलाक चाहिए। मैं यह साबित करने के लिए एक डी.एन.ए. टेस्ट कराना चाहूँगी कि विवेक तुम्हारा बेटा नहीं है। फिर मैं तलाक के लिए अदालत का दरवाजा खटखटाऊँगी—ऐसे-ऐसे मतभेदों का हवाला देते हुए, जिनका कभी मेल नहीं हो सकता। दुनिया को पता चलने दो कि शिशिर अपने बेटे का जन्मदाता नहीं है लेकिन वह किसी भी पेटीकोट के अंदर झपट पड़ने के लिए हमेशा बेकल रहता है। वर्षों तक दूसरों को अपने क्रूर शब्द-बाणों का निशाना बनाने के बाद तो तुम्हें समझ आ जाना चाहिए कि कभी तुम भी एक अच्छा मजाक बन सकते हो।''

''तलाक! ताकि तुम मुक्त होकर जा सको और शरत के साथ दुबारा वही शुरुआत कर सको। मैं तुम्हें वैसा नहीं करने दूँगा। उसके पहले मैं तुम्हें मार डालूँगा।''

''तुम वैसा कुछ नहीं करोगे। तुम्हारे अंदर मुझे मार डालने का साहस नहीं है। लेकिन तुम आत्महत्या का विकल्प चुनने के बारे में सोच सकते हो। ऐसा करने से तुम अपनी सच्ची कहानी का खुलासा होने के बाद लोगों की जुबानी अपना अपमान सहने से बच जाओगे। मुझे यह भी भरोसा नहीं है कि तुम अपनी हत्या करने की भी हिम्मत रखते हो या नहीं। अगर तुम यह कर सको तो मैं एक शोकाकुल विधवा बनने के लिए तैयार हूँ। मैं वादा करती हूँ कि मैं कभी भी शरत से संपर्क नहीं करूँगी। हमारा संबंध उस नोट के साथ ही समाप्त हो गया जो उसने लिखा था। उसके बारे में तुम्हें चिंता करने की आवश्यकता नहीं है। तुम्हारी मृत्यु के उपरांत मैं तुम्हें उससे ज्यादा इज्जत दे सकूँगी, जितनी इज्जत तुम्हारे जीवित रहते मैंने तुम्हें दी है। गुड नाइट और गुड बाय—सदा के लिए।''

सोनाली ने यह सब बहुत सोच-समझकर किया था। शराब की बोतलें बगीचे में बनी मधुशाला में रख दी गई थीं जहाँ शिशिर उन्हें आसानी से देख-तलाश सकता था।

उसे उम्मीद थी कि वह तब तक बराबर पीता रहेगा जब तक कि वह अपने होश न खो बैठे। उसकी भरी हुई पिस्तौल सुरक्षा का खटका हटा देने के बाद मेज पर खुले में रख दी गई थी। आज रात उसने शिशिर के लिए जीवित रहने की 20 प्रतिशत गुंजाइश छोड़ी थी। अगर सब कुछ योजना के अनुसार घटित हुआ तो निश्चित रूप से शिशिर आज की रात अपना जीवन समाप्त कर देगा।

यद्यपि परिवार के अन्य सभी जन निचली मंजिल पर सो रहे थे फिर भी उसने पहली मंजिल पर सोना पसंद किया। कमरे में आने का एक ही रास्ता था। दरवाजे दो थे और दोनों को बंद किया जा सकता था। उस कमरे में किसी का भी घुस पाना आसान नहीं था। कमरे के अंदर सुरक्षित महसूस करते हुए भी वह काफी देर तक सो नहीं सकी और जो कुछ उसने किया था उसके बारे में ही सोच-विचार करती रही। शिशिर के प्रति उसके मन में कोई दया-भाव नहीं था। शिशिर तीन दशक से उसे यंत्रणा देता रहा और परेशान करता रहा है। ज्योति के साथ किया गया उसका घृणित व्यवहार उसके दुष्पाप की चरम सीमा थी। ज्योति और विवेक की जोड़ी अच्छी थी। शिशिर को भी पता था कि विवेक उस लड़की को पसंद करता है। उस लड़की पर शिशिर का हमला कौटुंबिक व्यभिचार के समान था। उसने प्रार्थना की कि विवेक को यहाँ से अब आगे बढ़ने तथा एक सामान्य जीवन जीने का सामर्थ्य प्राप्त होगा। उसके मन में तरह-तरह के वेदनापूर्ण विचार आ-जा रहे थे। एक लाल नागा शॉल। कटी-फटी डिंब ग्रंथियोंवाली वह मुरदा औरत और गहरी नींद में खोया शिशिर। दीपावली की चमक-दमक रोशनी और शिशिर का कामांध चेहरा। शादी की अरजी पर उसके नकली दस्तखत। खुद को सँभालने की कोशिश करते हुए उसने तुलसी माला पकड़ ली और उँगलियों से माला के मनके फेरने लगी। इतने वर्षों में उँगलियाँ भी ठंडी पड़ गई थीं। उसके हृदय में एक मौन प्रार्थना उठी—हे ईश्वर! सब कुछ ठीक हो जाए।

सोनाली की आँखें लग गई होंगी, क्योंकि वह अचानक जागी। एक के बाद एक लगातार छह गोलियाँ चलने की आवाज असामान्य रूप से बहुत तेज थी। एक क्षण के लिए वह भयभीत हो गई। क्या होगा, अगर वह उसे खोजने आ गया? गहरी साँसें लेने के बाद उसने रात के पुन: शांत होने का इंतजार किया। जब कई मिनट गुजर जाने पर भी उसके दरवाजे पर कोई दस्तक नहीं हुई तो उसका तनाव जाता रहा और वह गहरी नींद में डूब गई। उसका काम हो गया था। तुलसी माला अभी भी उसकी उँगलियों में फँसी हुई थी।

□

2

वनवास

''दादा!''

आवाज किसी दूर स्थान से आ रही थी। आवाज भद्दी और खोखली थी।

उसने लगभग मदहोशी में अपना सिर झँझोड़ा और अँधेरे में अपना चश्मा टटोलने के लिए हाथ बढ़ाया। उसके पलंग के पास ही रखी घड़ी का रेडियम डाइल और घड़ी की सुइयाँ अँधेरे में चमक रही थीं जो बता रही थीं कि सुबह के 2 बजकर 13 मिनट हुए हैं। क्या मुसीबत है?

''दादा!''

आवाज अभी भी उतनी ही भोंड़ी और खोखली लग रही थी जितनी पहली बार थी। हाँ, आवाज में इस बार आग्रह-अधिकार था मानो लाइन के दूसरे सिरे पर स्वगृहीत चुप्पी की दीवार तोड़कर निकलने के लिए आमादा हो।

''कौन है यह?''

उसने अपना सुर आधिकारिक व प्रभुत्वपूर्ण बनाने की चेष्टा की किंतु उसमें घबराहट और कुछ आशंका मिली हुई थी। उसने तुरंत हलक में अटका हुआ सा कुछ निगला और अपनी आवाज को अधिक गंभीर बनाकर दोहराया, ''कौन है यह?''

''यह मैं हूँ, कमरू, दादा।''

उसकी उँगलियाँ फोन पर कस गईं। वह अभिशप्त कमरू सुबह के 2:13 बजे आई.एस.डी. कनेक्शन पर उसे क्यों फोन कर रहा था? और उसका नंबर कमरू को कैसे मिला?

''किसने तुम्हें मेरा नंबर दिया?''

दूसरे छोर पर जिस आदमी के प्रति उसके मन में जहर भरा हुआ था, वह सारी नफरत उसने अपने शब्दों में उतार दी। एक पल की हिचकिचाहट हुई क्योंकि कमरू की

समझ में नहीं आ रहा था कि क्या कहना चाहिए और फिर शब्दों का आना शुरू हुआ— प्रचंड वेगपूर्ण और बर्फ की मानिंद सर्द शब्दों का प्रवाह जैसे उसके गाँव के निकट बहती डिक्रांग नदी का एकदम ठंडा पानी।

''देउता को दिल का दौरा पड़ा···वह आई.सी.यू. में हैं। डॉक्टरों का कहना है— शायद अब उनकी जिंदगी ज्यादा दिन की नहीं है। फौरन चले आओ, दादा। तुरंत आ जाओ। माँ कहती हैं···''

जैसे कोई भरा हुआ बादल एकदम फट पड़ा हो और फोन बंद हो गया। कमरू की आवाज उसी तीव्रता के साथ अँधेरे में लुप्त हो गई, जिस तीव्रता से उसकी दुनिया पर उस आवाज ने हमला किया था। उसे नहीं पता कि कितनी देर तक वह रिसीवर को अपनी सुन्न हो गई उँगलियों में पकड़े रहा। वह विचार-शून्य आँखों से ताकते हुए, अँधेरे में बैठा रहा, जिधर देखने के लिए विशेष कुछ नहीं था। देउता! माँ! असम! इंडिया। उसने जीवन भर अपने पिता को 'देउता', देवता या भगवान् कहकर पुकारा। यू.एस. में उसके दोस्तों को यह सुनकर हँसी आती थी कि वह अपने पिता को भगवान् कहकर बुलाता और इसके लिए वे बेरहमी से उसकी खिंचाई किया करते थे। कभी-कभी वह हँस कर सफाई देता कि यह परंपरा उसके पूर्वजों के समय से चली आ रही है। पश्चिम के तौर-तरीकों को उसने चाहे जिस हद तक अपना लिया हो लेकिन उसके पिता उसके लिए हमेशा देउता ही रहे और कभी डैड या पॉप नहीं कहलाए। क्या वे समझ पाए, उसका तात्पर्य क्या था? संभवतया बिल्कुल नहीं। शायद यह एक सांस्कृतिक खाई थी जिसे केवल शारीरिक सान्निध्य से पाटा नहीं जा सकता। शायद यह मानव दृष्टि को दिखाई देनेवाला सूरत-शक्ल का अंतर था जिसने अंदर उमड़ती और हिलोरें मारती सामान्य प्राण-शक्ति को ढँका हुआ था। अपना एक-तिहाई जीवन अमेरिका में व्यतीत करने के बाद वह अभी तक 'उनमें' से एक नहीं बन पाया था यानी बिल्कुल उन जैसा नहीं हो सका था। कभी होगा भी नहीं। शायद वह उनकी तरह होना चाहता। उसे घर की हूक उठती थी। उसकी आत्मा उसे असम लौटने, देउता के पास, माँ के पास आने के लिए पुकार रही थी।

जब घड़ी ने कोयल की आवाज में 6 बजने की सूचना दी तब वह अपनी तंद्रा से एकदम जागा और बहुत डर गया। देउता अंतिम साँसें ले रहे हैं और वह यात्रा की तैयारी के लिए दौड़-भाग करने के बजाय यहाँ बैठा-बैठा दिमाग में बेकार के विचारों की भीड़ लगाए एक मूर्ख की तरह शून्य में ताक रहा है। उन लोगों को और हम लोगों को। फिर उसका मुँह पित्त प्रकोप की तरह गुस्से से भर गया। देउता के बीमार होने की खबर उस तक पहुँचाने का साहस कमरू को कैसे हुआ? कमरू, सूअर कहीं का, निकम्मा बाहरी आदमी! परिवार के बारे में उसे क्या पता? और मामा या आइता ने फोन क्यों नहीं किया? उसके चाचा और नानी उसके परिवार के सबसे करीब हैं और फिर भी उन्होंने यह दायित्व

कमरू को क्यों सौंपा, यह सब उसकी समझ के परे था! हो क्या रहा है? उसका मन सवालों और-और सवालों के भँवर में घूमे जा रहा था।

पिछले कुछ घंटों का खालीपन एक बड़ा बवंडर बन गया। अनुकंपावश, क्रोध एवं औचित्य ने अन्य सभी भावनाओं को दबा दिया और उसे उठ खड़े होकर हरकत में आने के लिए उकसाया।

''दीपांकर बरुआ। नई दिल्ली जानेवाली उड़ान सं. आइसी-102 की ओर से श्री दीपांकर बरुआ के लिए यह अंतिम और आखिरी सूचना है।''

न्यूयॉर्क के जेएफके हवाई अड्डे पर सुरक्षा-जाँच से गुजरते हुए उसके कानों में वह झनझनाती आवाज गूँजी। उसके गोरे रंग तथा उसके तीखे नाक-नक्श के पीछे उसके एशियाई कुल का होने का सच छिप गया होगा लेकिन उसके घने काले बालों ने भेद खोल दिया। होमलैंड सुरक्षा अधिकारियों ने उसे अलग कर दिया और उसकी अच्छी तरह तलाशी ली गई। उसके चारों ओर भिनभिनाती मक्खियों की तरह जमा भीड़ उस अस्त-व्यस्त स्थिति के बीच सही काउंटर या सही द्वार पर पहुँचने के लिए अत्यंत उद्धत थी। किसी के पास सोचने के लिए भी समय नहीं था। लोगों की इस विशाल भीड़ में फँसकर वह खुद समय का हिसाब रखना भूल-सा गया। अपनी कलाई-घड़ी पर नजर डालने के बाद उसे खयाल आया कि उस शापित कमरू ने जब उसे फोन किया था और उसके जीवन में खलबली मचा दी तब से अब तक केवल नौ घंटे ही बीते हैं। लेकिन इतना समय भी अनंतकाल जैसा प्रतीत हो रहा था। उसी क्षण से दीपांकर क्रोध और अविश्वास के बीच डूबता-उतराता रहा। आह, यह खबर मुझे कमरू ने ही क्यों दी?

जाने के लिए तैयारी की हड़बड़ी में निष्क्रियता के दौरे भी पड़ते रहे। जिस तरह देउता घर पर शेयर बाजार के ग्राफ में उतार-चढ़ाव का बड़ी उत्सुकता से अध्ययन किया करते थे, उसी प्रकार उसका गुस्सा भी बार-बार अतीत की स्मृतियों में चला जाता था। घर जाने से पहले पिछले कुछ कोलाहलपूर्ण महीनों में····

दीपांकर सोच-विचार में खोया हुआ था और उसके कदम अनायास ही मंद पड़ने लगे थे कि तभी एअर इंडिया के एक कर्मचारी ने तेजी से आकर उसकी बाँह पकड़ी तथा विमान के अंदर ले जाकर बिठा दिया।

स्वागत-सत्कार और मद्धिम प्रकाश का वातावरण उसके उद्वेलित मन को शांति देनेवाला साबित हुआ। मधुर वाद्य-संगीत की लहरें उसके कानों में पड़ने लगीं। बादामी रंग की भिन्न-भिन्न छटाओं में भारतीय चेहरों को देखकर उसकी धमनियों में जोश का संचार होने लगा। अपने ही लोगों के बीच खुद को पाकर उसकी खुशी का ठिकाना नहीं रहा। घर! यद्यपि पिछले ग्यारह वर्षों से वह न्यूयॉर्क में रह रहा था फिर भी उसकी पहचान एक अजनबी के रूप में होती थी। हर समय उसे अपनी भाषा, परंपराओं, संस्कृति, यहाँ

तक कि अपने अस्तित्व को भी उचित प्रमाणित करने की कोशिश से गुजरना पड़ता था और इस सारी जद्दोजहद ने अनजाने ही उसको क्षीण कर दिया था। वह परेशानी और उलझन अब कुछ दिनों के लिए तो टल ही जाएगी।

विमान के उड़ान भरते ही दीपांकर ने आराम फरमाने का एक सचेत प्रयास किया। आखिरकार ग्यारह वर्षों की लंबी अवधि के बाद वह असम यानी घर जा रहा था। जहाँ आप रात में चमकते जुगनुओं को देख सकते हैं और जहाँ आप नदी को देखने से पहले ही नदी की गंध महसूस कर सकते हैं। माँ के हाथों के पिट्ठे, आइता के पके केले—वे सभी चीजें जिन्हें वह अपनी किशोरावस्था के दौरान अरुचिकर पाता था, उस देश में अपनी गैर-मौजूदगी से उसे उलाहना देती थीं, जहाँ जाकर वह बस गया था।

निर्वासन अर्थात् देश-निकाला। इससे उसे 'रामायण' याद आ गई। राम को चौदह वर्ष का वनवास मिला था। क्या उसका निष्कासन भी उतना लंबा होगा? उसका थका-माँदा दिमाग राम के वनवास और अपने निष्कासन के बीच समानताएँ तलाशने लगा। वह दीपांकर बरुआ, मशहूर दीनानाथ बरुआ, गोरूगाँव के जमींदार का पुत्र। राम की माता के समान उसकी भी एक अति स्नेही माँ थी और दो मौसी थीं जो दुनिया भर की चीजों से ज्यादा उसकी चिंता करती थीं और सबसे ऊपर थीं आइता यानी उसकी नानी जिन्होंने उसे यह एहसास कराया कि वह बरुआ परिवार के लिए ईश्वर की एक बहुमूल्य भेंट है।

यात्रियों को जूस दे रही खूबसूरत विमान परिचारिका (एयर होस्टेस) ने उसे उसके कल्पना लोक में विचरण से झकझोरकर वर्तमान में लाकर खड़ा कर दिया। उसने अपनी घड़ी देखी—भारत में अभी भी रात थी। वह दोपहर के भी बाद दिल्ली पहुँचेगा और तत्काल गुवाहाटी के लिए फ्लाइट पकड़ेगा। वहाँ मामा की कार उसे लेने आई होगी और सुबह होने तक वह बिहपुरिया अस्पताल पहुँच जाएगा जहाँ देउता भर्ती हैं। उसने एयरपोर्ट जाते हुए मामा से फोन पर बात की थी। यद्यपि बात ज्यादा नहीं हो पाई फिर भी दीपांकर अपने मन की चोट तथा अपनी नाराजगी जाहिर करने से स्वयं को नहीं रोक सका। मामा ने उसके प्रकोप और उसके कुपित स्वर को धैर्य से सहन कर लिया था और फिर अपनी विशिष्ट शैली में दीपांकर से कहा था कि वह पहले घर पहुँच जाए और वे उसके बाद इस बारे में बात करेंगे।

"मुझे धैर्य रखना चाहिए। इस बात की तह तक पहुँचने के लिए राम के जैसे धैर्य की आवश्यकता है।" दीपांकर बड़बड़ाया, जिस समय वह एयरलाइंस के ईयरफोन लगाकर कानों में गूँजते हिंदी गीतों के साथ सोने की तैयारी कर रहा था।

घर वापसी का सफर अधिकतर नींद पूरी करने या एक एयरपोर्ट काउंटर से दूसरे एयरपोर्ट काउंटर तक भाग-दौड़ करने में कटा। अंततः जब सूर्य की किरणों ने पूर्वी क्षितिज का कोमल स्पर्श किया तब मामा की सूमो एक हरे रंग के लोटे के फाटक के बाहर रुक

गई, जो उसके घर का प्रवेश द्वार था और जिसे वह कभी भुला नहीं सका। वह सीधे नर्सिंग होम जाना चाहता था। लेकिन मामा के इस विवेकपूर्ण तर्क के आगे उसे झुकना पड़ा कि उसके वहाँ जाने से स्थिति में कोई फर्क नहीं पड़ने वाला है। देउता की हालत अभी भी संकटपूर्ण किंतु स्थिर बनी हुई थी। डॉक्टर किसी भी व्यक्ति को अंदर जाने नहीं दे रहे थे। मामा ने दीपांकर से जोर देकर कहा कि उसे पहले घर जाना चाहिए, माँ व आइता से मिलना चाहिए और नहा-धोकर तरोताजा हो जाना चाहिए और उसके बाद वे सब अस्पताल जाएँगे। मामा की बात में दम था और थोड़ी-बहुत बहस के बाद दीपांकर ने उनकी बात मान ली। उसे याद पड़ता है कि मामा हमेशा से ऐसे ही रहे हैं। एकदम स्पष्ट सोच और पूर्णतया तर्कसंगत। सिर्फ उस एक अवसर को छोड़कर उन्होंने दीपांकर के साथ बात करते हुए कभी अपना संयम नहीं खोया।

सूमो जैसे ही रुकी वैसे ही दीपांकर उसमें से बाहर कूद पड़ा। शीतल ताजा हवा ने उसके मनोभावों पर धावा बोल दिया। इतने लंबे समय से कंक्रीट का जंगल देखने की अभ्यस्त उसकी आँखों को इतनी अधिक हरियाली देखकर बहुत ठंडक मिली। अंग्रेजी के 'ए' अक्षर की शक्ल के लकड़ी की छतोंवाले कड़ी लगे मकान आज भी बिल्कुल वैसे ही थे। हाँ, कुछ धूल-मिट्टी और मौसम की मार का असर जरूर दिख रहा था। बाएँ किनारे पर जो थोड़ी सी खाली जगह थी और जहाँ कबूतरों ने अड्डा बना रखा था बस वह जगह काली हो गई थी तथा मकड़ी के जाले लगे हुए थे। चिड़ियों के बच्चे घोंसला छोड़कर बहुत पहले रफू-चक्कर हो गए थे। इतने वर्ष बाद भी हरा दरवाजा अपने कब्जों पर कसा हुआ था और उसे दरवाजे को जोर का धक्का लगाकर खोलना पड़ा। आगे गाड़ी ले जाने के पथरीले रास्ते में एक गड्ढा बन गया था जिसमें बरसात का पानी भरा हुआ था। इतना कि अगर कोई ध्यान न दे तो उसके जूते भीग जाएँ। दीपांकर उस जगह से अच्छी तरह वाकिफ था अत: उससे बचकर आगे निकल गया। और फिर उस चिर-परिचित दृश्य को देखकर उसकी आँखें भीग गईं जिसे वह बचपन में हर दिन देखा करता था और उसके बाद ग्यारह वर्ष के दौरान बार-बार यही दृश्य उसके सपनों में आता रहता था—माँ उसकी तरफ पीठ करके खड़ी है, उगते सूर्य की ओर मुँह करके प्रार्थनाएँ गुनगुना रही है। उसकी ठिगनी काया, मेखला चादर में लिपटी सूरज की सुनहरी आभा में छायाचित्र जैसी प्रतीत होती थी। सुबह जल्दी उठकर स्नान के बाद उसके बाल भीगे हुए थे और माँग में सिंदूर चमक रहा था। माथे पर एक बड़ी सी बिंदी सुशोभित थी। क्या यह उसकी मात्र कल्पना थी या वाकई माँ के कंधे कुछ झुक गए थे?

"माँ!" आवाज में उत्सुकता और चिंता का भाव था।

माँ जड़ हो गई मानो उसकी ओर मुड़ने और उसका सामना करने के लिए तैयार न हो। मन में शंका लिये कि क्या यह सच है या सपना? वह उसकी हिचकिचाहट को देख

और महसूस कर सकता था। उसने दोहराया, "माँ, यह मैं हूँ, दीपू।"

एक रुलाई के साथ वह घूमीं और दौड़कर उसकी खुली बाँहों में समा गईं।

काफी समय तक वे एक-दूसरे से लिपटे रहे। उन्हें उसके जवाँ शरीर से शक्ति मिल रही थी। जिस शरीर को उन्होंने पूरी ममता से पोषित किया था। वह खुद उस करुणा एवं अप्रतिम स्नेह को पाने की चेष्टा कर रहा था जो व्यक्ति को अपनी माँ की बाँहों में ही प्राप्त होती है।

"दीपू, हमने तुझे बहुत याद किया और हर पल याद किया। तुझे आने में इतना समय क्यों लगा? तू इतने वर्षों तक क्यों नहीं आया? घर आने से पहले तू इतनी भयावह खबर की प्रतीक्षा क्यों करता रहा?"

सवाल, सवाल, इतने सारे सवाल हों। उनके होंठों पर, उनके दिल में। कमरू क्यों, माँ? क्यों?

लेकिन एक अंतर था। वह जवाब नहीं खोज रही थी। ये कुछ ऐसे सवाल थे जिन्होंने पिछले कुछ वर्षों से उनके मन में नगाड़ा पीटना शुरू कर दिया था और अब उनके जरिए वह उस भय से मुक्ति पाना चाहती थी जिस भय ने उन्हें जकड़ा हुआ था। उसके लिए यह एक ही बात नहीं थी क्योंकि उसके सवालों ने अंदर-ही-अंदर तनाव को फट पड़ने की स्थिति तक पहुँचा दिया था। धैर्य। जवाबों के लिए उसे इंतजार करना होगा।

□

अगले कुछ घंटे बहुत शांति से बीते। माँ ने उसे चावल के आटे और घर के पिछवाड़े से तोड़कर लाए गए पके केलों से निर्मित पीठागुड़ी का नाश्ता कराया। उन्होंने दोस्तों और उन परिचितों के बारे में चर्चा की जो धीरे-धीरे अपने बच्चों के साथ अधिक बड़े शहरों में बसने के लिए वहाँ से दूर चले गए हैं। अब पुराने लोगों में से मुट्ठी भर ही रह गए हैं। माँ जिस समय परिवार में घटी महत्त्वपूर्ण घटनाओं तथा जनमे बच्चों के बारे में निरर्थक ब्यौरा दे रही थीं उसका मन बेचैनी से भटक रहा था। उसे जाना है और जाकर देउता को देखना है। शायद तब पहेली का सही सुराग मिल जाए। दीपांकर तब अचानक उठकर खड़ा हो गया यद्यपि माँ अभी उसके ममेरे भाई के लगन-समारोह का वर्णन पूरा नहीं कर पाई थीं।

उसने अधीरता व्यक्त करते हुए पूछा, "हम अस्पताल के लिए कब निकलेंगे?"

माँ के चेहरे का रंग आया-गया हो गया। क्या वह कुछ छिपा रही थीं? वह अपने ही घर में खुद को एक अजनबी क्यों महसूस कर रहा था? "क्योंकि इतने सालों तक तुम जो एक अजनबी जैसा बरताव करते रहे।' उसकी खोपड़ी में बैठी किसी दुष्ट प्रवृत्ति ने धीरे से कहा, 'तुमने घर न आने का विकल्प चुना। तुमने उनकी घर वापस आने की सभी योजनाओं से मुँह फेर लिया, तुमने......'

"बहुत हुआ!" वह चीखा, किसी और पर उतना नहीं जितना उस अंदर की आवाज पर। और माँ के चेहरे पर उभर आई भय की छाया को देखकर वह डर गया।

"मैं देउता से मिलना चाहता हूँ, माँ। हमें चलना चाहिए।" उसने चिरौरी की।

माँ ने सहमति में सिर हिलाया और वे तत्काल चल पड़े। जगह-जगह कीचड़ और गड्ढों से भरी सड़क के रास्ते अस्पताल पहुँचने में उन्हें पैंतीस मिनट लगे। आश्चर्य की बात तो यह थी कि उस सड़क को एक राष्ट्रीय राजमार्ग घोषित किया गया था। भारत में, और विशेषकर असम में, ऐसी बेतुकी घोषणाओं को स्वीकार कर लेना आम बात हो गई है और इससे उसे बहुत चिढ़ होती है। अपना ध्यान दूसरी ओर लगाने के उद्देश्य से वह खिड़की के बाहर हरे-भरे देहात को देखने लगा। भूरी सर्पाकार सड़क के दोनों तरफ धान के खेतों का हरा गलीचा बिछा हुआ था और ढलवाँ छतोंवाले मकान उसकी शोभा बढ़ा रहे थे। अपने कोमल ताल-पत्रों के साथ नारियल के वृक्ष, उनींदे-से हिल-डुल रहे थे। ऐसा प्रतीत होता था जैसे ईश्वर ने एक उत्कृष्ट कलाकृति की रचना की है जिसमें हरे रंग का कुछ अधिक उपयोग किया गया है। पूरा का पूरा भू-दृश्य हरा-भरा था और जीवन से भरपूर था। दूरी पर पक्षियों के एक झुंड ने आकाश की ओर वैसी उड़ान भरी जैसे हरियाली को दिखाना चाहते हों कि सफेद रंग की छटा भी किसी से कम नहीं। हरा-सफेद, सफेद-हरा, कभी-कभी जैसे किसी घर की नई-नई रँगी गई चमकती दीवार पर रंग का कोई छींटा पड़ जाता है। उसने गहरी साँसें अंदर लीं—गीली मिट्टी, नदी की कुछ-कुछ सड़न भरी गंध और केतकी पुष्प की अत्यंत मीठी सुगंध। इस सुगंध ने उसके मनोभावों और उसकी अनुभूतियों को इस कदर गुदगुदा दिया, जिसे कोई कामोत्तेजक नहीं कर सकता।

वे दौड़ती गाड़ी में खामोश बैठे रहे। उसके विस्फोट के बाद माँ सहम गईं और दीपांकर अपनी आत्मा के एक खोए हुए अंश को दुबारा तलाशने में निमग्न था। आत्मा का वह हिस्सा, जिससे वह इतने वर्षों तक कटा रहा, लेकिन इस बात को स्वीकार करने में उसका घमंड आगे आ जाता था।

गाड़ी का सफर जितना उसने समझा था, उससे पहले ही समाप्त हो गया। सूमो अस्पताल के बाहर जैसे ही रपटते हुए रुकी तब मामा के ड्राइवर ने बड़ी कुशलता से गाड़ी को सँभाला और उसे वहाँ उपलब्ध एकमात्र पार्किंग खाँचे में खड़ा करने में कामयाब हो गया। इस देश में हर चीज के लिए संघर्ष करना पड़ता है—चाहे अस्पताल में गाड़ी खड़ी करने की जगह खोजना ही क्यों न हो! अस्पताल में हलचल शुरू हो गई थी, हालाँकि अभी सुबह 7:30 बजे का ही समय था।

दीपांकर मुसकराया। असम में जीवनचर्या हमेशा जल्दी शुरू होती थी। अमेरिका में उसके दोस्तों को सुनने में विचित्र लगता था कि असम में लोग घर से जल्दी लंच करने

के बाद करीब 10 बजे तक काम पर या स्कूल के लिए चले जाते हैं। लेकिन अगर स्थानीय लोगों की तरफ से सोचें तो उनके लिए यह बहुत स्वाभाविक था, क्योंकि लगभग हर व्यक्ति पौ फटते ही उठ जाता है। असल में सुबह के 10 बजने तक ऐसा लगने लगता है जैसे दोपहर हो गई है।

सूमो से उतरते ही उन्होंने कमरू को अस्पताल के बरामदे में देखा।

"माँ, यह कमरू यहाँ क्या कर रहा है?"

लेकिन माँ पहले ही आगे-आगे चल पड़ी थी, जैसे कि वह उन सवालों का सामना करने से कतरा रही हो। निडर होकर उसने भी तेज कदम बढ़ाए और जाकर माँ का हाथ पकड़ लिया, ठीक उसी तरह जैसे वह छुटपन में किया करता था। इतना जरूर है कि अब वह आठ साल का बच्चा नहीं था जो पुखरी में मछली पकड़ने जाने के लिए माँ की इच्छा के विरुद्ध उसकी इजाजत माँगा करता था। यह बात उससे कहीं अधिक गंभीर थी।

"माँ! मेरी बात सुनो, माँ।"

"शीईई······। इस बारे में बात करने के लिए बहुत समय होगा हमारे पास। हमें पहले देउता से मिलना है।"

वह सब तो ठीक है, लेकिन माँ, कमरू के बारे में बात करना क्यों टाल रही थी? अवश्य ही कुछ भयंकर रूप से गलत था। दीपांकर माँ के पीछे-पीछे चल दिया; लेकिन एक-एक मिनट बीतने के साथ कुछ अनिष्ट का भय मन में बढ़ता जा रहा था।

लंबे और घुमावदार गलियारे को उन्होंने साथ-साथ चलते हुए कई मिनट में पार किया। अस्पताल के अंदर का माहौल उतना विषादजनक नहीं था जैसा कि उसने सोचा था। दीवारों से रोगाणु-रोधक (ऐंटिसेप्टिक) गंध आ रही थी मानो दीवारों की अभी-अभी पुताई की गई हो। फर्श अच्छी तरह साफ किए हुए थे। बाहर की हरियाली ने पुरानी शैली की इमारत को किसी जमींदार के घर जैसा रूप दे दिया था। लेकिन असलियत कहाँ छिपने वाली थी, जबकि आप देख रहे हों कि किसी बुरी तरह घायल मरीज को पहिएवाली कुर्सी के जरिए एक कॉरिडोर से दूसरे कॉरिडोर में ले जाया जा रहा है या दहशत से घबराए हुए नाते-रिश्तेदार किसी डॉक्टर की तलाश में इधर-उधर दौड़ रहे हैं। अंत में वे एक दरवाजे तक पहुँच गए जो भद्दा और वर्जित क्षेत्र था। मामा बाहर प्लास्टिक की एक बेआराम कुर्सी पर कसे हुए—से बैठे थे। लग रहा था जैसे वह पूरी रात सोए नहीं हैं। स्टाइरोफोम के बने कप, जिनमें चाय की बूँदें लटकी हुई थीं, कोने में रखे ऊपर तक ठसाठस भरे हुए एक कूड़ेदान के पास पड़े थे, जो मामा की परेशानी का हाल बयाँ कर रहे थे। लेकिन जैसे ही मामा ने दीपांकर को देखा वैसे ही उनके चेहरे से थकान एकदम गायब हो गई और उन्होंने दीपांकर को प्यार से बाँहों में भर लिया। दीपांकर ने महसूस किया कि उसके ताकतवर और बलिष्ठ मामा बहुत बुढ़ा

गए हैं। हालाँकि कद-काठी से मामा अभी भी लंबे-चौड़े थे। उनकी मांसपेशियाँ शिथिल पड़ गई थीं और ठोस मांस नरम एवं पिलपिला हो गया था।

"वह कैसे हैं?" माँ ने धीमी आवाज में पूछा मानो उन्हें शंका हो कि उनकी आवाज देउता के आराम में कहीं विघ्न न डाल दे।

मामा ने कंधे उचका दिए। दीपांकर समझ नहीं पाया कि इसका क्या मतलब हो सकता है।

"डॉक्टर क्या कहते हैं?" दीपांकर ने मामा को यह जताने की कोशिश करते हुए ऊँची आवाज में पूछा कि वह अब एक बच्चा नहीं रहा बल्कि बड़ा हो गया है और डॉक्टरों द्वारा बताए गए रोग-निदान एवं उपचार को समझ सकता है, भले ही उसमें बुरी खबर शामिल हो। मामा ने उसकी तरफ एक व्यंग्यपूर्ण एवं हँसोड़ दृष्टि फेंकी। एक तटस्थ आवाज में मामा ने उन्हें बताया कि देउता अभी तक कोमा में हैं। डॉक्टरों ने कहा है कि वे मरीज को गुवाहाटी स्थानांतरित करने से पहले कुछ दिन और यहाँ रखकर उसकी हालत पर निगरानी रखना चाहेंगे।

"क्या मैं उन्हें देख सकता हूँ?"

□

दीपांकर ने आइसीयू में प्रवेश किया और तेजी से साँस खींची। बिस्तर पर पड़े व्यक्ति के चेहरे की हड्डियों का ढाँचा देउता जैसा था, लेकिन समानता वहीं समाप्त हो जाती थी। यह बूढ़ा, गंजा, सफेद चेहरेवाला अजनबी उसका पिता नहीं हो सकता। उसका देउता लंबा-ऊँचा था। उसकी बाँहें इतनी मजबूत थीं कि उसे बहुत ऊपर तक उठा लेती थीं ताकि वह बोगोरी फल को पककर जमीन पर गिर जाने से पहले तोड़ सके। देउता के बाल घने व काले थे और एक बार तो उन्होंने बड़े गर्व से नाई की दुकान में घोषणा भी कर दी कि दीपू को सिर के घने काले बाल बाप से विरासत में मिले हैं। उसका देउता कभी ऐसे लेटा नहीं करता था, दोपहर के आराम के लिए भी नहीं; जबकि असम में अधिकतर लोग दोपहर को आराम करते हैं। उसका देउता सिर्फ एक मौके को छोड़कर कभी बीमार नहीं पड़ा, जब वह घुड़सवारी के लिए तेजपुर पोलो क्लब गया था और उसकी टाँग की हड्डी टूट गई थी। यह इतना कमजोर आदमी उसका देउता कैसे हो सकता है, जिसकी साँस वेंटिलेटर से दी जा रही ऑक्सीजन के सहारे चल रही है और जीवन ऊपर लटकी बोतल से आ रही एक-एक बूँद में अटका हुआ है?

दीपांकर अपने निश्चेष्ट पैरों से चलकर गया और अपने पिता के पलंग के निकट अपने घुटनों पर गिर पड़ा। अपने पिता के चरण छूने के लिए उसने अपना सिर झुकाया और सुबकियों को दबाने की कोशिश में उसका पूरा शरीर थरथराने लगा। दीपांकर को कुछ अनुमान नहीं कि वह कितनी देर तक इस स्थिति में रहा। अंततः जो नर्स ड्यूटी पर

थी, उसने आकर उसके कंधे पर एक मजबूत हाथ रखा और खामोशी से उसे बाहर जाने का संकेत किया।

दो दमदार दूधवाली चाय पीने के बाद दीपांकर ने खुद को ठीक-ठाक महसूस किया। उसने माँ से घर चले जाने और थोड़ा आराम करने के लिए कहा कि तब तक वह अस्पताल में ही रुकेगा। थोड़ा-बहुत मनाने के बाद माँ ऊपरी तौर पर राहत महसूस करते हुए मामा के साथ चली गईं। दीपांकर प्लास्टिक की कुरसियों तथा दूधी चाय के साथ अकेला रह गया—अपनी खोपड़ी में गूँजती उस आवाज से लड़ने के लिए।

लगता था कि उसका मन अपनी ही एक इच्छा-शक्ति रखता है। उसकी बचपन और किशोरावस्था की स्मृतियों ने उसके मन को घेर लिया। उसने अपने परिवार और देउता को हमेशा खुश तथा हँसते हुए देखा था। देउता के साथ मछली का शिकार करना, बेशकीमती दूरबीन से—जो देउता के चचेरे भाई ने उसे खरीदकर दी थी—पक्षियों को निहारना, पुस्तकें पढ़ना (देउता ने ही पुस्तकें पढ़ने का चाव उसके अंदर पैदा किया था), बोलचाल की अंग्रेजी के सबक लेना और उसके बाद वह भी आइता, माँ और घरेलू नौकरानी मुन्नी के सामने आभ्यासिक सत्रों का दौर—जो मुग्ध होकर देखते-सुनते थे। इतने सारे चित्र और इतनी सारी यादें। इतने लंबे समय तक अपने प्रियजनों को भुलाकर वह कैसे रह सकता था?

और फिर लपट की उँगलियों का स्याह आसमान चाटने के लिए उतावलापन; लकड़ी, भूसा और मांस के जलने की गंध; पिस्सुओं से भरे कुत्ते—जो उसे घिनौने लगते थे—आग में घिरे हुए हू-हू करते; अपनी जान बचाने के लिए दौड़ते, ठोकर और गिरते लोगों की तेज चीख-पुकार; गिरे हुओं को भीषण आग से बचाने के लिए किसी का भी पीछे मुड़कर न देखना; चीखें, चीखें और चीखें…

दीपांकर पसीने में नहाया हुआ जागा। क्या वह दिवा-स्वप्न देख रहा था या उसकी आँख लग गई थी? उसके मन से निकली चीखें इतनी तेज थीं कि उन्हें उसकी कल्पना का मनगढ़ंत अंश कहना मुश्किल था। उसने महसूस किया कि कोई उसे पुकार रहा है।

"दादा!"

वह गुस्से में फुसफुसाया और सोचने के लिए रुके बिना ही उसने कमरू पर प्रहार करना और घूँसे बरसाना शुरू कर दिया। यही आदमी उसके निष्कासन के लिए जिम्मेदार था। इसके कारण ही वह अपने देउता को दुबारा कभी नहीं देख पाएगा। इसने ही ऐसा विष-बीज बोया है जो उसे अपनी जड़ों के पास दुबारा कभी लौटने नहीं देगा और उसके पूर्वजों द्वारा बनाए गए घर में रहने नहीं देगा। वह कमरू पर अंधाधुंध लात-घूँसे चलाता रहा। कमरू ने अपने आपको बचाने की भरसक कोशिश की लेकिन सफल नहीं हुआ। मार से बचने का कोई रास्ता न पाकर उसने खुद को गुड़ी-मुड़ी करके एक गेंद जैसा बना

लिया और दीपू के गुस्से के हवाले कर दिया। कुछ समय बाद एक गहरी साँस भरने और खुद पर पूरा नियंत्रण करने के साथ ही दीपू ने प्रहार करना बंद कर दिया।

''मुझे दादा मत कहना, खून चूसनेवाले बँगलादेशी चापलूस। बाहर निकल जा!'' दीपांकर गरजा।

मारपीट और हल्ला-गुल्ला जब औरों के कानों में भी पड़ा तो उसने देखा कि अस्पताल का एक नौकर उनकी तरफ आ रहा है। वह अभी भी कुछ दूरी पर था।

''क्या तूने सुना नहीं? भाग जा वरना इस बार मैं तुझे जान से मार डालूँगा! पिछली बार किस्मत ने तुझे बचा लिया।''

कमरू की जैसी आदत थी उसी तरह अपने आप में सिकुड़कर वह चुपके से खिसक गया। वह हमेशा से ऐसा ही था—अपने शरीर को इस तरह मोड़कर चलता था मानो अदृश्य होने की कोशिश कर रहा हो। परिवेश में विलीन हो जाना चाहता हो और यथासंभव अनाक्रमणकारी बनने का प्रयास कर रहा हो। पर यह फितरत तो उनके गंदे खून में थी। पराए देश में आकर बसनेवाले इन 'मियाँ मानुस', बेघर और दरिद्र शरणार्थियों ने उसके पूर्वजों की भूमि के साथ बहुत अत्याचार किया है। उन्होंने पेड़ काट डाले, जंगलों को पूरी तरह उजाड़कर खेत और मैदान बनाए, क्षुद्र मजदूरी के बदले काम करके सारे काम-धंधे हथिया लिये और धीरे-धीरे समाज में ऊपर तक घुन की तरह छा गए।

दीपांकर को गर्मियों की वह शाम याद आ गई जब उसने पहली बार उन्हें देखा था।

वह तब बारह वर्ष का था और अपने सहपाठियों के साथ नदी की ओर जा रहा था। रास्ते में उसने कुछ आदमियों को चारखानेदार धोतियाँ (उस समय तक 'लुंगी' शब्द प्रचलन में नहीं आया था) पहने देखा जो कॉलेज के पीछे घने जंगल में छप्पर डालकर एक घर बना रहे थे। उत्सुकतावश लड़के उस बाड़े के निकट रुक गए जिसमें प्रवेश करने की मनाही थी क्योंकि उसके अंदर रेशम उत्पादन का फार्म था। ऐसा भी नहीं है कि दीपू और उसके दोस्त उस अहाते के अंदर जाना मना है और निषेधज्ञा का उल्लंघन करना अपराध है। फिर कैसे इन लंबी लाल दाढ़ीवाले, सिर पर गोल टोपी पहने अजनबी लोगों को अंदर घुसने दिया गया। दीपू दोपहर में जब तक नदी से वापस आया तब तक झोंपड़ी पूरी तैयार हो चुकी थी और कुछ औरतों ने खुले में चूल्हा जलाकर खाना पकाने का भी इंतजाम कर लिया था।

उस शाम नवागतों के बारे में दीपू ने देउता से पूछा था। देउता काफी समय तक चुप रहे। यह घटना उस समय की है जब देउता ने किसी जटिल प्रश्न को हल करके सरल शब्दों में दीपू को बताना था और उसे मन-ही-मन सरल करने में उन्हें कुछ समय लगा। तत्पश्चात् देउता ने प्रवासियों (प्रदेश में जाकर बसनेवालों) के बारे में देउता को समझाया। अधिकांश लोग अपना जन्म-स्थान छोड़कर जाना नहीं चाहते हैं। लेकिन कभी-कभी

परिस्थितियाँ उन्हें जाने के लिए बाध्य कर देती हैं। असम में बाहर से आकर बसे अधिकतर वे लोग हैं जो गरीबी से तंग आकर बेहतर भविष्य की तलाश में अपना देश छोड़कर भागे थे। देउता ने उससे कहा कि जब हमारे पास गुजर-बसर के लिए पर्याप्त हो तो हमें ऐसे निराश्रय लोगों के प्रति उदार होना चाहिए। हमें माँ-प्रकृति से जो कुछ मिला है उसे किसी दूसरे के साथ बाँटने में हमें कोई तकलीफ नहीं होनी चाहिए।

कुछ माह के अंदर ही रेशम उत्पादन फार्म में और भी ज्यादा जगह की सफाई की गई। पहली झोंपड़ी के साथ-साथ पाँच झोंपड़ियाँ और खड़ी हो गईं और वे अजीब तरह की पोशाक पहने लोगों को देखने के अभ्यस्त हो गए। मर्दों ने चारखाने की रंग-बिरंगी लुंगी और औरतों ने साड़ी पहन रखी थी। इन लोगों ने आस-पड़ोस में छोटे-मोटे काम भी पकड़ लिये थे। उसके पिता ने सलीम नाम के एक आदमी को गायों की देखभाल के लिए रख लिया था। पहले यह जिम्मेदारी उसकी माँ ने अपने ऊपर ली हुई थी। माँ को इससे बहुत राहत मिली और काम के बदले जो मजदूरी देनी पड़ती थी वह भी उनकी नजर में बहुत कम थी यानी खाने के लिए माछ-भात और दस रुपए।

सलीम एक महीना पहले ही दो अन्य परिवारों के साथ गोरूगाँव आया था। लेकिन साल पूरा होने के पहले ही तपेदिक से उसकी मौत हो गई। वह अपने पीछे अपनी विधवा औरत तथा दस साल से छह माह तक के सात बच्चों को छोड़ गया। वह औरत अपने बच्चों को लेकर रोती हुई माँ के पास आई। माँ हमेशा से बहुत रहम दिल रही है। उसने बच्चों को पीठे खिलाए तथा चाय पिलाई। माँ ने उसके पुराने कपड़े उन्हें दे दिए और मिठाई खरीदने के लिए कुछ पैसे भी दिए। जब उसने विरोध जताया, क्योंकि चौदह साल की उम्र में उसका वर्ण-बोध तथा उसकी सामाजिक स्तर संबंधी समझ साफ होने लगी थी, माँ ने उसे चुप करा दिया।

''हमें उन लोगों को देना चाहिए जो हमारे जितने खुशनसीब नहीं हैं।''

और इसी कारण रेशम फार्म की शरणार्थी बस्ती फलने-फूलने लगी। उस बस्ती का एक नाम भी पड़ गया—इसलामपुर। सलीम के बेटे कमरू ने उनके घर में काम करना शुरू कर दिया। वह उम्र में दीपू के बराबर था। सब कुछ एकदम बढ़िया दिखता था। लेकिन ऊपर-ऊपर शांत सतह के नीचे अनबन की घरघराहट थी। उसने अपने माता-पिता को अकसर कहते सुना कि फार्म क्षेत्र में पेड़ गायब होते जा रहे हैं। उसका कोई सहपाठी लापरवाही से कह बैठता कि इसलामपुर के लोग छिटपुट चोरियाँ करते रहते हैं।

पीछे मुड़कर देखने पर दीपांकर की समझ में आया कि एक साल के अंदर ही मन-मुटाव एवं विवाद उमड़ने लगे थे लेकिन दरारों को समाज के शिष्टाचार ने ढँक रखा था। कई वर्ष बाद उसकी दृष्टि अमेरिका में छपे एक लेख पर पड़ी जो बहुत अच्छा लिखा हुआ तो नहीं था, फिर भी उसमें उन तथ्यों का साफ वर्णन किया गया था तथा उस ईर्ष्या,

जलन एवं गुस्से को छिपाया गया था जो उसके मन के अँधेरे कोनों में बस रहे थे। सन् 1982 में लिखे उस लेख का एक-एक शब्द उसकी आँखों के आगे तैर गया—

'असम जल रहा है। न केवल उस राज्य का जनसंख्या संबंधी नक्शा बदल गया है, बल्कि उससे भी महत्त्वपूर्ण बात यह है कि लोगों के रवैये तथा नजरिए में भी भारी परिवर्तन हुआ है। आधिकारिक आँकड़े उस संदेह की पुष्टि करते हैं, जो कुछ समय से लोग दबी जुबान में बयाँ करने लगे थे—बँगलादेशी प्रवासियों की संख्या कुछेक वर्षों में देशज असमी जनसंख्या से आगे निकल जाएगी। इसके कारण भारत के उत्तर-पूर्वी कोने में स्थित इस छोटे से राज्य में एक बड़ी सामाजिक एवं राजनीतिक उथल-पुथल पैदा हो गई है। आंदोलन का नेतृत्व छात्र समुदाय, विशेषकर ऑल असम स्टूडेंट्स यूनियन (AASU) द्वारा किया जा रहा है। वे असम के मूल निवासियों तथा उनकी भूमि का बाहर से आकर बसे लोगों द्वारा शोषण किए जाने के विरुद्ध आंदोलन कर रहे हैं।'

उस लेख की दृष्टि में गोरूगाँव नक्शे पर सिर्फ एक बिंदी के समान था। लेखक को शायद यह पता नहीं था कि आंदोलन की शुरुआत यद्यपि वर्ष 1979 में हुई थी लेकिन गोरूगाँव तक उसकी गूँज धीरे-धीरे पहुँची। 1982 के उस उग्र खलबलीपूर्ण ग्रीष्मकाल की यादें दीपांकर के मानस-पटल पर पुनः जीवित हो गईं।

वह तब सोलह वर्ष का था और घर वापस आ गया था क्योंकि कॉलेज बंद कर दिए गए थे। अशांति एक गोचर वस्तु की भाँति हवा में लटकी हुई थी। धुँधली व ठंडी शामों में जब करने के लिए कुछ नहीं होता था—वे तीनाली में जमा हो जाते और चाय व बिस्कुट का मजा लेते हुए राजनीति की बातें करते थे। उसके अधिकतर स्कूल-सहपाठी कभी गोरूगाँव छोड़कर नहीं गए थे परंतु उसके सरीखे कुछ लड़के थे जिन्हें उपद्रव के कारण जबरन वापस भेज दिया गया था। वे स्थानीय अखबार पढ़ते और ए.ए.एस.यू. की रणनीति के सही एवं गलत पहलुओं के बारे में बहस किया करते थे। आपसी राय में थोड़े-बहुत अंतर के बावजूद वे अपने संकल्प में सहमत थे—मियाँओं को हर हालत में चले जाना होगा।

तरुणाई के जोश में उन्हें इसलामपुर एक भद्दे दाग की तरह चुभने लगा। अब तक वहाँ पचास से ज्यादा घर बन गए थे और रहनेवालों की संख्या 500 के करीब पहुँच गई थी। स्लम जैसी इस बस्ती में भूखे व क्षीणकाय कुत्ते घूमते रहते थे। जगह-जगह कूड़े के ढेर लगे हुए थे और फटे-चिथड़े कपड़े पहने हुए बच्चे घोर गरीबी का अप्रिय, अवांछित दृश्य प्रस्तुत करते थे। रहनेवालों ने अतिक्रमित सरकारी भूमि पर झोंपड़ियों जैसे छप्परवाले घर बना लिये थे। दूसरों ने दीवारों में खिड़कीनुमा दुकानें बनाकर सिगरेट तथा सस्ती चीजें बेचना शुरू कर दिया था। अंदर-अंदर घोर अपमान एवं तिरस्कार के बावजूद इन बाहरी लोगों में से अधिकतर लोग गोरूगाँव के असमी घरों में काम करते रहे। मियाँओं

को खतरे के रूप में नहीं देखा जाता था (कमरू की अनाक्रामक मुद्रा से तो यह प्रतीत होता था) बल्कि उन्हें देखकर थोड़ा गुस्सा जरूर आता था। उनको बस इस काबिल समझा जाता था कि जब जरूरत पड़े उनका इस्तेमाल किया जा सकता है और बाकी समय उनकी उपेक्षा की जा सकती है। स्थानीय प्रचार-तंत्र ने मियाँओं की छवि अतिक्रमणकर्ताओं, जंगल काटनेवालों तथा नौकरियाँ हथियानेवालों के रूप में पेश की। इसने असमी लोगों को अपनी नियति दुबारा लिखने के लिए इस अपील के साथ उकसाया कि इतना भीषण खतरा असम के ऊपर कभी नहीं मँडराया था। असम के लोग बहुत समय से उदारता दिखाते आ रहे हैं। उसकी हद पार हो चुकी है। इससे पहले कि सब कुछ हाथ से निकल जाए अब कुछ करने का समय आ गया है।

गोरूगाँव के अग्रजों ने युवकों पर यह प्रार्थना करते हुए सतर्क निगरानी रखी कि भड़की आग बख्श देगी। बहरहाल, इसलामपुर इतना बड़ा खतरा तो था नहीं। वहाँ के अधिकतर निवासियों को वे उनके पहले नाम से जानते थे और चाहे जो हो, क्या उन्होंने यह नहीं सुना कि इन लोगों को जल्दी वापस बँगलादेश भेज दिया जाएगा? उन्होंने अपने लड़कों को धीरज रखने और कानून को अपना काम करने देने की सलाह दी। अकेले में वे युवा पीढ़ी के रोष और क्रोध को साझा करते थे। लेकिन प्रौढ़ता ने परिणामों का एक ऐसा भय उत्पन्न कर दिया था जिसे झटका नहीं जा सकता था।

आंदोलन जैसे-जैसे अन्यत्र उग्र एवं मजबूत हुआ वैसे-वैसे गोरूगाँव एक खदबदाते कड़ाह में बदल गया। दिखावे के लिए ऊपर-ऊपर से यह ठीक उस चाय की तरह शांत था, जो मेहमानों को मलाई डालकर दी जाती है और मलाई की उस मोटी परत के नीचे तेज गरम चाय होती है। नवंबर 1984 में आंदोलन में एकदम उबाल आ गया। यह खबर जंगल की आग की तरह फैल गई कि सरकार इसलामपुर को कानूनी दर्जा देने जा रही है। उन्हें जमीन का आवंटन किया जाने वाला था। अधिकतर उस बेशी जमीन का हिस्सा-बाँट किया जाना था जो धनाढ्य परिवारों द्वारा सामुदायिक कल्याण कार्यों के लिए दान में दी गई थी। अगले सप्ताह एक मंत्री महोदय इसलामपुर में एक सार्वजनिक मनोरंजन केंद्र का शिलान्यास करने और वहाँ रह रहे पचास परिवारों को जमीन के पट्टों का वितरण करने के लिए आ रहे थे।

गोरूगाँव अंदर-ही-अंदर सुलग रहा था। इसलामपुर को तभी तक बरदाश्त किया जा सकता था जब तक इसलामपुर स्पष्ट रूप से वर्णित सीमाओं का पालन करता रहेगा। इसकी हस्ती गोरूगाँव की दया पर जी रहे एक भिखारी, एक भिक्षुक जैसी थी। जो चीजें सदियों से उनके पूर्वजों के समय से उनकी चली आ रही थीं, इसलामपुर उस चीज पर अपना दावा नहीं कर सकता था। दीनानाथ बरुआ ने इस बाबत एक मुकदमा गुवाहाटी हाई कोर्ट में दायर कर दिया जिसमें इसलामपुर को कानूनी दर्जा देने के सरकार के निर्णय

को चुनौती दी गई थी। दूसरों ने राष्ट्रपति, प्रधानमंत्री, राज्यपाल और हर बड़ी हस्ती को सरकार के इस फैसले के विरोध में लिखा। लेकिन मंत्रीजी के आने की तैयारियाँ बेरोक-टोक चल रही थीं। इसलामपुर में जश्न का माहौल था। चेहरों पर कटाक्षपूर्ण हँसी थी। दीनानाथ बरुआ को अपने पक्ष में निर्णय आने का पक्का यकीन था लेकिन फिर भी युवकों को बेचैनी हो रही थी। प्रतीक्षा का बाँध टूटने के कगार पर था।

मंत्री महोदय के अशुभ दौरे के तीन दिन पहले इसलामपुर को आग के हवाले कर दिया गया। पचहत्तर लोग जलकर मर गए। बाकी लोगों को क्रुद्ध भीड़ ने खदेड़ दिया। अगले दिन सुबह गोरूगाँव में जाँच-पड़ताल करने पुलिस आई। उन्होंने पाया कि 17 से 28 वर्ष उम्र तक के सभी लड़के गायब हैं। उनके परिवारों ने पुलिस के सामने दावा किया कि वे पिछले कुछ सप्ताह से असम के विभिन्न भागों में रिश्तेदारों के पास रहने के लिए गए हुए हैं।

उस घटना के बाद देउता ने घोषणा कर दी कि दीपू का असम में कोई भविष्य नहीं है। उसे पढ़ाई करने अमेरिका भेज दिया गया। जब उसे अपनी पसंद की नौकरी मिल गई जिसमें वेतन भी अच्छा-खासा था तो नौकरी में बने रहना स्वाभाविक ही था। शुरू-शुरू में स्कूल की छुट्टियों के दौरान उसने असम आना चाहा था लेकिन तब असम में शांति नहीं थी। उसके माता-पिता ने उसे वहीं ठहरे रहने की सलाह दी और छुट्टियों में कोई अस्थायी काम पकड़ लेने या किसी अतिरिक्त विषय का अध्ययन करने के लिए प्रोत्साहित किया। धीरे-धीरे असम का आकर्षण मिट गया। पिछले दस वर्षों में देउता केवल दो बार उसके पास गए थे। एक बार तो उस समय जब उसे स्नातक की डिग्री मिली और दूसरी बार तब जब उसका अपेंडिसाइटिस का छोटा सा ऑपरेशन हुआ।

आरंभ में दीपांकर असम से संबंधित सारी खबरें बड़े ध्यान से पढ़ता था और उन मियाँ लोगों को कोसता था जिन्होंने उसे अपने ही देश में पराया या अजनबी बना दिया था। बाद में दूसरे आवश्यक कार्यों में सारा समय खपने लगा लेकिन यह धारणा अवश्य बनी रही कि यदि उस रात इसलामपुर को आग नहीं लगाई गई होती तो उसके जीवन की दशा एवं दिशा कुछ और ही होती। बहुत संभावना है कि वह कोई बड़ी जागीर का मालिक बन गया होता। अमेरिका को चावल या चाय का निर्यात कर रहा होता। इसके बजाय पुलिस उसके घर का दरवाजा खटखटाने आ गई थी और इसलामपुर में आगजनी के लिए जो लोग जिम्मेदार थे और जिनकी पहचान नहीं हो पाई थी, उनके विरुद्ध मामले दर्ज कर रही थी। अनेक वर्षों तक गोरूगाँव के निवासियों के दिल में गिरफ्तारी का डर समाया रहा।

मियाँओं के साक्षात् प्रतीक कमरू को देखकर उसके अंदर बैठी पुरानी नफरत आज फिर भड़क उठी। उसकी नजर में कमरू वह साँप था, जो उसी हाथ को काटता है, जो

हाथ उसे खिलाता है और फिर उसकी इतनी हिम्मत कि उसके सामने आकर उसे 'दादा' कहकर पुकारे!

दीपांकर अपनी जिज्ञासा को अब और दबाकर नहीं रख सकता था। उसे अपने सवालों के जवाब चाहिए थे।

शाम हो चुकी थी, जब तक उसके मामा का बेटा देबू अस्पताल में उसकी जगह बैठने के लिए आया। दीपांकर से आयु में लगभग पंद्रह साल छोटे देबू ने उन दिनों का उपद्रव नहीं देखा था। जाने से पहले दीपांकर ने देउता को एक नजर भर देखा। उनकी दशा में कोई बदलाव नहीं था। उसने द्वार के निकट कुछ मौन क्षण गुजारे और अपने पिता की अस्थिर साँस को देखता रहा। उसके होंठों पर एक प्रार्थना उतरी और उसने संकल्प किया कि अगर देउता पूरी तरह ठीक हो गए तो वह सदा के लिए वापस आ जाएगा। ईश्वर से एक अंतिम अवसर उसने माँगा···

□

गाड़ी चलाकर घर लौटते हुए सारे रास्ते वह स्वयं को दोष देता रहा और तीखे-कड़वे विचारों से जूझता रहा। घर आते-आते वह एक पिंजड़ा बंद शेर की तरह हो गया, मानो शिकार पर टूट पड़ने के लिए तैयार हो। माँ और मामा बैठे हुए लाल साह की चुस्की ले रहे थे। दुग्ध-रहित लाल चाय की मीठी खुशबू ने थकी नसों को थोड़ा ढीला कर दिया। दीपांकर भारी मन से देउता की आराम-कुर्सी में बैठ गया और रोम-रोम से निकल रही विद्रोह की पीड़ा के साथ रुदन करते हुए उसने वह सब बाहर निकाल दिया जो उसके मन पर भारी बोझ बना हुआ था—"क्यों माँ, क्यों तुमने कमरू को वापस बुलाया? तुम जानती हो, उसने और उसके मियाँओं ने हमारे परिवार, हमारी खुशी को नष्ट कर दिया। तुम वह कैसे भूल सकती हो?"

माँ ने जवाब में एक अनुनयपूर्ण दृष्टि मामा पर डाली और सहारा माँगा। माँ की असहाय चुप्पी ने दीपू को और भी भड़का दिया। वह आवेश में फट पड़ा—

"आज वह मूसड़ अस्पताल में था और यह दिखाने की कोशिश कर रहा था कि वह देउता के लिए कितना चिंतित है। दादा, दादा!" उसने कमरू की आवाज की नकल उतारते हुए कहा, "लेकिन उसने जितना चाहा होगा, उससे कहीं ज्यादा ही उसे मिल गया। इस पिटाई को वह काफी समय तक याद रखेगा।"

माँ को ऐसा आघात लगा जैसे उसने उन्हें चाकू घोंप दिया हो और गहरा जख्म दिया हो। उस कुत्ते के लिए माँ के दिल में इतनी हमदर्दी कैसे? क्या माँ ने विगत से कुछ नहीं सीखा?

"तुम्हें अपने गुस्से पर काबू रखना आना चाहिए, दीपू। तुम अब सत्रह साल के बच्चे नहीं हो। हम हमेशा तुम्हारा बचाव नहीं कर सकेंगे।"

यह बात उसे डंक की तरह चुभी। उसने मामा पर उलटा प्रहार किया, ''आप जानते क्या हैं? आप तो उनका घर छोड़कर गुवाहाटी चले गए थे। बहुत बढ़िया आदमी हैं आप, मुझे सलाह देने चले हैं।''

''मैं अपने पिता के अंतिम समय में कम-से-कम उनके पास तो था। तुम यह दावा नहीं कर सकते। देउता तुमसे अधिक कमरू के ऋणी हैं। फिर भी, अगर तुम समझते हो कि तुम्हें उस बूढ़े आदमी की सलाह नहीं चाहिए जिसने तुम्हें एक बेटे की तरह पाला है तो मैं तुम्हें छोड़ दूँगा। तुम अपनी मरजी से जैसा चाहो वैसा करने के लिए आजाद हो जाओगे।''

मामा ने लाल साह का आखिरी घूँट भरा। कप को सावधानी से मेज पर रखा और कमरे से निकल गए। दीपांकर अपनी माँ के साथ अकेला रह गया। माँ चुपचाप सुबक रही थी। क्रोध, घबराहट और लज्जा के मारे उसका शरीर थर-थर काँप रहा था।

''मैं लौटना चाहता था, माँ; लेकिन देउता ने मुझे आने नहीं दिया।''

उसके कानों को भी वह आवाज खोखली लगी। उसने लौटकर आना और अपने माता-पिता का जीवन जीना नहीं चाहा। उसने अमेरिका को बेहतर समझा। वहाँ का स्वच्छ वातावरण और जीवन की साफ-सुथरी शैली उसे भा गई थी। अगर उसे वहाँ बहुत कम आय में गुजर-बसर करनी पड़ती, तब भी वह अमेरिका में रहने को तैयार था; लेकिन उनमें से एक बनने का इरादा उसका कभी नहीं था और वह एक झूठा था तथा इसे स्वीकार करने की हिम्मत उसमें नहीं थी। मामा सही थे। उन्हें दूसरों को उपदेश देने का कोई नैतिक अधिकार नहीं था।

दीपांकर के अंदर का सारा क्लेश बाहर आ गया। शर्म और पश्चात्ताप के बिन बुलाए आँसू उसके गालों पर ढुलक पड़े। उसने जल्दी से आँसुओं को पोंछने की कोशिश की लेकिन माँ ने आँसू देख लिये थे। माँ ने अपनी बाँहें फैला दीं और वह सहर्ष जाकर माँ के सीने से लग गया। मूक अश्रु माँ के गालों पर भी उतर आए। ममता और स्नेह के आलिंगन में सिमटकर काफी देर तक वे निश्चेष्ट बने रहे। और फिर माँ ने उसे एक बहुत ही भयानक किस्सा सुनाया।

इसलामपुर में हुए अग्निकांड के बाद पुलिस अपराधियों की खोज में आई। बेशक, वे असमी लड़के संवेदनशील और समझदार रहे होंगे। उन्होंने भरोसा दिलाया कि गोरूगाँव पर कोई आँच नहीं आएगी। अनाम लोगों के खिलाफ एक शिकायत दर्ज की गई। फिर इसलामपुर से किसी आदमी ने तीन लड़कों—दीपू, शेरा और हिमु का नाम लेकर एक पक्की शिकायत लिखाई। भीड़ को भड़काने के लिए इन तीनों लड़कों के खिलाफ एक एफ.आई.आर. (प्रथम सूचना रिपोर्ट) दर्ज हुई। दीपू के बचाव की खातिर देउता ने पुलिस चीफ से मुलाकात की। वह एक दूर का रिश्तेदार निकला और उसने देउता को आश्वस्त

किया कि कुछ नहीं बिगड़ेगा। एक संक्षिप्त जाँच-पड़ताल के बाद फाइल बंद कर दी गई। फिर भी उनकी चिंता बनी रही और देउता ने दीपू को किसी भी तरह की तकलीफ से दूर रखने के लिए अमेरिका भेजने का फैसला किया। तब से काफी समय तक असम के हालात बिगड़ते चले गए। कुछ माह के अंदर चुनाव हुए और मियाँ समर्थक सरकार सत्ता में आई। पुराने मामले जाँच-पड़ताल के लिए खोले गए। देउता को तथा दूसरे लड़कों के माता-पिता को भी घटनाक्रम के इस मोड़ पर चिंता सताने लगी। पुलिस के मुख्य अधिकारी की सलाह पर उन्होंने कमरू को खोज निकाला। कमरू के माँ-बाप और भाई-बहन उस आग में जलकर मर गए थे। फिर भी उसे देउता या दीपू से कोई दुश्मनी नहीं थी। वह इस बात की गवाही देने के लिए राजी हो गया कि उस रात दीपू मौके पर अर्थात् घटना-स्थल पर मौजूद नहीं था।

माँ साँस लेने के लिए रुकी। कमरू निस्संदेह जानता था कि उस रात भीड़ में दीपू शामिल था। लेकिन कमरू ने संभवतया इस बात का लिहाज किया कि बरुआ परिवार ने उसके साथ हमेशा बहुत रहम-दिली का बरताव किया था। उसने अपना परिवार खो दिया था। अनाथ और बे-घरबार कमरू, अत्यंत शोचनीय स्थिति में माँ और देउता की दया का आश्रय पाकर धन्य हो गया और वह उनसे मिले प्यार की खातिर किसी हद तक जाने को तैयार था। अत: कमरू ने गवाही दी कि वे तीनों लड़के दो दिन पहले सिबसागर चले गए थे। उसकी इस गवाही के आधार पर मामला हमेशा के लिए बंद कर दिया गया।

उसके बाद कमरू उनके घर में गोशाला में रहने लगा और उसने अपनी पुरानी दिनचर्या फिर शुरू कर दी। समय बीतने के साथ-साथ दीपू के माता-पिता उसपर अधिक भरोसा करने लगे। जब दीपू के दादाजी काका की मृत्यु हुई तब कमरू ने ही अंतिम क्रिया तथा अंत्येष्टि संस्कार के सारे इंतजाम करने में देउता की मदद की थी।

माँ ने फिर थोड़ा विराम लेकर कुछ याद करने का प्रयत्न किया। क्या दीपू को याद है कि देउता कितना चाहते थे कि वर्ष 1992 के शीतकाल में वह घर आ जाए? दीपू ने सिर हिलाकर हामी भरी। शायद इसलिए कि उसे बोलने का साहस नहीं हो रहा था। देउता उस समय अपने स्वभाव के विपरीत बहुत जिद पकड़ गए थे। लेकिन दीपू को अभी-अभी कोई नई नौकरी मिली थी और इस वजह से उसका आना संभव नहीं था। उस समय देउता का गुरदा प्रतिरोपण संबंधी कोई ऑपरेशन हुआ था। जब दीपू अमेरिका से नहीं आया तो कमरू ने साथ दिया। उन्होंने ऑपरेशन की खबर दीपू से छिपाई थी क्योंकि वे उसे चिंता में डालना नहीं चाहते थे। धीरे-धीरे माँ और देउता कमरू पर ज्यादा से ज्यादा निर्भर रहने लगे। जब देउता को दिल का दौरा पड़ा, तब कमरू ने ही सारा काम किया—एंबुलेंस बुलाई, देउता को अस्पताल में भर्ती कराया और मामा व दीपू को खबर की।

दीपांकर को काटो तो खून नहीं। माँ ने उसके हटाव को महसूस किया और घबराकर उसपर नजर डाली। वह दुविधा में पड़ गई कि किस्सा सुनाना बंद कर दे या जारी रखे। दीपांकर के पास कुछ भी कहने के लिए शब्द नहीं थे। जिस प्रकार आकारहीन मिट्टी एक कुशल कुम्हार के हाथों में सजीव होने लगती है उसी प्रकार उसके मन की दृष्टि में एक चित्र उभरने लगा। उसकी गैर-हाजिरी, उसके बूढ़े होते माँ-बाप और वह अनाथ व भूला-भटका कमरू जो एक साँप की भाँति सरक-सरककर न केवल उनके घर में घुस गया बल्कि उसने अपनी गुप्त एवं दुरावपूर्ण विशिष्ट शैली में उनके दिल में भी अपने लिए जगह बना ली। इस पीड़ा ने उसे चीरकर रख दिया। कमरू ने उसे उसकी जन्मभूमि से तो बाहर निकाला ही साथ ही उसके माता-पिता के विचारों से भी निष्कासित कर दिया। सात समंदर पार एक भिन्न महाद्वीप में जाकर बसे अपने बच्चे के लिए उत्कंठित माँ और देउता को कमरू में उसके बदले एक इच्छुक एवं मनोवांछित सहारा मिल गया। क्या दीपांकर ने अनेक दंपतियों को उसी तरह बिल्लियों एवं कुत्तों को पालते हुए नहीं देखा था? उनके दिलों में भरा प्यार बाहर निकलने के लिए उमड़ रहा था जिसे उन्होंने इस जानवर पर लुटा दिया। यह सोचकर उसने कुछ सुकून महसूस किया। कमरू उनके घर में एक विश्वस्त नौकर बन गया था। लेकिन दीपांकर तो उनके अपने हाड़-मांस का अंश था।

माँ उसकी तरफ हाथ बढ़ा रही थी। उसने सकुचाते हुए दीपांकर की कमीज के बाजू को छुआ और सफाई में कहा, ''तुम समझते हो'''समझते हो न, दीपू? हम बिल्कुल अकेले थे। और कमरू, वह एक अच्छा लड़का है। हमने उसे गलत समझा।''

उसने माँ से सहमति जताने की कोशिश की लेकिन कुछ ठीक नहीं बैठ रहा था।

''माँ, जब देउता को दूसरा गुरदा लगा था, क्या तुम गुवाहाटी गई थीं?''

''नहीं, दीपू। उनकी सर्जरी व मरहमपट्टी क्रिश्चियन हॉस्पिटल में हुई थी।''

''देउता को गुरदा देनेवाला कहाँ से मिला?''

''यह कमरू था। उसका गुरदा एकदम मेल खा गया। डॉक्टरों ने ऑपरेशन के लिए भी उसके खून का इस्तेमाल किया।''

रिश्ते!

खून के रिश्ते!

अकल्पनीय!

□

3

बुखारा में डिनर

"मुझे आज आने में कुछ देर हो जाएगी।"

"तुम्हारी एक और सखी-सहेली पार्टी?"

सुनीति को आकाश पर हँसी आई और सोच में पड़ गई कि उसने ऐसे क्या पुण्य किए थे जो उसे इतना समझदार एवं संवेदनशील पति मिला। उसने अपनी तरुणावस्था के दौरान न तो सोमवार के व्रत रखे थे और न भगवान् शिव की प्रार्थना की थी, जैसा कि उसकी स्कूल की अनेक सहेलियों ने की थी। उसने अपनी स्त्रियोचित निपुणताओं एवं चतुराई पर सान नहीं चढ़ाई थी और न सुंदर दिखने के तौर-तरीकों, सजने-सँवरने पर घंटों व्यतीत किए थे ताकि पुरुषों को रिझा सके। इसके बजाय उसने अपना सारा समय लाइब्रेरी जाने-आने, एक लेक्चर के बाद दूसरे लेक्चर में हाजिर होने के लिए दौड़-धूप करने में लगा दिया। इस परिश्रम के फलस्वरूप उसे वाणिज्य विभाग में अतुलनीय सराहना प्राप्त हुई। लेकिन इसका एक नतीजा यह भी हुआ कि शारीरिक रूप-रंग, दिखाव-बनाव के क्षेत्र में वह कहीं पीछे छूट गई। हालाँकि ऐसा भी नहीं था कि प्रकृति की ओर से कोई विशेष कंजूसी या निष्ठुरता उसके साथ की गई हो। सुंदर भूरी आँखों को उसने मोटे व चौकोर फ्रेम के पीछे छिपा लिया था। लंबे काले बालों को इधर-उधर लहराने की कोई छूट न देकर एक चोटी में बाँधकर रखा गया था और उसके वस्त्र हमेशा एक जैसे दिखते थे बस केवल रंग का फर्क होता था। स्नातक स्तर की पढ़ाई के दौरान सुनीति और सौंदर्य में उतनी ही समानता थी जितनी खड़िया और मक्खन में होती है। वह अपनी 'पत्रकार' सदृश छवि पर अब हँस सकती थी लेकिन उस समय यही ठीक लगता था। क्या उसकी पहली साँस से ही उसकी सोच को यह दिशा नहीं दी गई थी? जहाँ तक उसके माता-पिता का संबंध है वे प्रख्यात शिक्षाविद् रहे हैं जिनके पास पठन-पाठन के अलावा अस्थिर इच्छाओं की तृप्ति हेतु इधर-उधर भटकने का कतई

समय नहीं था और संभवत: इसी कारण उन्होंने अपनी इकलौती संतान के बनाव-श्रृंगार करने या घर बनाने के तौर-तरीके बताने के बजाय शुरू से ही एक अच्छी शिक्षा और एक ठोस आजीविका का मूल्य समझाया। आर्थिक रूप से आत्मनिर्भर हो जाने के बाद समय-ही-समय होगा—प्यार या विवाह जैसे अन्य कार्यों के लिए। अवसर स्वत: प्रस्तुत हो जाएँगे। अगर आज भी सुनीति अपनी आँखें बंद कर पिछली स्मृतियों में खो जाए तो वह अपनी माँ की यह गरजती आवाज सुन सकती है, 'वसंत ऋतु में फूल खिलते हैं और चिड़ियों व मधुमक्खियों को आकृष्ट करते हैं; लेकिन वे बहुत जल्दी मुरझा जाते हैं। इसके विपरीत शांत, किंतु मजबूत बरगद का पेड़ सैकड़ों वर्षों तक अपनी जगह खड़ा रहता है। अगर कोई अंधड़ या तूफान उसे उखाड़ भी दे तब भी वह वट-वृक्ष पीछे अपने निशान और अपनी पहचान छोड़ जाता है।''

सुनीति दीवार पर लगे दर्पण में अपना प्रतिबिंब देखकर मुसकराई। वह वास्तव में वट-वृक्ष बन गई थी। ताकत में न सही, कमर का घेरा तो इसकी गवाही दे रहा था। रंग-रूप, दिखने-दिखाने में कुछ सुधार स्पष्ट था। मोटे चश्मे की जगह एक नाजुक सा सुनहरी फ्रेम का चश्मा लग गया था जो उसके गोल चेहरे पर जँचता था और उसके लहरदार बाल परत-दर-परत इस तरह कटे हुए थे कि घनी बादामी लटों ने सफेद बालों को ढँक दिया था। लेकिन कपड़ों का जहाँ तक सवाल है उसकी पसंद में कोई परिवर्तन नहीं आया था। बस इतना फर्क था कि खादी के कुरतों के बजाय अब वह हाथ की छपाईवाली साड़ियाँ पहनने लगी थी। उसने स्वयं को पुन: एक आलोचनात्मक दृष्टि से देखा और यदि आप उसकी आरंभिक, विशेषकर प्रतिकूल परिस्थितियों पर विचार करें तो कह सकते हैं कि अब वह स्वयं को देखकर काफी हद तक खुश हुई।

संयोगवश, जब वह कठोर परिश्रम और श्रेष्ठता के नीरस मार्ग पर आगे बढ़ रही थी तथा पुरुषों के बारे में कोई विचार तक उसके मन में नहीं आया था, उसी दौरान कामदेव स्वयं चलकर आ गया। संभवत: कामदेव महोदय स्वयं इस बात से बेचैन थे कि कोई तो ऐसा है जिसके जीवन में उसके लिए कोई स्थान नहीं है। वरना कोई कैसे सोच सकता था कि एक चिंतनशील, समझदार, वृत्तिक महिला एक प्रेमांध मूर्ख स्त्री में बदल जाएगी। यह तब हुआ जिन दिनों उसे एक विज्ञापन एजेंसी के हिसाब-किताब की लेखा परीक्षा अर्थात् ऑडिट करने का काम मिला। सुनीति ने आकाश को देखा और उससे मिलते ही पूरी तरह सम्मोहित हो गई। आकाश में वे सभी गुण थे जो सुनीति में नहीं थे। वह एक भावुकतापूर्ण व्यक्ति था जो अप्रत्याशित उपहारों से उसे चकित कर देने का कोई मौका नहीं छोड़ता था। वह एक अंतर्मुखी इंसान था जो अपने मन की बात उसे बताने से पहले कई कई दिनों तक विचारमग्न रहता था और सबसे महत्त्वपूर्ण बात यह थी (हालाँकि इस घिसी-पिटी कहावत में उसे दास-वृत्ति एवं हीनता का एहसास

हुआ) कि वह उसका दूसरा आधा भाग था जो उसे पूर्ण बनाता था यानी आकाश के बिना वह अधूरी थी। उनका प्रणय-निवेदन मुश्किल से दो माह तक चला क्योंकि सुनीति ने जीवन में पहली बार अपनी माँ की आशंकाओं की अनदेखी करते हुए अपने दिल की बात सुनी। अथवा क्या इसका कारण यह था कि वह अत्यधिक अनुशासनबद्ध जीवन से ऊब चुकी थी और अब अपनी इच्छा से मुक्त जीवन जीना चाहती थी?

उसने और आकाश ने एक-दूसरे से पहली मुलाकात के ठीक दो माह और पाँच दिन बाद विवाह कर लिया। सौभाग्यवश, इस निर्णय पर उसे कभी पश्चात्ताप नहीं हुआ। बल्कि इस निर्णय ने उसे सोचने का मौका दिया कि क्या उसे अपने सुव्यवस्थित जीवन को कुछ अधिक स्वच्छंदता से जीने के लिए प्रयास नहीं करना चाहिए? पिछले तीन वर्ष से उनके आपसी संबंध में एक अच्छा संतुलन चला आ रहा है। हाँ, ऐसा नहीं है कि सारे मसले सुलझ गए हों और कोई समस्या शेष न रही हो; लेकिन किस दंपती के बीच कोई समस्या नहीं होती है। एक बहुत ही महत्त्वाकांक्षी, जवान और कंपनी जगत् में एक सफल प्रशासक का पति होना कोई आसान काम नहीं था। वह भी उस स्थिति में, जब एक विज्ञापन एजेंसी में असिस्टेंट क्रिएटिव डायरेक्टर के पद पर काम करते हुए उसे अपनी पत्नी के वेतन से करीब आधा वेतन मिल रहा हो। आकाश पर उसके माता-पिता, अनगिनत रिश्तेदारों और यहाँ तक कि उसके सहयोगियों व मित्रों की भी कड़ी नजर लगी रहती थी। कुछ अनजाने कारणों से उन्होंने उसे आशाओं के अनुरूप नहीं पाया। इससे भी बुरी बात यह थी कि उन सभी ने आकाश के कानों तक यह संदेश पहुँचाना जरूरी समझा कि उनकी राय में सुनीति को उससे बेहतर पति मिलना चाहिए था। आकाश ने यह सब क्यों बरदाश्त किया यह सुनीति की समझ से परे था।

जब उसने एक बार आकाश से इस बारे में पूछा तो वह उस पर हँस दिया और अपने उसी परिचित अंदाज में उसने ये चार शब्द दोहरा दिए—"तुम इस प्रशंसा के काबिल हो।" वह इतनी समझ रखती थी कि आकाश की जगह कोई और होता तो ऐसे दबाव के आगे झुक गया होता। ईश्वर की कृपा से आकाश उन लोगों से बिल्कुल अलग था।

मन में उठे मधुर विचारों ने उसकी मुसकराहट में अतिरिक्त जोश भर दिया। उसने आकाश को बताया कि आज रात वह अपनी सबसे प्रिय दो सहेलियों से मिल रही है। उनमें से एक तो दस साल बाद मिलने आ रही है। आकाश का उत्सुक होना स्वाभाविक था। लेकिन सुनीति को ऑफिस के लिए देर हो रही थी इसलिए उसने कहा कि बाकी बातें वह रात को बताएगी और जल्दी से दौड़ गई।

पूरा दिन विफलता में बीता। ऑफिस में हर समय बहुत कुछ करने के लिए रहता था और समय बहुत कम होता था। अपने कुछ सहकर्मियों के विपरीत सुनीति को हमेशा

अत्यधिक दबाव के माहौल में काम करने की आदत थी। शाम के ठीक 7:30 बजे उसके नए आइफोन की घंटी बज गई। इस जादुई खिलौने को उसने प्यार भरी नजर से देखा। यह बाजार में सबसे नया था और उसने स्वयं इसे कभी नहीं खरीदा होता। लेकिन आकाश ने यह वैलंटाइन डे पर उसे भेंट में दिया था। सुनीति की मुसकान तब चौड़ी हो गई जब उसे याद आया कि यह वास्तव में एक उपहार नहीं था। इसका बिल एक माह बाद उसके ऑफिस में आया था। लेकिन फिर यह आकाश था जो उसके लिए इतना सोच सकता था। तथापि इस फोन ने उसकी पहले से ही व्यवस्थित जिंदगी को सुव्यवस्थित और आसान बना दिया था। उसने रूपाली और शिखा से मिलने की याद दिलाने के लिए घड़ी में 8 बजे का अलार्म लगाया था और फोन ने वही किया था।

सुनीति ने चलने के लिए जैसे ही काम समेटा तब उसे ध्यान आया कि वह कॉलेज के दिनों की अपनी उन मित्रों के साथ डिनर पर जाने का वास्तव में कब से इंतजार कर रही थी जिनके साथ वह हॉस्टल में एक ही कमरे में रहती थी। दिल्ली विश्वविद्यालय में स्नातक और स्नातकोत्तर उपाधि के लिए पाँच साल की पढ़ाई के दौरान वे एक-दूसरे की बहुत घनिष्ठ दोस्त बन गई थीं। दिन चाहे मुश्किल भरे रहे हों या खुशी के, उन्होंने साथ मिलकर गुजारे थे। इकलौती संतान होने के नाते सुनीति को उन दिनों साथिन के रूप में दो बहनें मिल गई थीं और उसके जीवन में वह कमी पूरी हो गई थी जिसे उसने पहले कभी महसूस नहीं किया था। उनका बाहरी रूप-रंग, सूरत-शक्ल और व्यक्तित्व भले ही एक-दूसरे से भिन्न था फिर भी उनके बीच बहुत कुछ सामान्य था। एक-दूसरे की जरूरतों को वे इतनी अच्छी तरह जान गई थीं कि अधिकतर शब्दों के बिना ही उनका काम चल जाता था। सुनीति को लगता था कि वे एक-दूसरी को जितनी अच्छी तरह समझ सकते हैं उतना तो शायद उनके पति भी उन्हें नहीं समझ सकते। क्या वह टेलीपैथी अभी तक होगी या समय की रेत के नीचे दब गई होगी। उसे यह जानने की बड़ी उत्कंठा थी।

कार में बैठते हुए सुनीति का मन फिर विचरण करने चल पड़ा। भारी ट्रैफिक के बीच से बड़ी चतुराई के साथ अपना रास्ता बनाते समय उसे एक आकस्मिक घटना याद आ गई। आज उस बात को ठीक दस वर्ष हुए हैं जब कॉमर्स विभाग भवन के बाहर एक-दूसरे को अश्रु-पूरित विदाई दी थी। रूपाली और वह तो फिर भी यदा-कदा एक-दूसरे से संपर्क कर लेते थे, लेकिन उन्हें शिखा का कुछ अता-पता नहीं चला। रूपाली भी कुछ वर्षों के लिए अमेरिका चली गई थी और पिछले साल ही दिल्ली वापस आई। तब से सुनीति, आकाश, रूपाली और रजत की एक पक्की चौकड़ी बन गई थी। वे बाहर खाना खाने और पिक्चर देखने इकट्ठे जाते थे। यह अच्छी बात थी कि आकाश और रजत की खूब पटने लगी थी। इससे सुनीति और रूपाली को अपने पुराने दिनों की

यादें ताजा करने तथा निर्विघ्न गपशप लड़ाने का समय मिल जाता था। ऐसी बातचीत के दौरान शिखा का जिक्र आ ही जाता था। और वे समझ नहीं पाते थे कि आखिर उसका हुआ क्या। किसी को कोई जानकारी नहीं थी कि वह कहाँ गायब हो गई।

और फिर एक दिन सुनीति जब फेसबुक पर खोजबीन कर रही थी तो उसके लैपटॉप स्क्रीन पर शिखा का हँसता हुआ चेहरा उसे नजर आया। उनकी समान शैक्षिक पृष्ठभूमि के कारण फेसबुक उन्हें मिलाने में कामयाब हो गया था। सुनीति को उसकी तस्वीर देखकर अपने जोश पर काबू रखना मुश्किल हो गया। उन्होंने शिखा को खोज निकाला था।

उसने तत्काल अपना नंबर मेल कर दिया था और एक सप्ताह के अंदर शिखा ने उससे फोन पर बात की थी। यह छह माह पहले की बात है। तभी से वे पुनर्मिलन की योजना बना रहे थे। शिखा भी दिल्ली में थी और अंतत: आज वे तीनों लंबे इंतजार के बाद एक-दूसरे से पुन: मिल रहे थे। क्या उनके बीच आज भी वही घनिष्ठता होगी जैसी पहले हुआ करती थी या कुछ अटपटा लगेगा? सौभाग्य से, रूपाली स्वभाव से बहिर्मुखी थी और उसे लोगों को शांत-संयत करना बहुत अच्छी तरह आता था। सुनीति ने उसे कुछ जल्दी आने के लिए कहा था ताकि वे शिखा के आने से पहले डिनर की ठीक-ठाक व्यवस्था कर सकें। उसने उत्कट कामना की कि आज की रात उनकी मित्रता की दूसरी पारी की शानदार शुरुआत होगी।

उसके ऑफिस से होटल मौर्य शेराटन में बुखारा रेस्टोरेंट तक का रास्ता गाड़ी से तय करने में उसे दिल्ली के भारी ट्रैफिक के कारण काफी समय लगा। इसकी दूरी के बावजूद सुनीति ने विशेष रूप से यह स्थान चुना था। वे तीनों यूनिवर्सिटी के उन उतावले दिनों में माइक्रोसॉफ्ट में उसके कैंपस सलेक्शन का जश्न मनाने यहाँ आए थे और जीवन में पहली बार उन्होंने मद्यपान किया था। बुखारा के बारे में जब भी विचार आया, उस डिनर की मधुर यादें हमेशा ताजा हो उठती थीं। सुनीति को आशा थी कि आज रात भी बुखारा अपना जादू चलाएगा।

रास्ते में सुनीति ने रूपाली के लिए कुछ फूल खरीद लिये और शिखा के लिए एक खुशबू अर्थात् इत्र की शीशी। चौराहे पर रुके हुए हरे सिग्नल के इंतजार के दौरान उसने खुशबू की शीशीवाले पैकेट को अच्छी तरह देखा। यह बाजार में अधिक महँगे और मशहूर ब्रांडों में से एक था। खूबसूरत पैकेट पर किसी मॉडल का विमोहक चेहरा मंद रोशनी में चमक रहा था जिस पर उसकी नजर गड़ गई। रेशमी व काली जुल्फों में लिपटा अंडाकार चेहरा और ऊँचा माथा। आँखों के नीचे की हलके गुलाबी रंग की सुडौल गंडास्थियों तथा अति मधुर अधरों के साथ पूरा चेहरा-मोहरा लालित्यपूर्ण था। सुनीति को आकाश ने बातचीत में बताया था कि विज्ञापन हेतु लगाए गए बड़े-बड़े

बोर्डों पर जो विस्मयकारी आकृतियाँ प्रस्तुत की जाती हैं वह सब मेकअप और फोटोग्राफी का कमाल होता है। फिर भी, यह एक चित्ताकर्षक चेहरा था, जो क्रीम-पाउडर-लिपस्टिक आदि कांतिवर्धक चीजों के इस्तेमाल के बिना भी बहुतों के दिल की धड़कन रोक देगा। उसका नाम था—रोशनी कक्कड़ या संक्षेप में आर.के—विज्ञापन के आकाश पर चमका एक नया सितारा जिसने मॉडलिंग की दुनिया में कदम रखकर सबको चकाचौंध कर दिया।

कुछ ही सप्ताह पहले सुनीति और आकाश के बीच आर.के. के बारे में एक गर्मा गर्म बहस हुई थी। अभी वह मुश्किल से 22 वर्ष की थी और आकाश की विज्ञापन एजेंसी ने उसे पकड़ने में जरा भी देर नहीं की। विज्ञापन की दुनिया के धूर्त उसे किसी भी कीमत पर हथियाने के लिए आतुर थे, क्योंकि कोई अंधा इंसान भी उसके सौंदर्य को भुला नहीं सकता था—शीशे जैसा एकदम सुथरा शरीर और उससे निकलती सहज कामासक्ति। तथापि, उसकी सफलता का मार्ग प्रशस्त करने का श्रेय उसकी अदम्य व्यवहार-कुशलता को जाता था। कुछ लोग इसे दृढ़ निश्चय मानते थे लेकिन कुछ कम उदार चित्तवाले इसे दूसरे नामों से पुकारते थे। अगर आकाश की मानें तो आर.के. की ऊँची उड़ान और प्रसिद्धि के पीछे उनकी विज्ञापन एजेंसी के प्रमुख नील के साथ उसका संबंध सबसे बड़ा कारण है। सामान्यतया मृदु-भाषी आकाश के मुँह से ऐसी एक कमसिन लड़की के विरुद्ध इस तरह की जहरीली बात सुनकर सुनीति को धक्का लगा था। कुछ अवर्णनीय कारणों से उसने खुद को आर.के. के बचाव में उठते पाया। आर.के. को सफलता प्राप्त हुई, जबकि उसी रास्ते पर चलकर अन्य अनेक लड़कियों को सफलता हासिल नहीं हो पाई। अतः इस लड़की को कुछ अतिरिक्त परिश्रम करना पड़ा होगा। लेकिन आकाश ने इस तर्क को तीक्ष्णता से खारिज कर दिया। सभी पेशेवर लोगों की तरह मॉडलिंग की घातक होड़ भरी दुनिया में अवसरवादियों की कमी नहीं है और आर.के. ऐसा कुछ नहीं कर रही है, जो कभी सुनने में न आया हो। बहस के इस मोड़ पर उसका मूड विशेष रूप से उखड़ गया, जब उसने कहा कि यह चिरकुट लड़की अपना कॅरिअर आगे बढ़ाने की खातिर खुलकर पलंग का इस्तेमाल कर रही है। कहा तो यह भी जाता है कि एजेंसी प्रमुख के अलावा वह फोटोग्राफर तथा क्रिएटिव डायरेक्टर को भी अपने बिस्तर का सुख दे रही है। यह कोई संयोग नहीं है कि एक मॉडल को सफल बनाने में इन तीनों का योगदान अत्यंत महत्त्वपूर्ण होता है। फिर जो हुआ जग-जाहिर है। दिल्ली में हर दूसरे बिल बोर्ड पर आर.के. का चेहरा छा गया।

इस डर से कि बहस किसी नतीजे की ओर नहीं बढ़ रही है, सुनीति ने आगे टिप्पणी करने से खुद को रोक लिया, हालाँकि वह आकाश के तर्क से सहमत नहीं थी। आर.के. के चेहरे को देखते हुए उसे फिर उसमें मासूमियत, नजाकत और यौनाकर्षण

का जानलेवा मिश्रण नजर आया। बत्ती का रंग बदल गया, कार आगे बढ़ी और बिना किसी को टक्कर मारे बुखारा पहुँचने के निश्चय के साथ ही उसके दिमाग से सारे दूसरे विचार एकदम रफू-चक्कर हो गए। आजकल दिल्ली में ट्रैफिक की हालत। ओफ्फ, भगवान् ही बचाए।

अभी भी जल्दी थी और रेस्त्राँ अभी भरना शुरू नहीं हुआ था। सुनीति और आकाश अकसर बुखारा में आते रहते थे लेकिन फिर भी वहाँ के वातावरण का जादुई प्रभाव कतई कम नहीं हुआ था। वहाँ की सजावट में परंपरागत और आधुनिक लालित्य का सटीक सम्मिश्रण था। अलंकृत मीनू कार्ड और प्रस्तर सुशोभित दीवारों का ओपन ग्रिल के साथ शानदार मेल था, जहाँ शेफ यानी खानसामाओं को काम करते हुए देखा जा सकता था। काश, नीची कुरसियों तथा स्टूलों को भी बदल दिया जाता। उसने अनेक संरक्षकों (बहुधा आनेवाले ग्राहकों) को उन निचली कुरसियों में असुविधाजनक तरीके से स्वयं को सिमटाकर बैठे देखा था। यहाँ गले में बँधे चारखाने के रंग-बिरंगे नैपकिन बचपन की याद दिला देते थे, जब बच्चों को खाना खिलाते समय गले में कपड़ा बाँध दिया जाता था।

इन छोटी-मोटी कष्टप्रद स्थितियों के बावजूद खाना बहुत स्वादिष्ट एवं लजीज होता था। जब तक कि किसी को जाने की बहुत जल्दी न हो तब तक खिदमत बड़ी तबीयत से की जाती थी। उसने दुबारा चारों तरफ निगाह डाली और वेटरों को देखा जो अपनी विशेष वेशभूषा में पूरी मुस्तैदी से मेजों पर बरतन, गिलास, चम्मच, छुरी-काँटा आदि सजाने में लगे हुए थे। अधिकतर मेजें खाली थीं लेकिन कुछेक जल्दी आनेवाले आ चुके थे और बार के सामने ऊँचे स्टूलों पर चढ़े बैठे पीने का मजा ले रहे थे। एक वर्दी वाले युवक ने उसके पास आकर उसे दो लोगों के वास्ते एक मेज की ओर जाने का असफल संकेत किया कि तभी उसने रूपाली को कोने की बड़ी मेज पर बैठे हुए देखा और गर्मजोशी से उसकी तरफ दौड़ गई।

उसने गौर किया कि उसकी सहेली ने उतने तड़क-भड़कवाले कपड़े नहीं पहने हुए थे, जैसे वह आमतौर पर पहना करती थी।

"मैंने तुम्हारे लिए कुछ फूल ले लिये।"

"धन्यवाद।"

सुनीति ने ठीक से बैठ जाने के बाद चारों ओर एक नजर घुमाई। एक कोने में दो जवान आदमी एक-दूसरे के गलबहियाँ डाले हुए धूम्रपान कर रहे थे। सुनीति को जरा भी ध्यान नहीं आया कि वह उधर घूर रही है, जब तक कि रूपाली ने नहीं टोका, "सयानी हो जाओ, मैडम। यह युग लैंगिक उदारीकरण का युग है।"

"मुझे पता है। फिर भी, किसी तरह मैं अब तक ऐसे व्यवहार को समझ सकने

की अभ्यस्त नहीं हूँ। हालाँकि मैं जानती हूँ कि मुझे इतना समझदार होना चाहिए।''

''तुम शर्त लगाती हो। अमेरिका में ऐसा ही मेरा एक पड़ोसी एक अत्यंत खूबसूरत नौजवान था। वह गे (समलैंगिक) था। शुरू-शुरू में उसके साथ समय बिताने में मुझे चौकस रहना पड़ता था। मुझे लगता था कि यदि मैंने उससे बात की या हाथ मिलाया तो मुझे कोई भयानक बीमारी लग जाएगी। लेकिन धीरे-धीरे मैं उसे अधिक अच्छी तरह जानने-समझने लगी और उसे एक बहुत ही जिंदादिल इंसान पाया। जानती हो, हम आज भी एक-दूसरे के संपर्क में रहते हैं। वैसे, क्या तुमने कभी गौर किया है कि सभी बहुत खूबसूरत मर्द गे क्यों होते हैं?''

''यह सब तो ठीक है लेकिन अगर आपका बच्चा अपने किसी गे मित्र को अपने जीवन साथी के रूप में घर ले आए तब आपको कैसा लगेगा?''

रूपाली ने सुरुचिपूर्ण ढंग से सजाई गई मेज और सुंदर मीनू कार्ड को रूखेपन से देखा। वह उस मरीज के समान प्रतीत हुई जिसे उसकी बीमारी की याद दिला दी गई हो। सुनीति ने अनुभव किया कि बच्चों का जिक्र करते ही वह खतरनाक क्षेत्र में भटक गई थी। रूपाली पिछले छह महीनों से एक परिवार की शुरुआत करने की नाकामयाब कोशिश कर रही थी। उसने तुरंत बहस का विषय बदल दिया।

''हाँ, मैं अनुमान लगा सकती हूँ कि उनकी मनोवृत्ति बिल्कुल अलग प्रकार की है। ईश्वर की कृपा से हम सीधे-सरल इंसान हैं। सीधे-सरल पुरुषों से हमारा विवाह हुआ है। यह तो बताओ, रजत कैसा है?''

''ठीक ही होगा, मैं समझती हूँ।''

सुनीति की भृकुटि तन गई। उसको यह जवाब सुनने की बिल्कुल उम्मीद नहीं थी। क्या रूपाली के जीवन में कुछ कमी रह गई? इससे पहले कि सुनीति इस बोझिल कथन की जाँच कर पाती तभी रूपाली ने जल्दी से यह सवाल दाग दिया ''आकाश कैसा है?''

सुनीति ने अपनी भौंहें ऊँची करके अपनी मित्र को इशारा कर दिया कि बातचीत की दिशा बदलने के इस प्रयास से वह मूर्ख बनने वाली नहीं है। कुछ ऐसा जरूर था जो सही नहीं था और संध्या समाप्त होने के पहले ही वह सच जान लेना चाहती थी। तथापि, अभी उसने यूँ ही बातें करते हुए समय बिताना ठीक समझा।

''अच्छा कर रहा है। पिछले माह वह स्विट्जरलैंड गया था और मेरे लिए मुँह में रखते ही घुल जानेवाली ये स्वादिष्ट चॉकलेट लेकर आया।''

''तुम किस्मतवाली हो!''

''मुझे पक्का यकीन है, रजत अपनी विदेश-यात्राओं से तुम्हारे लिए ढेरों 'गुप्त' उपहार लाता है।'' जान-बूझकर सुनीति ने छेड़ा क्योंकि उसे पता था कि विक्टोरिया

ब्रांड सीक्रेट अधोवस्त्र उसकी सहेली की कमजोरी है।

''अगर मैंने उस नीच आदमी का नाम दुबारा सुना तो मैं कसम खाती हूँ कि मेरे हाथों किसी का खून हो जाएगा।''

ये शब्द नरमी से कहे गए थे लेकिन फिर भी इन शब्दों ने उस क्षण की सारी प्रफुल्लता पर कुठाराघात कर दिया। ऐसा लगा मानो कमरे से हवा एकदम गायब हो गई हो। सुनीति ने चोरी-चोरी चारों ओर देखा, इस बात से लगभग बेखबर कि दूसरे मेहमानों की नजरें उनकी मेज की ओर ताक रही हैं। लेकिन कोनेवाली मेज के लोग सिर्फ एक-दूसरे की आँखों में आँखें डाले हुए थे। उसने अपना ध्यान रूपाली की ओर मोड़ा। रूपाली को देखकर लग रहा था कि वह अभी गिर जाएगी और रो पड़ेगी। परिवर्तन इतना अचानक था कि सुनीति को कुछ कहते नहीं बना। यह रूपाली थी जिसने पाँच साल पहले रजत से खुशी-खुशी विवाह रचाया था। इस साल एक शिशु को जन्म देने की योजना बना रही थी और आई.आई.एम.(ए) की डिग्री लेने के बावजूद वह संतुष्ट गृहिणी थी। क्या हो गया था?

किसी ने भी नहीं देखा कि उनकी वह घनिष्ठ सहेली चली आ रही है जो कभी उनके साथ ही एक कमरे में रहती थी। दोनों ने अपराध-भाव से मुँह उठाकर देखा, जब शिखा की भारी आवाज ने उनके विचारों में विघ्न डाल दिया।

''हाइ! सॉरी, लेट हो गई। आजकल ट्रैफिक इतना होता है कि पूछो मत।''

शिखा आते ही सुनीति के बगलवाले सोफे में धँस गई। सुनीति और रूपाली दोनों ने मुसकान के साथ उसका स्वागत किया; लेकिन वे मुसकानें मजबूरी की थीं। उन्होंने शिखा को ध्यान से देखा। वही खसखस बाल, हालाँकि उनमें कई बाल सफेद भी थे। पिछले दस साल में कुछ किलो वजन जरूर बढ़ गया लगता था। कुछ लकीरें बता रही थीं कि वह हँसती बहुत है। लेकिन उम्र बढ़ जाने के बावजूद शिखा ने अपनी तरुणाई एवं चुस्ती-फुर्ती कायम रखी हुई थी। वह खुश और शांत चित्त लग रही थी। उसके विपरीत रूपाली पर बढ़ती उम्र का असर स्पष्ट था और गहरे मेकअप के साथ वह ऐसी दिख रही थी जैसे किसी दुकान के शो-केस में रखा सजा हुआ पुतला हो। गोल-मटोल गाल, दूधिया रंग और लंबे काले बालों की घनी रूपाली उनके गुट में सबसे खूबसूरत गुड़िया मानी जाती थी। लेकिन आज शिखा का पलड़ा उसपर भारी पड़ रहा था। फिर यह शिखा ही थी जिसने लंबी खिंच रही खामोशी तोड़ने का जोखिम उठाया।

''तो क्या चल रहा है? क्या करते रहे हो तुम दोनों इतने वर्षों तक?''

सुनीति ने तत्काल अपने कॅरिअर, अपने विवाह और पिछले वर्षों की अपनी जीवन-यात्रा का बखान करना शुरू कर दिया। शिखा ने दिलचस्पी के साथ सुना लेकिन सुनीति यंत्रवत् अविराम बोले चली जा रही थी जबकि उसका ध्यान रूपाली के इस

विस्फोट का मतलब निकालने की कोशिश में लगा हुआ था। क्या हुआ था?

कुछ कबाब लाने के लिए कहने के बाद सुनीति ने जल्दी से अपना एकालाप समाप्त किया और रूपाली की ओर रुख किया जो अब तक चुपचाप सुन रही थी।

रूपाली समझ गई कि वे लोग उससे कुछ सुनने की प्रतीक्षा कर रहे हैं। उसने पहले जो टिप्पणी की थी, उससे सुनीति कुछ उलझन में पड़ गई थी और इस बारे में उसे अपनी मित्र को एक स्पष्टीकरण देना था। कुछेक तकलीफदेह क्षणों के बाद रूपाली ने बोलना शुरू किया और शीघ्र ही ऐसा माहौल बन गया जैसे वे तीनों सहेलियाँ हॉस्टल के एक कमरे में बैठी हुई देर रात तक अपनी दुःख-तकलीफों को साझा कर रही हों। जैसा कि उन्हें पता है, रजत को अमेरिका में एक अच्छी नौकरी मिलने के बाद उसे काम छोड़ना पड़ा ताकि वह रजत के साथ जा सके। उसके द्वारा किए गए उत्कृष्ट कार्य और नौकरियों के अच्छे प्रस्तावों के बावजूद उसने घर सँभालना ही उचित समझा और सर्वप्रथम एक अच्छी पत्नी तथा एक गृहिणी बनने का प्रयास किया।

रजत की यही मरजी थी और उसका अपना विचार भी यही था कि घर पहले और नौकरी बाद में। रजत एक समझदार और बहुत ध्यान रखनेवाला पति साबित हुआ। शादी के पाँच साल बाद अब वे एक संतान की चाह कर रहे थे ताकि परिवार पूरा हो सके। उन्होंने आपस में विचार-विमर्श के बाद यह भी तय कर लिया था कि बच्चा कुछ बड़ा हो जाने पर वह काम पर वापस जा सकेगी।

लेकिन पिछले सप्ताह सब कुछ बदल गया। वह समय से पहले ही अपने माता-पिता के घर से लौट आई थी और उसने रजत को अपने घर में अकेले उसकी करीब 20 साल की सेक्रेटरी के साथ रँगे हाथों पकड़ लिया था। उसे कभी ऐसी आशंका नहीं थी कि रजत उसके प्रति दगाबाज हो सकता है। फिर जो झगड़ा हुआ उसमें तो रजत ने सारी हदें पार कर दीं। उसे गंदी-गंदी गालियाँ देते हुए यहाँ तक कह डाला कि वह किसी काम की नहीं है और एक अधेड़ उम्र की बेरोजगार डाइन है। आखिरी बात उसे सबसे ज्यादा चुभी थी। उसके सारे त्याग और बलिदान व्यर्थ चले गए। उसने एक संभावनापूर्ण आजीविका को त्याग दिया। तभी से उसने नए सिरे से अपना जीवन बनाने का प्रयास आरंभ कर दिया। पिछले सप्ताह में उसने कई जगह नौकरी के लिए आवेदन किया है, इंटरव्यू दिए हैं और नौकरी दिलानेवाली एजेंसियों से संपर्क किया है। शायद बच्चा अब नहीं आएगा। यह अंतिम बात उसने इतनी व्याकुलता और इतने दुःख के साथ कही कि उसकी मित्रों को उठकर उसे सँभालना पड़ा। रूपाली अभी भी धीरे-धीरे रोए जा रही थी।

सुनीति को विश्वास नहीं हुआ कि वे रूपाली को सहारा दे रहे हैं या रूपाली से खुद शक्ति प्राप्त कर रहे हैं। वह ऐसे दौर से अकेले गुजरी है और जो कुछ भी उसपर

बीती है उस बारे में किसी से एक शब्द भी उसने नहीं कहा। वास्तव में, जीवन के युद्धक्षेत्र में उन्होंने रूपाली को एक कुम्हलाया फूल समझने की भारी भूल की थी जबकि वह एक मजबूत वटवृक्ष के समान थी। सुनीति समझ गई कि उसकी मित्र सभी विषम परिस्थितियों से लड़ जाएगी और सफल होगी। अगर उसने आकाश के बारे में ऐसा कुछ देखा या सुना होता तो उसकी अपनी प्रतिक्रिया क्या होती?

धीरे-धीरे वे सभी शांत व संयत हो गए। अफगानी भोजन की ट्रे लानेवाले वेटर ने शाम की सामान्य स्थिति बहाल करने के लिए बहुत कुछ किया। रूपाली ने मजाक-मजाक में यहाँ तक कह डाला कि वह अभी इस तरह की सैर एवं मेल-मुलाकात का खर्च उठाने का सामर्थ्य नहीं रखती है और अब आगे से सभी दावतों का खर्च सुनीति एवं शिखा को उठाना होगा। फिर वह शिखा की तरफ मुड़ी जो अभी तक अपने में खोई हुई खामोश बैठी थी।

"अब तुम्हारी बारी है। हम जानते हैं, तुम्हारे साथ कमरा साझा करनेवाली तुम्हारी पूर्व सखी आज एक सफल व स्वतंत्र पत्रकार है और उसने 'नेशनल जिऑग्राफिक' के लिए यात्रा-विवरण लिखे हैं। लेकिन तुम्हारी व्यक्तिगत जिंदगी रहस्य में लिपटी हुई है। तुम्हारा फेसबुक प्रोफाइल रहस्यमय तरीके से कहता है कि तुम विवाहिता नहीं हो लेकिन तुम्हारा एक साथी है। और ज्यादा कुछ नहीं। कौन है वह खुशकिस्मत इंसान और तुम उसे छिपा क्यों रही हो?"

"वह एक लड़की है।"

शिखा के ऐलान के बाद घोर खामोशी छा गई।

"क्या यह इतनी हैरानी की बात है?" शिखा उन दोनों को ध्यान से देख रही थी और उनकी प्रतिक्रियाओं को पढ़ने की कोशिश कर रही थी।

पहले रूपाली सदमे से बाहर आई—"नहीं शिखा, बात सिर्फ यह है कि हमने कभी नहीं सोचा...इतने साल...खैर, जो भी हो, कौन है वो?"

"रोशनी कक्कड़, आज की फैशन की दुनिया में सबसे ताजा सर्वाधिक उत्तप्त चेहरा।"

सुनीति के हाथ से काँटा छूट गया, जब शिखा ने आगे कहना शुरू किया—

"उससे मेरी मुलाकात एक फ्लाइट में हुई और फिर हम अलग-अलग जगहों पर एक-दूसरे से टकराते रहे। यात्रा करने और फोटोग्राफी में हमारी समान रुचि हमें एक-दूसरे के करीब ले आई। हम पिछले दो वर्ष से साथ-साथ हैं। चूँकि वह फैशन डिजाइनिंग में अपनी डिग्री पूरी करने में लगी हुई थी इसलिए हमें यह बात छिपानी पड़ी। आज भी उसके परिवारवालों को हमारे बारे में जानकारी नहीं है। वे समझते हैं कि मेरा उसपर अच्छा प्रभाव है और एक ही फ्लैट में हम दोनों के साथ रहने में उन्हें कोई आपत्ति नहीं

है। मुझे इस तरह के झूठ से नफरत है; लेकिन रोशनी कक्कड़ या आर.के. दुविधा में है कि यह खबर उन्हें कैसे दी जाए। मैं उसके निर्णय करने की घड़ी की प्रतीक्षा कर रही हूँ और फिर हम अपने संबंध को कानूनी रूप दे देंगे। हो सकता है कि हम एक बच्चा गोद ले लें। असल में, एक परिवार बन जाए हमारा। कौन जानता है?''

रूपाली अभी भी माँ बनने की कोशिश कर रही थी।

''लेकिन भारत में तो समलैंगिक विवाह की स्वीकृति नहीं है।''

''यह समस्या भारत की है, मेरी नहीं। अगर दूसरों को मेरी लैंगिक पसंद-नापसंद से परेशानी हो तो मुझे किसी डॉ. जैकिल और मि. हाइड की तरह दोहरी जिंदगी क्यों जीनी चाहिए? मैं आजाद पैदा हुई थी और उतनी ही आजाद जितनी तुम या कोई और है और मैं आजाद रहना चाहती हूँ। और जहाँ तक सुख की बात है, इतरलिंगी संबंधों में जीनेवाले कितने सुखी हैं—टूटते घर, दुश्चरित्र पत्नियाँ, धोखेबाज पति…''

शिखा अपने को रोक पाती उससे पहले ही शब्द छूट चुके थे—''ओह रूपाली, मेरे कहने का मतलब वो नहीं था। मुझे वाकई अफसोस है।''

''नहीं, सब ठीक है और तुम सही हो। खुशी नहीं है तो सब बेकार है। जिंदगी में खुशी होनी चाहिए। न कि इस पचड़े में फँसे रहें कि यह गुण-सूत्र एक्स और वाई है या एक्स और एक्स है।''

सुनीति अभी तक आर.के. की पहेली को समझने और सुलझाने की कोशिश कर रही थी।

अपनी सहेलियों की खामोशी को देखकर शिखा ने अपना स्वर हलका कर लिया और उन्हें अपनी बात समझाने की असाध्य कोशिश जारी रखी—''ऐसा नहीं है कि हम इस बात को लेकर शर्मिंदा हैं। डर यही है कि अगर यह बात उजागर हो जाए तो मॉडलिंग की दुनिया में उसका कॅरिअर एकदम खत्म हो जाएगा। जानती हो, आर.के. की विज्ञापन एजेंसी में जो एक लंपट असिस्टेंट क्रिएटिव डायरेक्टर है, वह उसके ऊपर डोरे डालने की पुरजोर कोशिश कर रहा है। पिछले महीने वह किसी अत्यंत कामोत्तेजक विज्ञापन संबंधी एक फिल्म शूट करने के सिलसिले में स्विट्ज़रलैंड गया और उसने आर.के. को भी साथ चलने के लिए कहा। और जब उसने मना कर दिया तो अब वह उसको तबाह करने के इरादे से तरह-तरह की अनर्गल बातें उसके बारे में कह रहा है। ऐसे लोग उसे नीचे गिराने के मौके की तलाश में घात लगाए बैठे हैं। कम-से-कम आर.के. और मैं एक-दूसरे के प्रति पूरी तरह ईमानदार तो हैं। वह एक मॉडल के रूप में आसमान छूना चाहती है और ये वासना के भूखे लोग उसे अपना शिकार बनाने के लिए उतावले हो रहे हैं। इसी कारण वह एक समझौता करती है। लेकिन उसका दिल, उसकी भावनाएँ, उसकी संवेदनाएँ केवल मेरे लिए हैं। मैं यह समझती हूँ और स्वीकार करती हूँ।''

सुनीति के लिए चित्र-पहेली को पूरा करनेवाला आखिरी टुकड़ा भी सामने आ गिरा। रूपाली उत्सुकता से उसके चेहरे को देख रही थी। क्या वह भी समझ गई थी कि मामला क्या है? उँगली किस ओर इशारा कर रही है?

बुखारा के प्रदीप्त परिवेश में तीन जिंदगियों के चारों ओर तूफान उठ खड़ा हुआ था।

रूपाली, जिसने अपना कॅरिअर छोड़ा, विवाह किया; पर संतान के लिए तरसती रही और पति के विश्वासघात की चश्मदीद गवाह बनी। वह सोच रही थी कि क्या शिखा सही है। आखिरकार, उसने विवाह से पाया क्या है और जिंदगी उसे किधर ले जाएगी?

सुनीति सदमे के मारे सुन्न पड़ गई थी। उसके लिए यह निर्णय करना आसान नहीं था कि उसने जो सुना है उसपर विश्वास किया जाए या नहीं और आकाश के बारे में उसका मन जिस ओर चीख-चीखकर इशारा कर रहा था वह उसे नकारने का प्रयास कर रही थी। यह सच नहीं हो सकता, होना भी नहीं चाहिए।

शिखा ऊपर से तो अविचलित दिखने की कोशिश कर रही थी, लेकिन हताशा के साथ यह कामना कर रही थी कि उसकी वे दोनों मित्र, जिन्हें वह बहनों से भी अधिक मानती है वे उसे समझेंगी और वह जैसी है उसे उसी रूप में स्वीकार कर लेंगी। उस बनावटी साहस के नीचे वह उत्कंठापूर्वक कहीं यह प्रार्थना भी कर रही थी कि आर.के. उस वचन और उस वादे पर खरी उतरेगी जो वादा उन्होंने एक-दूसरे से किया है।

□

4

धर्मयुद्ध

अनीश की कनपटी पर गोली लगने के कारण हुए जख्म से खून धीरे-धीरे नीचे टपक रहा था। वह फर्श की ओर लड़खड़ाते हुए गिरने वाला था। उसका घना, साँवला व सुंदर चेहरा दर्द में विकृत हो गया। उसके वे घने काले बाल जिनमें अपनी उँगलियाँ लहराना उसे बहुत पसंद था इस समय गहरे लाल हो चले थे। रेवा ने उसे पकड़ने के लिए उसकी तरफ दौड़ने का प्रयत्न किया। किंतु उसके सीने पर एक भारी बोझ उसे रोक रहा था। उसने स्वयं को छुड़ाने और मुक्त करने के लिए भरसक प्रयास किया। उसकी जकड़ इतनी मजबूत हो गई कि वह चाहकर भी हिल नहीं सकी। उसने खून में लथपथ अपने पति को फर्श पर गिरते देखा और वह असहाय कुछ नहीं कर सकी। वह मदद के लिए चीख-पुकार कर रही थी लेकिन उसकी चीखें सुननेवाला कोई भी नहीं था। ज्यादा जोर लगाने पर उसकी आवाज गले में ही अटकी रह गई और…

सुबह-सुबह की ठंडी हवा में पसीने में नहाई और सिहरती हुई रेवा सिंह अपने बिस्तर पर उठकर बैठ गई। उसका दो वर्ष का बालक आदि उसकी छाती पर बाँहें फैलाए सोया पड़ा था। उसकी नन्ही बाँहों ने उसे ढीले से पकड़ रखा था। यह उसकी पसंदीदा मुद्रा थी। रेवा के सीने पर लेटे हुए उसे माँ की ममतामयी गरमाहट और सुरक्षा में अत्यंत संतोष मिलता था। रेवा ने पलंग के दूसरी तरफ देखा—खाली। उसे भय के मारे उलटी आने लगी और फिर उसे याद आया कि अनीश कोई गुप्त सूचना मिलने पर मध्य रात्रि छापा मारने चला गया था। मंचोली में यह एक रोजमर्रा का कार्यक्रम था, जहाँ पुलिस को घने जंगलों में तलाशी अभियान के लिए अकसर जाना पड़ता था। जिला पुलिस अधीक्षक की हैसियत से अनीश को अत्यधिक नाजुक छापेमारी अभियानों का नेतृत्व खुद करना पड़ता है। रेवा अच्छी तरह समझती थी कि अनीश को हर रोज कैसे-कैसे खतरों का सामना करना पड़ता है। नक्सलवाद के विशेषकर मंचोली, केंद्र में

अनीश पी पुल्स वार ग्रुप का दोनों तरफ से निशाना बना हुआ था। वह सावधान था लेकिन पुलिस हमेशा निशाने पर रहती थी। यह खतरा तब और गहरा गया जब पिछले साल पी पुल्स वार ग्रुप ने ऐलान कर दिया कि उनका संघर्ष वैचारिक क्रांति के अगले दौर सशस्त्र विद्रोह में प्रवेश कर गया है। सरकार को अब पाशविक ताकत से गिराने की तैयारी थी और एस.पी. अर्थात् पुलिस अधीक्षक पहले निशाने पर था।

वह उस समय चुपके से निकल गया होगा जब रेवा आदि सोए हुए थे। पुनः आश्वस्त होने के बाद रेवा ने पलंग की बगल में रखे उसके फोटो पर नजर डाली। अनीश का कद लंबा-ऊँचा और शरीर सुगठित था। सिर पर घने काले बाल और आँखें भी काली। उसकी बगल में नव-विवाहिता रेवा अपने सुंदर परिधान में खड़ी थी। रेवा भी कद में लंबी और पतले-दुबले शरीर की थी। त्वचा का रंग श्यामल था और आँखें स्याह-काली। उसने तस्वीर को समीक्षक की नजर से देखा—साँवले रंग और ऊँचे कद को देखते हुए उन्हें भाई-बहन माना जा सकता था लेकिन उनकी आँखें दोनों को अलग कर रही थीं। अनीश की आँखों में चट्टानी दृढ़ता थी, खामोशी थी और विचारमग्न रहने का भाव था; जबकि उसकी आँखें दुनिया पर हँसती हुई, खुली और विश्वासपूर्ण थीं। वह विस्मय में थी कि आदि बड़ा होकर किसका पक्ष लेगा। वह उनकी शादी के पाँच वर्ष बाद पैदा हुआ था और इस वजह से भी वह उन दोनों की आँखों का तारा था, क्योंकि उसे पाने के लिए उन्होंने इतनी लंबी प्रतीक्षा की थी। उसके मन में इतना प्यार उमड़ आया कि उसने बच्चे के घुँघराले बालों को छुआ और एक लट उसके कान के पीछे लपेट ली। बाहर अभी तक उजाला नहीं हुआ था। जैसे ही उसने अपने कानों पर थोड़ा जोर डाला, उसे लाल ईंटोंवाले अपने बँगले के पीछे बहती जलधारा की कल-कल ध्वनि प्रातः पूर्व नीरवता में सुनाई देने लगी। उसके अशांत मन को इससे थोड़ा चैन मिला। उसने बँगले के अंदर किसी अन्य ध्वनि को पकड़ने के लिए अपने कानों पर थोड़ा और जोर दिया। अभी तक कोई हलचल नहीं थी। मंचोली में जीवन ऐसा ही था। न जाने कब से इस प्रतीक्षा में था कि सूर्य निकलकर उस अंधकार में अपना ऊर्जस्वी प्रकाश फैलाए, जिस अंधकार में वे रहते आए हैं। पिछले कई दिनों से उसके मन के अंदर अँधेरा बढ़ रहा था, जो किसी भयानक सपने जैसा था, जिसने आज उसकी नींद उचाट दी थी।

पिछले तीन सप्ताह से हर रात वही डरावना सपना उसे संत्रस्त कर रहा था। पहली बार डर ने उसे स्तंभित कर दिया था। अनीश चौंककर उठ गया था और उसने उसे बुरी तरह सिसकते-सुबकते हुए पाया था। जब उसने अपने दुःस्वप्न के बारे में अनीश को बताया था तो वह उसके डर पर जोर से हँस दिया था। उसकी आँसू भरी आँखों में अनीश ने अपनी असंवेदनशीलता पर उलाहना का भाव देखकर रेवा को हिंदुओं की उस

युगों पुरानी मान्यता की याद दिलाकर शांत करने का प्रयास किया ··कि यदि आप सपने में किसी प्रियजन की मृत्यु देखते हैं तो उसके जीने की अवधि बढ़ जाती है।

उसके सारे आश्वासनों के बावजूद उस भयावह सपने का आना बंद नहीं हुआ। एक रात बीती नहीं कि दूसरी रात फिर वही अवर्णनीय भय अंदर-ही-अंदर उसे कचोटने लगता और वह उठकर बैठ जाती। कभी-कभी वह निद्रा में रोने लगती। कभी ऐसा होता कि चीखें रुकने का नाम नहीं लेती थीं। हर बार अनीश की मजबूत बाँहों में समाकर वह निश्चिंत हो जाती। लेकिन सपना रुकता नहीं था।

''रेवा, इस हिसाब से तो मैं धरती पर जीवित रहनेवाले सबसे वृद्ध आदमी का गिनीज विश्व रिकॉर्ड तोड़ दूँगा। मुझे बताओ, तुम यह कैसे कर लेती हो। मैं भी वही सपना देखना चाहता हूँ। फिर कम-से-कम हम अपना बुढ़ापा तो एक साथ बिता सकेंगे।''

रेवा हँसने का बहाना जरूर करती लेकिन घबराहट का एहसास जाता नहीं था। यह भय और विश्वास का एक विचित्र मिश्रण था कि उसके मन की आँखें जो कुछ देख रही थीं, वह अपनी आँखों से उसे देखने में असमर्थ थी। कभी-कभी उसे आश्चर्य होता कि क्या उसका सपना इतना प्रबल और इतना प्रभावशाली है कि उसे समझ पाना उसके लिए संभव नहीं है।

उसे उन दिनों की याद आ गई जब उसने मंचोली में कदम रखा था। दूसरे पुलिस अधिकारियों की पत्नियों से सामूहिक हत्याओं तथा घात लगाकर हमला करने के किस्से सुनकर रेवा उस समय चकरा गई थी, जब अनीश की वहाँ तैनाती हुई। नक्सलियों और हथियारबंद हमलावरों के बारे में सुनने के बाद उसके मन में भय समाया हुआ था। यही कारण था कि वह अनिच्छा से अनीश के पास गई।

जब वे टेढ़ी-मेढ़ी और घने जंगलों से गुजरती सड़क से गाड़ी में जा रहे थे तब उसके मन में आशंका थी कि सशस्त्र आदिवासी कहीं उन्हें पकड़ न लें। कुछ महीनों बाद रेवा को हमलावरों ने नहीं, बल्कि मंचोली ने मोहित कर लिया। पिछले सात महीनों में उसे मंचोली से प्यार होने लगा था। हरे-भरे वन, कल-कल बहतीं नदियाँ (एक नदी तो ठीक उनके बँगले के पीछे बह रही थी) और सीधे-सादे लोग यानी मंचोली की इन सब विशेषताओं ने उसका मन मोह लिया था। जहाँ-जहाँ वह पहले रह चुकी थी ऐसा मोह उसे किसी और जगह से कभी नहीं हुआ।

सुबह की हर्बल चाय बनाते समय उसका ध्यान गंगा बेत्ती नाम के उस जवान लड़के की ओर चला गया जो उनके घर में छोटे-मोटे काम करने के साथ-साथ आदि की देखभाल करने में भी उसकी मदद करता था। वह कोया आदिवासी समुदाय से था। उसकी उम्र करीब बीस साल थी और कद में छोटा किंतु गठीला था। चेहरे का रंग गहरा

साँवला, जबड़ा चौड़ा था, जो उसकी जाति की एक विशेषता मानी जाती है। वह हँसता बहुत कम था लेकिन उसकी जैसी जंगली बेलगाम हँसी रेवा ने कभी नहीं देखी थी। उसके मोती जैसे सफेद दाँत और काली व सतर्क आँखें उसके सर्वाधिक आकर्षक गुण थे। मंचोली ने उसको लुभाने के लिए जितने दाँव खेले थे उन्हीं में से एक यह भी था। शुरू में तो रेवा ने उसे घर में रखना नहीं चाहा था, क्योंकि उसे ऐसा लगता था कि आदि के स्नेह एवं लाड़-दुलार में वह एक प्रतिद्वंद्वी न बन जाए। उसने अनीश को समझाने की कोशिश भी की थी कि आदि की देखभाल वह अकेले ही कर लेगी। लेकिन अनीश हठ कर गए कि उसे अपने लिए भी कुछ समय चाहिए। दोनों के बीच एक समझौता हो गया। वह लड़का पहले कुछ दिनों के लिए आएगा और फिर वह अपना निर्णय दे सकती है। हमेशा की तरह अनीश का कहना ठीक निकला। गंगा के आने से रेवा को बहुत राहत मिल गई जिसकी उसे जरूरत भी थी। उसे फुरसत के कुछ क्षण मिले तो उसका चित्रकारी का पुराना शौक जाग गया जो आदि के जन्म के बाद पीछे छूट गया था। चित्रकारी के लिए और अनेक नए-नए विषय प्रस्तुत हो गए थे। समय बीतने के साथ-साथ उनके घर में गंगा की जगह पक्की हो गई। वह एक होशियार लड़का था और अधिकतर आदिवासी लड़कों की भाँति अत्यंत सुशील था। वह आदि के साथ घंटों बिता देता। आदि को दूध पिलाने व खिलाने के समय वह तरह-तरह की नकलें उतारकर और कठपुतली जैसे तमाशे दिखाकर उसका ध्यान बँटाने की कोशिश करता तथा बच्चे की नीले रंग की चमकदार गाड़ी में उसे सैर कराता था। रेवा ने आरंभ में तो उसके आसपास रहकर उस पर कड़ी निगरानी रखी। धीरे-धीरे उसकी चौकसी ढीली पड़ गई और वह गंगा पर एक छोटे भाई जैसा विश्वास करने लगी। रेवा समझ गई कि उसके दोनों लड़कों—एक बीस वर्ष के बड़े लड़के और एक दो वर्षीय छोटे लड़के के बीच एक ऐसा संबंध जुड़ गया है जिसे बयान करना मुश्किल था। संभवत: आदि के जरिए गंगा अपनी बाल्यावस्था दुबारा जी रहा था। यानी उन खिलौनों के साथ खेलना जो उसने कभी देखे नहीं थे; आइसक्रीम खाने का मजा लेना और कार्टून देखना। यदा-कदा उनके हँसते चेहरों को देखकर उसे अपराध-बोध होता था। जिंदगी ने जो सुख उसे बिन माँगे दिए थे, वे इस मासूम लड़के के लिए विलासिता की वस्तुएँ थीं।

हर रोज आदि जब दोपहर की नींद लेता तब गंगा उसके पास रखवाली करनेवाले एक फरिश्ते की भाँति बैठा रहता था। दोपहर के ऐसे आलस्यपूर्ण समय में रेवा अपना ब्रश और पेंट लेकर कुछ चित्रकारी करने बैठ जाती। कभी-कभी वह अपनी दोलन कुर्सी में बैठकर गंगा से बातें करने लगती। उसके समाज, उसके गाँव, उसके परिवार के बारे में पूछती, जिसमें उसकी विधवा माँ थी और दो भाई थे। एक-दो बार उसने 'अन्ना' के बारे में भी पूछा—इस मिथ्या नाम का प्रयोग भयावह पीपुल्स वार ग्रुप के लिए किया

जाता था। गंगा इस अंतिम विषय पर चुप्पी साधे रहता था और इस आशंका से नजर डालता था कि कहीं अन्ना उसे देख तो नहीं रहा है।

धीरे-धीरे वह खुलने लगा और जिस मंचोली का चित्रण गंगा ने किया था उस मंचोली से रेवा परिचित नहीं थी। गंगा ने बताया कि उस इलाके में हमेशा अँधेरा रहता है। जंगल इतने घने हैं कि न तो दिन की रोशनी और न सरकार के कदम वहाँ प्रवेश कर सकते हैं। अपनी पीठ की चौकसी आपको खुद करनी पड़ती है क्योंकि वहाँ जीवन और मृत्यु के बीच फासला बहुत कम रहता है। यही था अन्ना का अखाड़ा। पीपुल्स वार ग्रुप के लोग बेरहम थे। वे बंदूकों के साथ जंगल पर राज करते थे और कोई विरोध उन्हें बरदाश्त नहीं था। वे जो चाहते उसे ले जाते। उसके चाचा की बेटी को उठाकर ले गए जिसका बाद में कुछ पता नहीं चला। रेवा के इस सवाल का कोई जवाब नहीं मिला कि वे पुलिस के पास क्यों नहीं गए। उसकी खामोशी शब्दों से कहीं अधिक बोल गई। रेवा को ऐसी जिंदगी पर बड़ा आश्चर्य हुआ। कैसा लगता होगा—हर दिन, हर समय डर के साए में जीना। एक तरफ पी पुल्स वार ग्रुप का डर और दूसरी ओर पुलिस का डर। उसकी अंतर्दृष्टि बता रही थी कि गंगा और उसके कुटुंब के लोग एक घातक स्थिति में फँसे हुए हैं और लावारिस भूमि में निरंतर मौत के साए में जी रहे हैं और यह स्थिति उनकी बनाई हुई नहीं है।

यह सर्दियों की एक ठंडी रात थी। दोपहर ढलने में अभी देर थी, उसके बावजूद मंचोली को एक स्याह अंधकार ने अपने आगोश में लपेट लिया था, ठीक वैसे ही जैसे गाँवों में कोया औरतें अपने आपको ओढ़नी में ढँके रहती थीं। आदि सोया हुआ था—कागज के उस पंखे को पकड़े हुए जो गंगा ने उसके लिए बनाया था। सदैव चौकस रहनेवाला गंगा उसके खटोले के पास बैठा था। खिड़की की ओर अभिमुख रेवा ने हाट या साप्ताहिक बाजार की तरफ जाती हुई एक आदिवासी स्त्री के चित्र को अंतिम रूप देने के लिए अपनी तूलिका चलाई। उसने कैन्वास पर भड़कीले रंग बिखेरे थे जो उन औरतों के परिवेश, उनके सजने-सँवरने में दिखनेवाले चटक रंगों की विशिष्ट शैली—बालों को बाँधने, फूलों से सजाने, पिन और रंगीन रिबन लगाने के अनोखे ढंग के अनुरूप थे। यह चित्र उनके बँगले में सामने के बरामदे में टाँगा जाएगा जहाँ अनीश और वह बैठकर सुबह की चाय पीते हैं। अनीश अभी तक तलाशी अभियान से लौटकर नहीं आए थे। लेकिन रेवा चिंतित नहीं थी। रात को देर से आना या अगली सुबह लौटना उसके लिए एक सामान्य बात थी। उसकी गैर-हाजिरी में रेवा ने तय किया कि वह रात का खाना जल्दी खा लेगी।

जैसे ही उसने फूलों का रंग गहरा करने का काम पूरा किया तभी दरवाजा धड़ाम से खुला और अनीश लड़खड़ाता हुआ अंदर आया। उसकी दशा अस्त-व्यस्त और

भयानक लग रही थी। किसी भी सांग्रामिक काररवाई के बाद अनीश अपने साथ धूल-मिट्‌टी, गाँवों और जंगलों की महक हमेशा लेकर आते थे। आज उससे कुछ बढ़कर था—जीत की खुशबू उससे चिपकी हुई थी। रेवा ने अपनी तूलिका व रंग-पट्टिका एक तरफ पटकी और उसकी ओर दौड़ गई—उस सपने की तरह नहीं, जो हर सुबह उसे भयभीत करने आ धमकता था।

''हमने अन्ना श्रीकुमार को खोज निकाला।''

उस नाम को सुनकर रेवा के बदन में सिहरन-सी दौड़ गई। करीब-करीब अनीश की उम्र का ही अन्ना श्रीकुमार वस्तुत: वहाँ के जंगलों का राजा था। पिछले चार साल में उसने सरकारी तंत्र को पी पुल्स वार ग्रुप के किसी भी सरदार के मुकाबले बहुत अधिक क्षति पहुँचाई थी। पिछले स्वतंत्रता दिवस समारोह के दृश्य उसके मानस-पटल पर तेजी से उभर आए—उसकी गोलियों के शिकार हुए लोगों, विशेषकर पुलिस कर्मियों की विधवाएँ, जिनकी आँखें सूनी थीं और जो शॉल एवं प्रमाण-पत्रों को कसकर पकड़े हुए अपने-अपने प्रियतम की बहादुरी की यशोगाथा सुन रही थीं; जैसे कि प्रशंसा के ये शब्द ही उनके जीवन में आए सूनेपन को भर देंगे। रेवा चारों ओर से पूरी तरह सुरक्षित उस रंग-बिरंगी छतरी के नीचे बैठे हुए वरिष्ठ अधिकारियों से चीख-चीखकर कहना चाहती थी कि वे इस पहेली को बंद करें और अपने आदमियों को बचाएँ। उसने अपना सिर झटका और पुन: अनीश के शब्दों को ध्यान से सुनने लगी।

''...एक डरपोक कुत्ते की तरह मारा गया।''

''मर गया?''

अनीश ने सिर हिला दिया—''पिछली रात हमने तड़मेतला जंगलों में उसके कैंप पर धावा बोला। उसे जरा भी अनुमान नहीं था कि पुलिस उसे खोजते हुए इतने करीब आ गई है। अगर हमें पेरू भी मिल जाता तो एक बार में ही हमने तमाम नेतागीरी का सफाया कर दिया होता। लेकिन मैं बहुत जल्द उसे भी धर दबोचूँगा।''

रेवा ने उसे ध्यान से देखा और संदेह में पड़ गई कि यह आदमी, जो उसके पति जैसा दिखता है और वैसे ही बोलता है, क्या वास्तव में उसका पति है या कोई अजनबी। क्या वाकई यह अनीश था—गुस्से में उन्मत्त, किसी मनुष्य को जान से मारने में खुशी से पागल, एक और को मारने की कसम खाता हुआ? उसने अपने दिमाग की दीवारों से टकराकर आ रहे शब्दों को पकड़ लिया—तुम उनसे अलग कैसे हो? क्या तुम भी तथाकथित न्याय देने का वही तरीका नहीं अपना रहे हो? क्या यह उनकी कंगारू अदालतों जैसा ही नहीं है? किसी दूसरे मानव जीवन के बारे में फैसला करने का अधिकार हमें किसने दिया?

वह जानती थी कि अगर उसने ये शब्द जोर से कहे तो अनीश का जवाब क्या

होगा? उसने धूर्त व चालाक वकीलों तथा खामियों से भरे कानूनों की वजह से बहुत से अपराधियों को बच निकलते देखा है। अपनी आशंकाओं को दबाकर रेवा ने अपने पति की सफलता पर खुशी मनाने की कोशिश की। यह सफलता उसे सरकार से प्रशंसा दिलाएगी। कुछ भी कर गुजरनेवाले आदमी के रूप में उसकी जो पक्की प्रतिष्ठा पहले से बनी हुई है वह और भी सुदृढ़ हो जाएगी।

जैसे किसी को भनक लग गई हो, बधाई के फोन आने शुरू हो गए। अनीश रेवा और गंगा को अकेले छोड़कर तुरंत ऑफिस के लिए निकल गया। गंगा ने जैसा महसूस किया, वह उतना ही घबराया हुआ लग रहा था। रेवा जब उसका हौसला बढ़ाने के लिहाज से उसकी ओर देखकर मुसकराई तो उसने सिर्फ अपना सिर हिला दिया। वे दोनों एक ही बात सोच रहे थे—बदला लेने से पहले अन्ना कितना इंतजार करेगा। उसे तब कतई ज्ञान नहीं था कि उसके विचार इतने सही साबित होंगे।

इस घटना के एक सप्ताह बाद उनके बँगले के इर्द-गिर्द पुलिसवालों की संख्या सामान्य से काफी अधिक हो गई। अनीश सुरक्षा बलों को हमेशा घर से दूर रखता था ताकि एकांतता बनी रहे। रेवा को भी एकांत पसंद था। मन में बैठे हुए भय के कारण उसने रात के खाने के समय अतिरिक्त सुरक्षाकर्मियों की तैनाती का विषय छेड़ दिया। अनीश जवाब न देकर चुप रहा, मानो सोच रहा हो कि उसे क्या बताया जाए। उसकी आँखें आदि की ओर घूम गईं जो एक दरी पर पालथी मारे बैठा था और अपने रंग-बिरंगे गुट्टों को जोड़-जोड़कर गंगा की मदद से एक इमारत बनाने में मगन था।

''पी पुल्स वार ग्रुप ने हमारे खिलाफ मौत का हुक्मनामा (डेथ-वारंट) जारी किया है—श्रीकुमार की मौत का बदला लेने के लिए।''

रेवा के होश उड़ गए। अनायास अनीश का लहूलुहान चेहरा उसके सपनों से निकलकर उसकी आँखों के सामने आ गया। उसे लगा कि वह मूर्च्छित हो जाएगी। उसने चाहा कि बेहोश हो जाए। वह रोना चाहती थी। उसका चीखने का मन हो रहा था। कुछ भी ऐसा करे जो उसे इस हताशा से बाहर निकाल सके। उसने अपनी मन की शंका को मिटाने के लिए तुरंत चारों ओर नजर घुमाई कि खिड़कियों से कहीं वे काले हिंसक चेहरे तो नहीं झाँक रहे हैं और उनकी हर हरकत पर नजर रख रहे हैं।

''क्या यह गंभीर मामला है?'' जवाब उसे पहले ही मालूम था। लेकिन दमघोंट चुप्पी को तोड़ने के लिए कुछ कहना जरूरी था।

''डीआईजी ने बुलाया था। वह चाहता है कि मैं तबादले के लिए अरजी दे दूँ।''

''और...तुमने क्या कहा?'' रेवा ने स्वयं को चीखने से रोकने के लिए अपनी हथेली में अपने नाखून गाड़ दिए। वह चीखकर कहना चाहती थी कि उन्हें अभी निकल जाना चाहिए। लेकिन उसने नहीं कहा, क्योंकि उसका जिद पकड़ लेना अनीश को

अच्छा नहीं लगता। इसके बजाय उसने अपने नाखूनों को अपनी त्वचा में और इतना जोर से चुभोया कि उसे दर्द हो और फिर अनीश के जवाब का इंतजार किया, क्योंकि खामोशी बहुत लंबी खिंच रही थी।

कोई जवाब नहीं लेकिन रेवा को अपना जवाब मिल गया। उसने एक लंबी साँस छोड़ी जो उसने अनजाने ही रोकी हुई थी। उसने सारी स्थिति को अपने पति के परिप्रेक्ष्य से समझने की कोशिश की। अनीश इस समय भारी दुविधा में होगा। उसने मंचोली में पी पुल्स वार ग्रुप के गढ़ को ध्वस्त करने के लिए बहुत मेहनत की थी और अब जाकर उसे सफलता मिली है। व्यक्तिगत सुरक्षा के कारण अब छोड़कर चल देना अनीश को बिल्कुल भी ठीक नहीं लगेगा। लेकिन उसे हमारे बारे में भी सोचना चाहिए। उसके दिल से चीख भरी आवाज आई।

रेवा ने एक तीखी मुसकान धारण करते हुए कहा, "ठीक है। मैं समझ सकती हूँ। हम यहीं रहेंगे।" वह जानती थी कि उसके कहे हुए शब्दों में वैसा दृढ़ विश्वास नहीं है जैसा होना चाहिए। अनीश भी यह समझता था क्योंकि उसने रेवा की आँख-से-आँख नहीं मिलाई। उसने अधूरे मन से सिर हिलाया और मेज छोड़कर चला गया। खाना उसकी प्लेट में अनछुआ ही पड़ा रहा।

दो दिन बाद घर भर में सुरक्षाकर्मी मक्खियों की तरह भिनकने लगे। उनका बँगला, अनीश का कैंप ऑफिस और पूरा बगीचा एक मजबूत किले में बदल दिया गया था। रेवा की सख्त हिदायत थी कि अनीश को खबर किए बिना वह घर से बाहर न जाए। हर रोज उन्हें नई-नई धमकियाँ मिल रही थीं। सुबह की डाक में लाल स्याही से लिखे खत आते थे जिनमें गंभीर परिणाम भुगतने के लिए तैयार रहने की धमकी होती थी। एक रोज पार्सल में सिर कटी बिल्ली मिली और फिर एक पार्सल में उन्होंने कटी हुई उँगली भेजी। संदेश बिल्कुल साफ था कि पी पुल्स वार ग्रुप वाले बदला लेने पर उतारू थे और इसके लिए वे चूहा-बिल्ली का खेल खेलने के लिए तैयार थे।

कुछ ही सप्ताह में घर में बंद पड़े रहने के दबाव का रेवा की सेहत पर बुरा असर दिखने लगा। पहले उसे हैरानी होती थी कि मंचोली के आदिवासी हर रोज इतने भय के साथ कैसे अपनी जिंदगी जीते हैं। अब वह जान गई कि क्या होता है हर समय आतंक के साए में जीने का मतलब। शादी के पहले उसने स्वेच्छा से कैंसर वार्डों में काम किया था। वहाँ उसने मरीजों को हर दिन मृत्यु के पूर्वाभास में जीते हुए देखा था। तब उसने कसम उठाई थी कि वह जिंदगी अपनी शर्तों पर जिएगी। अब उसका वर्तमान अस्तित्व उन मरीजों की तरह अटका हुआ था। वे दमघोंट सुरक्षा इंतजामों के साए में जी रहे थे और उनके जीवन से सारी खुशी गायब हो गई थी। उनके जीवन में अब पहलेवाली सहजता, हँसी-दिल्लगी और अबोधता नहीं रह गई थी। उसे खुशी देनेवाली सभी चीजें

नष्ट कर दी गई थीं। उनकी मोरचाबंदी में नदी एक नाजुक जगह थी जिसका फायदा दुश्मन उठा सकता था। नदी तक जाने का मार्ग दीवारों से ढँक दिया गया था और अब चौबीस घंटे वह रास्ता कड़ी निगरानी में रहता था। जिस हरे-भरे क्षेत्र को देखकर उनके मन को बड़ा चैन, बड़ी शांति मिलती थी, वह क्षेत्र अब घात-टुकड़ी के छिपने का बहुत सही स्थान बन गया था। पेड़-पौधों और झाड़ियों को बेरहमी से काट दिया गया था और एक नीरस खालीपन पीछे रह गया था। यहाँ तक कि स्थानीय लोगों के साथ उसके बातचीत करने पर भी रोक लग गई थी; जबकि उनमें से कुछ लोग ऐसे भी थे जो उसके चित्रों के लिए मॉडल बनते थे। एक कदम यह भी उठाया गया था कि गंगा को घर में दाखिल न होने दिया जाए। यहाँ रेवा ने एक लकीर खींच दी। गंगा को उसके आदेशानुसार अंदर आने दिया जाएगा और जो भी परिणाम होगा उसके लिए वह खुद जिम्मेदार होगी।

रेवा और आदि अपना अधिकांश समय घर के अंदर ही बिताते थे। केवल सुरक्षा के कारण नहीं बल्कि एकांत की वजह से भी। उनका खूबसूरत बँगला पुलिस बैरक जैसा लगने लगा था। अनीश खुद अधिकतर ऑफिस में रहता था। जब वह घर आता तब भी अपने में ही खोया-खोया रहता था। अपने अंदर के तनाव को शांत करने की कोशिश कर रहा होता था। उसने एक या दो बार अनीश को किसी दूसरी जगह तबादला करा लेने के लिए समझाने की कोशिश की। वैसे भी उसका बाहर जाना-आना बहुत कम हो गया था। सिर्फ इस बात का छोड़कर कि वह पहलेवाले अनीश की छाया मात्र रह गया है रेवा ने उसे अनेक कारणों का हवाला दिया। पर उसकी दलीलों का अनीश पर कोई असर नहीं हुआ। उसे पक्का यकीन था कि वह मंचोली आंचलिक समिति के असल प्रधान पेरू को गिरफ्तार करके एक और कामयाबी हासिल करेगा।

जीवन में मची उथल-पुथल के बावजूद समय बेरोक-टोक गुजरता गया। आदि तीन वर्ष का था और वह तथा गंगा आपस में इस कदर घुल-मिल गए थे कि उन्हें अलग करना नामुमकिन था। गंगा के प्रति उसके अपने मन में भी स्नेह बहुत बढ़ गया था। उनके जीवन में वही एक ऐसा हिस्सा था जो अप्रभावित रहा और रेवा को उसपर इतना भरोसा हो गया जैसे उसका अपना अस्तित्व ही उस पर निर्भर हो।

वह जाड़ों का एक और ठंडा व मेघाच्छन्न दिन था, जब एक साथ बहुत सारी परेशानियों ने घेरना शुरू कर दिया। पहले अनीश को विषाक्त भोजन से हुई गड़बड़ी और बुखार के कारण बिस्तर पकड़ना पड़ा। फिर गंगा दो वर्ष में पहली बार काम पर नहीं लौटा जो अपने आप में एक असामान्य बात थी। उसके न आने से आदि चिड़चिड़ाने लगा। रेवा बाप और बेटे की तुनकमिजाजी सँभालने के लिए अकेली रह गई। बाहर काला आसमान और गरजती हवाएँ उसके अंदर उठ रहे तूफान और बेचैनी को प्रतिबिंबित कर रही थीं।

दोपहर लगभग दो बजे जैसे ही तेज बरसात शुरू हुई तभी गंगा तेजी से घर के

अंदर आया। उसकी आँखों से घबराहट टपक रही थी। वह पूरी तरह भीगा हुआ था और भीगे कपड़ों में काँप रहा था। उसे देखकर रेवा का गुस्सा फूट पड़ा। रेवा ने अभी उसको खरी-खोटी सुनाना शुरू ही किया था कि वह उसके पैरों पर गिर पड़ा। जोर-जोर से रोते-गिड़गिड़ाते उसने जो कुछ कहा उसे सुनकर रेवा की हड्डियों तक में सिहरन भर गई। गंगा की जुबान से निकले शब्दों से जड़वत् हुई रेवा तुरंत समझ गई कि उसके पास समय नहीं बचा है।

रेवा ने एक कोने में रोते-सुबकते गंगा को नन्हे आदि के पास छोड़ दिया जो उसका हाथ पकड़कर उसे सांत्वना देने की कोशिश करा रहा था। उसने एक पल की भी देरी किए बिना जल्दी से नींद की दो गोलियाँ पानी भरे गिलास में घोलकर अनीश को झटपट गले में उतारने के लिए कहा। बुखार से तपते अनीश ने कोई ना-नुकुर किए बिना वह घोल पी लिया।

फिर उसने जिला चिकित्सा अधिकारी को फोन करके तुरंत एक एंबुलेंस भिजवाने का अनुरोध किया। जब तक एंबुलेंस आती, उस बीच रेवा ने रात भर के लिए जरूरत की कुछ चीजें, कुछ कपड़े, घर में पड़ी सारी नकदी और कुछ अन्य आवश्यक वस्तुएँ एक बैग में भर लीं। उसका अपना एक हिस्सा उसकी हड़बड़ी को एक निरपेक्ष द्रष्टा की तरह देख रहा था। हैरानी की बात थी कि अपनी सारी जिंदगी या जिंदगी में महत्त्व की सारी चीजों को 45 मिनट के अंदर उसने एक बैग में भर लिया।

सायं 3:20 बजे रेवा ने घर को हर तरफ अंतिम बार नजर भरकर देखा और फिर आदि को लेकर एंबुलेंस में बैठ गई। बरामदे में लटकी आदिवासी औरत की तस्वीर उसे बराबर ताकती रही। रेवा ने जान-बूझकर उस तस्वीर से अपनी आँखें हटा लीं और एक गहरी साँस लेते हुए वह एंबुलेंस में आगे खिसक गई। अनीश एंबुलेंस के अंदर स्ट्रेचर पर सो रहा था। गंगा आगे बैठा हुआ था।

अगले कुछ घंटों का सफर उसके जीवन में सबसे लंबा सफर था। पहाड़ी रास्ता बड़ा टेढ़ा-मेढ़ा था और बरसात के कारण फिसलन भरा था। इस रास्ते पर एंबुलेंस जैसे-जैसे आगे बढ़ रही थी, वैसे ही रेवा मन-ही-मन ईश्वर से प्रार्थना कर रही थी— "हे ईश्वर! कृपा कर और हमें कहीं सुरक्षित पहुँचा दे।"

हर नाकाबंदी और जाँच चौकी के निकट पहुँचते ही उसकी धड़कन तेज हो जाती। गंगा अपनी सीट पर पालथी मारे बैठा था और अपनी गोद में आदि को झुला रहा था। खुद रेवा ने अनीश का हाथ पकड़ा हुआ था जो बेहोशी जैसी हालत में था और साथ-ही-साथ वह प्रार्थना भी कर रही थी। नींद की गोलियों के असर से अनीश इतनी गहरी निद्रा में था कि उसने एक बार भी आँख खोलकर नहीं देखा।

पाँच घंटे के सफर के बाद वे एक पड़ोसी जिला धनोली पहुँचे। जो राहत की साँस

लेते हुए रेवा ने आँखें बंद कीं और ईश्वर के प्रति कृतज्ञता की एक मौन प्रार्थना अर्पित की। अंततः अब वे सुरक्षित थे।

□

अगले दिन सभी प्रमुख अखबारों में यह खबर थी। कुछ अखबारों में तो तसवीरें भी छपी थीं, हालाँकि सुरंगें बिछी होने के कारण मंचोली जानेवाली सभी सड़कें बंद कर दी गई थीं। अपने सुंदर बँगले को धुएँ और राख से काला-स्याह देखकर रेवा स्तंभित रह गई। अंदर उठी तीव्र पीड़ा गले में आकर अटक गई और वह एक शब्द भी नहीं निकाल सकी। छपी तस्वीर में उस आदिवासी औरत के चित्र का अधजला हिस्सा भी दिख रहा था, जो चित्र उसने बँगले के बरामदे में टाँगा था। उसने तस्वीर के साथ छपी रिपोर्ट पढ़ी—

'पिछली शाम पीपुल्स वार ग्रुप के हथियारबंद लोगों ने मंचोली शहर पर हमला बोल दिया और सात घंटों तक शहर को घेराबंदी में रखा। पुलिस शस्त्रागार को लूट लिया गया और एस.पी. के बँगले को आग लगा दी गई। दोनों तरफ से भयंकर गोलीबारी हुई और एस.पी. के घर-दफ्तर की रखवाली करनेवाले सुरक्षाकर्मी अंत तक लड़े। दुर्भाग्य से पी पुल्स वार ग्रुप के लड़ाकुओं की भारी तादाद के सामने वे बेबस हो गए। हमला अचानक किया गया था और इतना भीषण था कि जितने भी लोग ड्यूटी पर थे, वे सभी मारे गए। जहाँ तक एस.पी. उनकी पत्नी और उनके तीन वर्षीय पुत्र का सवाल है, उनके बारे में अभी कोई खोज-खबर नहीं है। तथापि ऐसी रिपोर्टें मिली हैं कि शाम 3:30 बजे के करीब एक एंबुलेंस एस.पी. के बँगले से निकली थी। इस खबर के छपने तक कोई और विवरण प्राप्त नहीं हुआ था।

रेवा ने अखबार नीचे रख दिया। अन्ना हर तरफ से जमा हुए थे और अगर एंबुलेंस का इस्तेमाल न किया गया होता तो वे सड़क पर अवश्य ही घेर लिये जाते। इसमें कोई शक नहीं कि उनकी जिंदगी गंगा ने बचाई थी। दो साल पहले पीपुल्स वार ग्रुप द्वारा उसे अनीश की गतिविधियों की जासूसी करने के काम पर लगाया गया था। उसकी माँ और उसके भाई उनके शिकंजे में थे, जिसकी वजह से उसके पास और कोई विकल्प नहीं था। करीब एक साल तक वह रेवा के परिवार और उनकी दिनचर्या के बारे में उन्हें खबर देता रहा। श्रीकुमार की मृत्यु के बाद उन्होंने और अधिक सूचना के लिए उसपर दबाव डालना शुरू कर दिया और वह समझ गया था कि वे कोई बहुत बड़ा कांड करने की योजना बना रहे हैं। पिछली शाम एस.पी. ऑफिस में उनके किसी जासूस ने अनीश की चाय में नशीली दवा मिला दी। अनीश के खटिया पकड़ लेने और नेतृत्व न कर पाने की स्थिति में वे अपनी योजना को अंजाम दे सकते थे। उस दिन गंगा को छुट्टी लेकर अपने गाँव चले जाने की हिदायत दी गई थी। गंगा इसका मतलब खूब समझता था। पी

पुल्स वार ग्रुप की योजना एस.पी. के घर पर हमला करने की थी और उसे गायब हो जाना था। वे लोग हथियारों से लैस होकर सैकड़ों की संख्या में एस.पी. के घर पर धावा बोलने वाले थे। वे अनीश की हत्या करके एक मिसाल कायम करना चाहते थे कि पी पुल्स वार ग्रुप के साथ उलझनेवाले हम आदमी को यही अंजाम भुगतना होगा।

गंगा अपने परिवार और रेवा के परिवार के बीच बड़ी दुविधा में फँस गया था। अपने पिता को खो देने के बाद वह उस वेदना को भलीभाँति समझता था, जिस वेदना से आदि को बचने के बाद गुजरना पड़ेगा। अंतत: वह रेवा के पास आया और सब कुछ उसे बता दिया। जहाँ तक उसके अपने परिवार का प्रश्न था उसने निर्विकार रूप से अपने कंधे उचका दिए। हो सकता है कि किसी दिन वह वापस चला जाए।

रेवा की आँखें नम हो गईं। उनकी वजह से मंचोली पर आई आफत और बेबसी के बारे में सोचकर उसके मन को बहुत चोट लगी। क्या उसने चोरी-छिपे और धोखे से भाग निकलकर सही किया था? उसने अपने प्रियजनों को बचा लिया, लेकिन किस कीमत पर? क्या उसे अपने लोगों की सुरक्षा की परवाह न करते हुए पुलिस को सतर्क कर देना चाहिए था? इससे पुलिस ने उनको बचा लिया होता। और फिर साथ ही उसने अनुभव किया कि मंचोली के आदिवासियों की तरह उसे भी विश्वास नहीं था कि पुलिस उन्हें बचा लेगी। गंगा और उसके बंधु-बांधवों से आबाद लावारिस भूमि में फँसी रेवा ने तत्क्षण अपने बचाव का उपाय सोच लिया था।

□

5

बूड़

अंतत: उसने वह दिखाया। लहरों से टकरा-टकराकर आती चमकती धूप ने चुपचाप उसके प्रयासों को उसी तरह सराहा जैसे किसी दौड़ की समाप्ति पर लाखों-करोड़ों की आँखें विजयोल्लास से चमक उठती हैं। यह दौड़ और यह मुकाबला रहा भी कितना लंबा। वास्तव में, पंचेई नानी कल शाम जब अपने गाँव से चली थी तब उस समय सूरज एक छोटी गेंद जैसा दिख रहा था और रोएँदार सफेद बादलों की चादरों के पीछे चढ़ने की तैयारी में था। और जब उसने पुरी में स्वर्गद्वार के सम्मुख तट पर पाँव रखा तब यही सूरज अपनी पूरी महिमा और अपने पूरे प्रताप के साथ चमक रहा था, ठीक उसी तरह जैसे भगवान् जगन्नाथ के सूनावेश का अलंकार चमकता है जो उसने अपने पति के साथ देखा था।

पंचेई नानी गमल बालू पर बैठ गई और उसका मन 50 साल पीछे चला गया। वह उस दिन के बारे में सोचने लगी जब वह विवाह के बाद वहाँ आई थी। उसका पति धोती और गमछे में बहुत सुंदर लग रहा था और वह उस समय सोलह वर्ष की एक लजीली वधू थी जो एक विवाहिता स्त्री के रूप में पहली बार श्रीक्षेत्र के दर्शन करने जाने की वज़ह से बहुत उत्तेजित थी। उसकी सास के शब्द उसके कानों में गूँज रहे थे 'अपना सिर नीचे रखना और टीटू के पीछे-पीछे चलना। ध्यान रखना कि भीड़ में उससे बिछुड़ न जाओ। जब तुम महालक्ष्मी मंदिर पहुँच जाओ तब घर की सुख-समृद्धि के लिए प्रार्थना करना और फर्श पर कमल का एक फूल बना देना।'

जोश के मारे थरथराते हुए उसने पूरी सावधानी से उन सभी आज्ञाओं का पालन किया था और लौटकर बड़े उल्लास के साथ उसने बोऊ को यह सब बताया था। लेकिन उसे अधिक ज्ञान होना चाहिए था। बोऊ ने पता लगा लिया कि उसे मंदिर की परिक्रमा करते हुए जगन्नाथ मंदिर की चोटी पर जड़े नील चक्र को देखने का ध्यान नहीं रहा और

इस भूल के लिए उसे बहुत दिनों तक डाँट फटकार सहनी पड़ी थी। इस वक्त बोऊ की उसे बहुत याद आ रही थी। बोऊ होती तो उसे बता देती कि वह जो करने जा रही है, ठीक कर रही है कि परिवार के लिए कोई भी बलिदान बहुत बड़ा नहीं है।

कानों को छेदती हुई एक तेज सीटी ने उसे झटके से वर्तमान में ला पटका। एक नौजवान जीवन-रक्षक जैकेट पहने हुए हाथ में एक छड़ी पकड़े तथा गले में एक सीटी लटकाए सागर किनारे पानी में गश्त लगा रहा था। उसकी उम्र 17 वर्ष से अधिक नहीं थी लेकिन उसकी चाल-ढाल में अहंकार का भाव झलकता था। सागर में नहा रहे तीर्थयात्री उसके व्यवहार को देखकर उससे आँख बचा रहे थे। तथापि वह जब-तब सीटी बजा देता और अपनी छड़ी से लहरों को पीट देता ताकि छपाक की आवाज उनको उसकी मौजूदगी का ध्यान दिलाती रहे। बस से पुरी जाते हुए उसने रास्ते में सुना था कि सरकार ने नौलियाओं की जीवन रक्षकों (लाइफ गाड्र्स) में भर्ती की है। बस में सवार सभी यात्री गोविंद द्वादशी बूड़ के लिए किए गए इंतजामों के बारे में बात कर रहे थे। वे कह रहे थे कि इस शुभ दिन सागर में स्नान करने से कोई भी व्यक्ति इतना पुण्य कमा सकता है जितना पुण्य चौदह अश्वमेध यज्ञ करने से प्राप्त होता है। ऐसा बूड़ पिछली बार सन् 1965 में हुआ था और इस बार पुरी के तट पर सागर में लगभग 10 लाख लोगों के स्नान करने की संभावना थी। पंचेई नानी ने बस में यात्रा करते हुए सुना था कि सरकार द्वारा व्यापक प्रबंध किए जा रहे हैं। चुनाव होने में सिर्फ महीना बाकी था जिसे ध्यान में रखते हुए द्वादशी को किसी भी तरह की दुर्घटना से मुक्त रखने के लिए हर संभव प्रयास किए जा रहे थे। नौलिया लोग जगह-जगह लक्ष्मण-रेखा बाँधकर खड़े थे और कोई भी असावधान पर्यटक उस रेखा को लाँघे बिना गहरे पानी तक नहीं पहुँच सकता था।

पंचेई नानी ने नौलियाओं और सरकार को कोसा। यह बात उसकी समझ से परे थी कि यदि कोई जल-समाधि लेने जा रहा है तो वे अपनी जान जोखिम में डालकर क्यों उसे रोकने की कोशिश करते हैं। वह स्वयं श्रीक्षेत्र में मोक्ष प्राप्त करने और अपने पौत्र बिश्नू के भविष्य के लिए कुछ पुण्य कमाने के इरादे से आई थी। हँसमुख और गोल-मटोल बिश्नू की छवि आँखों के सामने आते ही उसकी आँखों में पानी भर आया। प्यारा सा, भोला-भाला बिश्नू। अपनी कक्षा में हमेशा आगे रहनेवाले बिश्नू को सभी अध्यापकों का प्यार मिलता था लेकिन पिता की आमदनी इतनी पर्याप्त नहीं थी कि अच्छे-अच्छे कपड़े और खिलौने उसे नसीब हो सकें। पंचेई नानी को पता था कि उसका पुत्र टुटू एक अच्छा मेहनती लड़का है। लेकिन पंडितों-पुरोहितों से भरी एक साही-मोहल्ला में कोई कितनी कमाई कर सकता है। वह जो कुछ भी कमाकर लाता, सारे परिवार के भरण-पोषण पर खर्च हो जाता। परिवार में पंचेई नानी के अलावा

उसकी पत्नी सरस्वती और तीन बच्चे थे। पिछले कुछ महीनों में जब से तीनों बच्चे स्कूल जाने लगे, घर का सारा बजट गड़बड़ा गया था। सरस्वती का दालमा और भी पनीला हो गया था और प्रत्येक सदस्य के हिस्से में भात की मात्रा कम हो गई थी। एक या दो बार उसने सरस्वती को यह बड़बड़ाते पकड़ लिया था कि बूढ़े लोगों को दूसरी दुनिया, दूसरे लोक में जाने की कभी सुध नहीं आती है। राधा मौसी के गायब हो जाने के बाद से बड़बड़ाना तेज हो गया था। यद्यपि राधा मौसी की पुत्रवधू बीना का कहना था कि उन्होंने पुरी में ठाकुरदेव मठ में आश्रय ले लिया है फिर भी बहुत लोगों ने उसकी बात पर विश्वास नहीं किया। राधा के बेटे की चुप्पी के कारण लोगों की यह धारणा और मजबूत हो गई कि उनकी बहू ने ही उन्हें घर से निकाला है। धीरे-धीरे पड़ोसियों ने बीना से कतराना शुरू कर दिया। लेकिन एक सरस्वती ही थी जिसने बीना से बात करना नहीं छोड़ा। यह दूसरी बात है कि बीना से बात करने के बाद हर बार उसका बड़बड़ाना तेज हो जाता था।

शुरू-शुरू में पंचेई नानी ने यह दिखावा किया कि उसने सरस्वती को कुछ भी कहते नहीं सुना है। लेकिन धीरे-धीरे जिस तरह कठफोड़वा चोंच मार-मारकर पेड़ के तने में छेद कर देता है वैसे ही सरस्वती के शब्द उसे अंदर-ही-अंदर कोंचते रहे और दोषारोपण में बदलकर उसके मन एवं उसकी आत्मा पर लिपटते चले गए। उन दिनों जब वह खाने के लिए पर्याप्त न होने पर लगभग भूखे पेट सोने के लिए जाती वह सपना देखती कि वह एक कैदी है जिसे मोटी-मोटी जंजीरों में जकड़कर भगवान् के सामने ले जाया जा रहा है। फिर उसी सपने में उसने एक बार देखा कि हमेशा प्रेम व दया की वर्षा करनेवाले भगवान् जगन्नाथ का चेहरा क्रोध से तमतमाया हुआ है और आँखों से आग टपक रही है। उसे अपने पुत्र और पुत्र के परिवार पर एक बोझ बनने का दोषी, एक ऐसा परजीवी घोषित किया गया, जो उनकी प्राण-शक्ति को चूस रहा है, जिन पर वह आश्रित है। अगर ऐसा न होता तो उन्हें पर्याप्त भोजन मिल पाता और विशेषकर बिश्नू के भरण-पोषण में कटौती नहीं होती। एक तरफ तो बिश्नू में उसके प्राण बसते हैं और दूसरी ओर वह बिश्नू को इतना कष्ट दे रही है। बारंबार इस दोषारोपण से अत्यंत दुःखी होकर वह महाप्रभु के सामने घुटनों पर गिरकर दया की भीख माँगती। तब महाप्रभु नरम पड़ जाते और उसे रास्ता दिखाते।

इसके बाद भय के मारे पसीने में बुरी तरह नहाई पंचेई नानी उठकर बैठ जाती। पिछले सप्ताह उसने बार-बार यही सपना देखा और अब नींद से भी उसे किसी चैन-आराम की आशा नहीं रही। धीरे-धीरे एक विचार उसके मन में पनपने लगा। हाँ, यही रास्ता महाप्रभु ने उसे दिखाया था। हर गुजरते दिन के साथ उसका संकल्प दृढ़ होता चला गया। शायद इसी कारण समय इतना अच्छा था कि सबकुछ पूर्व निर्धारित हो गया।

पचपन वर्ष के बाद जब गोविंद द्वादशी महाबूड़ पर्व आएगा तब पंचेई नानी भगवान् को सबसे बड़ी भेंट चढ़ाएगी। अपने प्रियजन के कष्ट कम करने और बिश्नू के लिए चौदह अश्वमेध यज्ञों का पुण्य प्राप्त करने के लिए जल-समाधि लेगी।

अब तक पंचेई नानी की योजना सही दिशा में जा रही थी। इसे उसने भगवान् का आशीर्वाद माना। कल उसने सरस्वती से पुरी जाने का बस किराया 20 रुपए माँगे थे। सरस्वती ने मनमानी करनेवाली ऐसी विधवाओं के बारे में कुछ कहा था जिन्हें अपने भूखे-प्यासे नाती-पोतों तक की कोई चिंता नहीं थी। उस समय तक पंचेई नानी ने अपनी योजना के बारे में किसी से कुछ नहीं कहा था। अपने दिल के किसी गुप्त कोने में उसने कहीं यह इच्छा दबाकर रखी हुई थी कि उसका पुत्र, अगर उसे अपनी माँ की चिंता है तो, उसके चले जाने के बाद सरस्वती को बुरा-भला कहेगा और समग्र साही-मोहल्ला भी उसे पुत्रवधू को घर से निकालने का दोषी मानकर गुपचुप चर्चा करेगी, हालाँकि उसका चेतन मन उसकी इस गुप्त इच्छा से अनभिज्ञ था। उसका अपना विवेक उससे कह रहा था कि अगर उसने किसी को बताया तो वे उसे रोक लेंगे। मन में इन विचारों के चलते पंचेई नानी ने सावधानी बरतने का फैसला किया।

''कुछ लोग कहते हैं कि गोविंद द्वादशी बूड़ के दौरान सागर में एक डुबकी लेने से व्यक्ति को चौदह अश्वमेध यज्ञ करने का पुण्य प्राप्त होता है। मैंने सोचा है इसलिए मैं भी जाऊँगी और बूड़ देखूँगी इस बार।''

''ओह! तो इस बुढ़ापे में तुम ऐसा पुण्य कमाना चाहती हो। शायद तुम सोचती हो कि भगवान् तुम्हारे लिए स्वर्ग के द्वार खोल देगा।'' सरस्वती ने ताना मारा।

''हो सकता है। बहुत से लोग सागर से वापस नहीं आते हैं।''

उसका यह कहने का इरादा नहीं था। यूँ ही मुँह से निकल गया। उसकी मद्धिम आवाज से मानो पूरा कमरा गूँज उठा हो कहीं कुछ आशंका सी थी मन में। सरस्वती ने भयपूर्वक ऊपर देखा। क्या वास्तव में कोई आशा उसकी आँखों में चमक रही थी? वह काफी देर तक पंचेई नानी के चेहरे को देखती रही। शायद यह पढ़ने की कोशिश कर रही थी कि पंचेई नानी के शब्दों में कुछ अलग अर्थ निकालकर क्या उसने सही किया। फिर एक झटके के साथ वह उठी, अपने कपड़ों का संदूक खोला, अंदर कुछ खोजा और दस-दस रुपए के दो गंदे, कई तह किए हुए नोट लेकर वापस आई।

''बिश्नू के पिता ने उसके स्कूल बैग के लिए यह रुपए दिए थे।'' उसके शब्दों में सप्तपद यानी विवाह के सातवें फेरे जैसी एक चेतावनी थी जिसका तात्पर्य था कि अब पीछे नहीं मुड़ना होगा।

''चिंता मत करो। यह धन बेकार नहीं जाएगा।'' पंचेई नानी की आँखों ने सरस्वती से एक गंभीर वादा किया हालाँकि उसके वचन हानिकर नहीं थे।

पंचेई नानी ने फिर घर, मोहल्ला और गाँव छोड़ने में देर नहीं लगाई। वह बच्चों के स्कूल से लौटने के पहले ही चली जाना चाहती थी क्योंकि उसे अपनी दृढ़ता पर भरोसा नहीं था और बच्चों को देखकर उसके लिए जाना मुश्किल हो जाता।

अब तक की यात्रा सामान्य रही और कोई विशेष घटना नहीं घटी लेकिन वह थक चुकी थी और चाहती थी कि इस जीवन-यात्रा का शीघ्र-अतिशीघ्र अंत हो। भगवान् का नाम लेते हुए वह लिथड़ते पैरों से धीरे-धीरे सागर की आकृष्ट करनेवाली शीतलता की ओर चल पड़ी। सागर की लहरें उसके टखनों से लिपटने लगीं मानो उसे परखना चाहती हों। लगता है कि लहरों को स्वाद अच्छा लगा क्योंकि जैसे-जैसे उसने चलना जारी रखा—लहरों ने सैकड़ों ठंडी जीभों की तरह उसकी काया को कुतरना शुरू कर दिया। पानी अब उसके धड़ तक आ गया था और लहरें उसे अपनी गहराई में धकेल एवं खींच रही थीं। पंचेई नानी ने अपनी आँखें बंद कर लीं और बिश्नू के हँसते-मुसकराते चेहरे को आखिरी बार देखने की चाह में खुद को डूब जाने दिया। फिर वह आगे चलती चली गई।

जब उसका सिर पानी में डूब गया तभी लहरों की अकस्मात् गर्जना तथा दुनिया की पीछे छोड़ रही सभी आवाजें एकदम समाप्त हो गईं। वह हाथ-पाँव मारना और साँस लेना चाहती थी लेकिन लहरों ने उसे एक पंख की तरह उठा रखा था। उसने बहुत हलका महसूस किया। उसका सारा भार किसी और ने ले लिया था।

ओह भगवन्! आप मुझे लेने आ गए हैं।

ईश्वर के लंबे हाथ उसकी बाँहों को पकड़कर खींच रहे थे। पंचेई नानी भाव-विभोर थी। वह अपनी जल-समाधि में सफल हो गई थी।

वह एक गर्म बिस्तर पर पेट के बल लेटी हुई थी। कोई उसकी पीठ कुछ ज्यादा ही जोर से दबा रहा था। जो उसे पसंद नहीं था। वह अंदर चला गया पानी उगल रही थी। वह शापित सीटी तीखे स्वर में उसके कान के पास बोल रही थी। फिर मजबूत बाजुओं ने उसे पकड़ लिया और एक सख्त शय्या पर लिटा दिया। वह शय्या भगवान् जगन्नाथ की पालकी के समान प्रतीत होती थी। लोग इधर-उधर दौड़ रहे थे। क्या वह मर गई थी? क्या वे दिवंगत आत्माओं का स्वागत परलोक में इसी प्रकार करते हैं? पंचेई नानी को कुछ समझ नहीं आ रहा था। वह पूरी तरह भ्रमित थी। फिर वह झटकों एवं धड़धड़ाहट के साथ चल रही थी। अचानक उसके लिए सचेत बने रहना बहुत कठिन हो गया और वह मूर्च्छित हो गई।

पंचेई नानी ने जब आँखें खोलीं तो भोर की गुलाबी उँगलियाँ उसके गालों को सहला रही थीं। वह एक सफेद कमरे में सफेद पलंग पर लेटी हुई थी और उस कमरे में एक सफेद पंखा था। उसे ऐसा अनुभव हुआ जैसे कि उसके सारे पाप धुल गए हैं और

वह अंततः ऐसी जगह पहुँच गई है जहाँ उसका कोई अहित नहीं हो सकता। पंचेई नानी शय्या पर पड़े-पड़े कुछ क्षणों तक उसके घर में व्याप्त इस शांति से तृप्त होती रही और निर्मलता को देखकर मन-ही-मन विस्मय व्यक्त करती रही। फिर उसने उठकर बैठ जाना चाहा ताकि खिड़की के बाहर का दृश्य अच्छी तरह देख सके। जैसे ही उसने उठने का प्रयास किया तभी नीले किनारेवाली सफेद साड़ी पहने एक महिला दौड़कर उसकी तरफ आई।

''हो, हो! मौसी! धीरे से।''

उस औरत की मौजूदगी ने पंचेई नानी को अचंभे में डाल दिया। वह इतनी जानी-पहचानी दिखती थी कि मन का सारा चैन गायब हो गया। उसकी पोशाक उस वर्दी जैसी लगती थी, जो नर्सें पहनती हैं और मोहल्ला में आती हैं।

चुप्पी साधे हुए और कुछ शंकाओं के साथ पंचेई नानी ने अपने पलंग के आगेवाली खिड़की के बाहर झाँका। उसने देखा कि कुछ साइकिल वाले सुबह-सुबह अपना सामान लेकर जा रहे हैं, दो-चार कारें सड़क पर खड़ी हैं और एक बस भी ऐसे सरक रही है जैसे नींद में चल रही हो। पंचेई नानी की दोनों दुनिया धड़ाम से नीचे आ गईं—एक तो भगवान् की दुनिया, जहाँ उसने सोचा था कि वह पहुँच गई है और दूसरी सरस्वतियों व बीनाओं की दुनिया, जो वह सोच रही थी कि वह पीछे छोड़ आई है। पंचेई नानी ने रोना शुरू कर दिया। उससे यह एक बड़ी भारी भूल हो गई और उसी भूल के कारण अब वह जेल में थी।

''हो, हो! मौसी! रो नहीं। सब ठीक हो जाएगा। लो, थोड़ा पानी पियो। तुम बेहतर महसूस करोगी।''

पंचेई नानी अब तक पथराई-सी हो गई थी और वह साड़ी पहने हुए उस जेलर की अवज्ञा करने के बारे में सोच भी नहीं सकती थी। उसने कुछ पानी पिया फिर अपनी आँखें बंद कीं और आनेवाले दंड के बारे में सोचकर डर से थरथराते हुए नीचे लेट गई। उसे सँभलता देखकर महिला जेलर कुछ क्षणों के लिए कमरे से बाहर निकल गई। पंचेई नानी की बुद्धि इतनी सुन्न हो गई थी कि निकल भागने का विचार उसके आस-पास भी फटक नहीं सकता था। कुछ क्षण यूँ ही बीत जाने के बाद उसे झपकी आने लगी और उसने सब कुछ भुला देनेवाली गहरी नींद का स्वागत किया।

पंचेई नानी की नींद जब दोबारा खुली तो उसने कमरे को चमकती धूप से भरा पाया। जेलर एक कुर्सी में बैठी ऊँघ रही थी। जैसे ही उसके मन में ऐसा कुछ कौंधा कि पंचेई नानी की पूरी चेतना लौट आई है वह एकदम सतर्क हो गई और पंचेई नानी को घूरकर देखने लगी। एक क्षण के बाद उसने जल्दी दिखाते हुए ऐलान किया, ''तैयार हो जाओ, हमें जाना है और सार (सर) से मिलना है।''

पंचेई नानी ने अपनी जेल से जुड़े एक कमरे में एकांत में जल्दी से अपने नहाने-धोने का कार्यक्रम पूरा किया। उसके जेलर ने उसकी बाँह पकड़ी और एक अँधेरे गलियारे से होते हुए एक जगह सीढ़ियों से उतरकर एक विशाल दरवाजे के सामने जा पहुँची।

"जब तक मैं सर को खोजती हूँ तब तक तुम यहीं रहना।"

जेलर दरवाजे के पीछे चली गई और तुरंत लौट भी आई। उसने दरवाजा खोला और पंचेई नानी को अंदर धकेल दिया। अब तक छियासठ साल के जीवन में पंचेई नानी को इतना डर कभी नहीं लगा था। उस वक्त भी नहीं जब सोलह वर्ष की एक वधू के रूप में उसे पहली बार वोऊ के सामने पेश किया गया था। फैसले का दिन आ गया था। एक आवाज गरजी, "तो मौसी! क्या कर रही थीं तुम? तुम्हारे जैसे बूढ़े लोग दूसरों के लिए इतनी समस्याएँ क्यों खड़ी करते हैं?"

पंचेई नानी ने अनुमान लगाया कि उसे कोई उत्तर नहीं देना है। वह विनम्रता से अपना सिर झुकाए और विनयपूर्वक हाथ जोड़े खड़ी रही।

आवाज दुबारा गरजी, "इसके संबंध में सभी तथ्य लिख लो मोहंती बाबू।"

मोहंती बाबू हर समय व्यस्त दिखनेवाला आदमी था जिसने बताए गए कार्य के प्रति तुरंत मुस्तैदी दिखाई। वह पंचेई नानी को उस आवाज के कमरे से जुड़े बगलवाले कमरे में ले गया और वहाँ पंचेई नानी से उसने अनेक प्रकार के सवाल पूछे, जैसे—उसका नाम, उसका मोहल्ला, उसके बच्चे इत्यादि। इसमें कुछ समय लग गया क्योंकि उसके पास सारे सवालों के जवाब नहीं थे और मोहंती बाबू ने सवालों की झड़ी लगा दी थी।

अंततः जब सवाल-जवाब का सिलसिला समाप्त हुआ तो घोषणा की "कलेक्टर साब ने हमें बुलाया है। मोहंती बाबू, मौसी को लाओ।"

उसे बाहर ले जाया गया। उसकी एक बाँह जेलर ने कसकर पकड़ी हुई थी। कलेक्टर सर के सामने जाने की बात सुनते ही पंचेई नानी ऐसे हिल गई जैसे भूचाल से कोई पत्ता। एक बार उनके मोहल्लों के लड़कों को, जिनमें टुटू भी था, दूसरा मोहल्ला के लड़कों ने मारा-पीटा था। वह एक घमासान लड़ाई थी। कलेक्टर साहब और एस.पी. साहब दोनों में आए मोहल्ला थे और वे सभी लड़कों को पकड़कर ले गए थे। टुटू ने थाने में एक रात गुजारी थी और वह चिंता के मारे सारी रात सो नहीं पाई थी। उसे याद आया कि उसने टुटू जैसे निर्दोष लड़के को सजा देने के लिए कलेक्टर और एस.पी. को जमकर कोसा था। यह घटना वर्षों पहले की थी जब टुटू केवल सोलह वर्ष का था और उसका बाप जीवित था; लेकिन उस समय अगर कलेक्टर साहब ने उसका कोसना व बड़बड़ाना सुन लिया हो और इतने साल बीत जाने के बाद भी याद रखा हो तो क्या

होगा। क्या उसकी बक-बक के लिए कलेक्टर साहब उसे दंड देंगे या एक परेशान और व्याकुल माँ को क्षमा कर देंगे?

पंचेई नानी के मन में जब ये विचार उमड़-घुमड़ रहे थे तब जेलर और मोहंती बाबू ने उसे उठाकर एक जीप में पीछे बिठा दिया और आगे की सीट पर बैठ गई। कुछ ही देर में वे कलेक्टर साहब के कार्यालय पहुँच गए।

कमरा काफी लंबा था। कमरे की दीवार का सहारा लेकर वह प्रतीक्षा में खड़ी थी, जिस समय मोहंती बाबू उसके जीवन का विवरण देने में लगे हुए थे। पंचेई नानी नंगे पाँव थी और देख रही थी कि एक चींटी उसके पैर की उँगली पर चढ़ने की चेष्टा कर रही है। उसने वहाँ से हटने या पैर झटककर चींटी को हटाने का कोई प्रयास नहीं किया, ठीक उसी तरह जैसे उसने अपने बारे में कुछ नहीं कहा और न कोई सफाई दी। वह धैर्य के साथ इस इंतजार में थी कि कब वह मोटी व लाल चींटी उसे काटेगी और उसे कष्ट पहुँचाएगी।

कलेक्टर ने उसे पुकारा, "मौसी, यहाँ, इधर देखो।"

उसने वैसा ही किया। साथ-ही-साथ वह उस जवान आदमी के चेहरे को याद करने की असफल कोशिश कर रही थी जिसने उसके जिगर के टुकड़े टुटू को थाने भेजा था। उसने बहुत पहले देखे उस चेहरे को मौजूदा चेहरे से मिलाने का प्रयत्न किया लेकिन इतने अरसे में उसकी स्मृति धुँधला गई थी क्योंकि यह आदमी उससे बिल्कुल अलग था और बहुत जवान था जिसे उसने वर्षों पहले देखा था। क्या ऐसा हो सकता है कि इन कलेक्टर साहबों को कभी बूढ़ा न होने का ईश्वरीय वरदान प्राप्त हो? पंचेई नानी की चिंतन प्रक्रिया धुँधला गई। चींटी ने उसे काट लिया और वह डर के मारे रोने लगी। अचानक उसका दिल सारी दुनिया को एक तरफ रखकर अपने मोहल्लों में लौट जाने के लिए व्यग्र हो उठा।

आवाज ने कलेक्टर साहब को बताया, "वह सुबह से रो रही है। वह बहुत कमजोर भी है, खाना ठीक से नहीं खाया है और कुछ सदमे जैसी हालत में है।"

"हाँ! बेचारी औरत! मुझे उसके साथ पूरी सहानुभूति है। लेकिन उसके जैसे लोग यह नहीं समझ पाते हैं कि एक भी मौत बड़ी खबर बन जाती है। मीडिया तिल का ताड़ बना देगा और सरकार को दोष देगा। ऐसे मसले हमेशा बहुत संवेदनशील होते हैं और विशेषकर उस वर्ष में जब चुनाव होने हों।"

"हमें उसके साथ क्या करना चाहिए, सर?"

"मैंने स्थानीय तहसीलदार को उसे रेड क्रॉस से एक हजार रुपए और दो महीनों के लिए चावल देने के लिए कहा है। वह उसे वापस उसके गाँव भेज देगा।"

ये शब्द सुनकर पंचेई नानी का दिल बल्लियों उछलने लगा और कलेक्टर साहब

के पाँव न खोज पाने पर वह उनकी मेज के सामने गिर गई।

''ठीक है, मौसी। उठ जाओ बहुत हो गया। लेकिन याद रखना, तुम्हारे कारण मेरी नौकरी जाने वाली थी। भगवान् की कृपा से वैसा कुछ नहीं हुआ। अब जाओ।''

जेलर पंचेई नानी को हाथ पकड़कर बाहर ले गई और उसे एक-दूसरे महत्त्वपूर्ण दिखनेवाले आदमी के हवाले कर दिया। वह तहसीलदार निकला और उसने पंचेई नानी को एक और आदमी को सौंप दिया जिसका नाम सारंगी बाबू था। उसे याद आया कि सारंगी बाबू को उसने पहले भी देखा है लेकिन यह याद नहीं रहा कि उसका ओहदा क्या था। वे तहसीलदार की जीप में बैठ गए और फिर जीप चल पड़ी।

उसका मोहल्लों तक यह एक लंबा सफर था। रास्ते में सारंगी बाबू ने उसे बताया कि एक उसकी दुर्घटना को छोड़कर गोविंद द्वादशी बूड़ अत्यंत सुनियोजित एवं सुव्यवस्थित था। 7 लाख लोगों ने सागर में सुरक्षित स्नान किया और जगन्नाथ मंदिर में दर्शन किए। कलेक्टर साहब सुबह 3:00 बजे से स्वयं सारे प्रबंधों की निगरानी कर रहे थे और सारंगी बाबू को ऐसे उत्साही एवं सक्रिय अधिकारी के नेतृत्व में काम करनेवाले दल का हिस्सा बनने पर गर्व है। कलेक्टर सर तब बहुत चिंता में पड़ गए थे जब उन्हें उसकी दुर्घटना का पता चला। इस दुनिया में सभी प्रकार के बुरे आदमी भरे हुए हैं और वे उस दुर्घटना को लेकर कलेक्टर सर तथा सरकार को बदनाम करने की कोशिश करेंगे। लेकिन ईश्वर की कृपा से अब सब कुछ ठीक हो गया है। कलेक्टर सर एक बहुत दयालु इंसान थे और उन्होंने उसे पैसा दिया है, चावल दिया है और उसे घर तक छुड़वाने का भी प्रबंध किया है। क्या वह आभार नहीं मानेगी कि उसे दंड देने के बजाय कलेक्टर साहब ने उस पर इतनी दया दिखाई है।

अब तक सारंगी बाबू बिना रुके बोले चले जा रहे थे और पंचेई नानी को सुनने में संतोष मिल रहा था और सुख की अनुभूति हो रही थी। वह इसके लिए तैयार नहीं थी जब सारंगी बाबू ने अचानक तेवर बदलकर एक तीक्ष्ण दृष्टि उस पर डाली और कहा, ''लेकिन मैंने कलेक्टर सर को बता दिया कि यह कोई दुर्घटना नहीं हो सकती। साथ में न तो कोई रिश्तेदार, न कोई सामान और वह नौलिया। उसने कसम खाकर कहा कि उसने तुम्हें समुद्र में इस अंदाज में चलते हुए देखा था जैसे कि तुम भगवान् के घर पहुँचने की चाह लेकर निकली हो।'' सारंगी बाबू ने सख्ती से पूछा, ''सच क्या है बताओ मौसी, वरना तुम्हारी पूरी बस्ती और पूरे मोहल्ले को पता चल जाएगा कि तुमने पुरी जिला को लज्जा में डुबोने की कोशिश की है!''

दंड पाने के भय और किसी को बताने की इच्छा के दोहरे भावावेश से प्रेरित पंचेई नानी ने रुक-रुककर सारी कहानी सुना दी। सारंगी बाबू शांति से सुनते रहे। जैसे ही उसने बोलना बंद किया तो वे सड़क से उसके मोहल्ले की तरफ मुड़ गए और इससे

पहले कि वह समझ पाती उनकी जीप पुराने वट वृक्ष के पास पहुँचकर रुक गई।

उसके कुछ पड़ोसी यह देखने के लिए दौड़े चले आए कि कौन आया है। जब पड़ोसियों ने उसे देखा तो उन्होंने टुटू को पुकार लगाई। सबसे प्रिय टुटू और प्रिय सरस्वती भी उसकी तरफ दौड़े आ रहे थे। उनके पीछे-पीछे उनसे कदम मिलाने की कोशिश करता हुआ नन्हा बिश्नू आ रहा था। जैसे ही उसने जाने-पहचाने परिवेश और चेहरों की गरमाहट को अपनी बूढ़ी हड्डियों में रिसते महसूस किया तो पंचेई नानी बुरी तरह रो पड़ी। सरस्वती एक साथ हँस भी रही थी और रो भी रही थी तथा बार-बार उसके गले से लिपट रही थी। बिश्नू उसकी बाँहों में चढ़ने की कोशिश कर रहा था। टुटू उसे झिड़क रहा था, ''हमें बताए बिना तू कहाँ चली गई थी? चिंता कर-करके हम मरे जा रहे थे।''

सरस्वती की उँगलियाँ उसकी बाँह को दबाते हुए उसे खबरदार कर रही थीं और सरस्वती कह रही थी, ''हाँ बोऊ! तू इस तरह क्यों गई? पूरे मोहल्ले ने समझ लिया कि मैंने तुझे घर से निकाल दिया होगा। सारे पड़ोसी ताना मार-मारकर मुझे दुःखी कर रहे थे। मुझे खुशी है कि तू सही-सलामत वापस आ गई है।''

अपना गला साफ करते हुए सारंगी बाबू आगे आए। लोगों ने आदरपूर्वक उन्हें नमस्कार किया। आखिरकार वह उनकी जमीन का मालिक यानी स्थानीय लगान निरीक्षक था।

''तुम्हारी माँ एक बहुत साहसी महिला है जो तुम सबको बहुत प्यार करती है। उसके पुत्रोचित कर्तव्य तथा त्याग का सम्मान करते हुए कलेक्टर सर ने उसे एक हजार रुपए और दो महीने का चावल पुरस्कार-स्वरूप दिया है। इसके अलावा, इस छुटकू के लिए···'' सारंगी बाबू ने बिश्नू के गाल पर प्यार की चपत लगाई—''मैं अपनी तरफ से तीन हजार रुपए और दे रहा हूँ। इसे अच्छी तरह पढ़ने दें। मैं देखना चाहूँगा कि एक दिन यह बड़ा आदमी बन गया है।''

पंचेई नानी अपनी आँखों और कानों पर भरोसा नहीं कर सकी। सारे पड़ोसी उसे विस्मय से देख रहे थे। टुटू अवाक् था। सरस्वती का मुँह खुला-का-खुला रह गया।

बिश्नू ने उसे गले लगाया और कानों में धीरे से कहा, ''जेजेमाँ, तू लौट आई।''

पंचेई नानी ने सारंगी बाबू के सामने अपना सिर झुकाया और मन-ही-मन दंडवत् प्रणाम किया।

□

6

एक मुलाकात

लगातार पड़ रही बारिश के कारण सामने पानी की एक पारदर्शी चादर जैसी बन गई थी। धुँधली होती रोशनी की वजह से बाहर का कुछ स्पष्ट नजर नहीं आ रहा था और तेज हवा उसकी आँखों में पानी की बौछार कर रही थी। आगे की सड़क देख पाना वास्तव में असंभव हो गया था। एकदम काली रात में जीप की आगे की बड़ी बत्तियों की रोशनी में एक निचला प्रक्षेप-पथ नजर आया प्रोबीर ने पानी भरे गड्ढों से बचने का निष्फल प्रयास किया। उसका बूढ़ा और मोतियाबिंद से ग्रस्त लगभग अंधा ड्राइवर उसके बगलवाली सीट पर बैठा कँपकँपा रहा था। करीब एक घंटा पहले प्रोवीर ने ही उसे ड्राइवर की सीट से हटाकर स्टीयरिंग खुद सँभाल लिया था। उसकी अक्षमता पर प्रवीर का गुस्सा तब सहानुभूति और दया में बदल गया जब उसने महसूस किया कि इस मौसम में फिसलन भरी टूटी-फूटी सड़क पर गाड़ी चलाना कितना मुश्किल है। एक बूढ़े आदमी से आखिरकार और कितनी उम्मीद की जा सकती है। उनका सफर धीमा और थकाऊ था लेकिन प्रोवीर ने अब तक इतनी सावधानी अवश्य बरती थी कि कोई बड़ी दुर्घटना न होने पाए। रंगपाड़ा नामक एक छोटा सा गाँव अभी थोड़ा आगे था और वहाँ पहुँचकर उन्हें रात गुजारने के लिए कोई जगह मिल जाने की आशा थी। अँधेरे में काले और सफेद रंग के एक बोर्ड पर उनकी नजर पड़ी। यह नांगपड़िया चाय बागान का साइन बोर्ड था। प्रोबीर ने यह फैसला करने में एक क्षण भी नहीं लगाया कि अब वहीं पहुँचकर किस्मत आजमाएँगे। प्रोवीर ने गाड़ी तुरंत उस तंग रास्ते की ओर मोड़ ली।

उस पगडंडी जैसे पुराने रास्ते पर बड़ी-बड़ी घास उगी हुई थी। ऊपर से पड़ती भारी बारिश का ध्यान रखते हुए प्रोबीर को जीप चलाने में बड़ी मशक्कत करनी पड़ी। करीब दो किलोमीटर चलने के बाद एक फाटक ने उनका रास्ता रोक दिया। उसका

ड्राइवर बोरा हाथ में छाता लेकर नीचे उतरा और उसने दरवाजा खोल दिया। वे नांगपड़िया एस्टेट के अंदर थे। कीचड़ भरे रास्ते की जगह अब एक कँकरीला रास्ता आ गया था जो उन्हें एक पुराने बँगले तक ले गया। ड्योढ़ी में एक ही बत्ती आराम-आराम से जल रही थी।

बोरा चौकीदार को खोज लाया जो बूढ़ा होने के बावजूद काफी चुस्त एवं फुर्तीला था। वह उस आँधी-पानीवाली रात में दो लोगों को ठहराने के लिए मान गया। देश का यह भाग बरसाती तूफानों के लिए प्रसिद्ध है और ये अचानक आता है तथा प्रचंड होते हैं। परंपरानुसार कोई भी घर किसी अजनबी को तूफान से बचने के लिए शरण देने में मना नहीं करता है और नांगपड़िया का यह चौकीदार भी उनसे अलग नहीं था। बँगला अंदर से बहुत सुंदर था और उसे बड़े उचित ढंग से साफ-सुथरा एवं सजाकर रखा गया था। उसके वास्तु-शिल्प में औपनिवेशिक एवं असमी तत्त्वों का मिला-जुला प्रभाव था। कमरों के चारों ओर ऊँचे-ऊँचे खंभोंवाला बरामदा था। कमरों की ऊँची भीतरी छतें अंतराल का एहसास कराती थीं। प्रोवीर को खयाल आया कि मेंटलपीस अर्थात् कानस के नीचे भंडारी में एक स्फूर्तिदायक अग्नि प्रज्वलित रहती होगी और लकड़ी की कारीगरी से सुसज्जित भोजन-कक्ष में सुंदर वस्त्रों में सजे-धजे स्त्री व पुरुष भोज का आनंद उठाते होंगे। अभी वह बँगले की सजावट और शिल्प को निहार ही रहा था कि चौकीदार एक कप गरम-गरम काली चाय या लाल साह लेकर आ गया। इस अप्रत्याशित आतिथ्य-सत्कार को देखकर उनकी थकान दूर हो गई और शरीर में नई स्फूर्ति भर गई। वह मित्रवत् चौकीदार कुछ नए लोगों का साथ पाकर खुश था और उनसे बात करने की उत्सुकता दिखाते हुए एक निचले स्टूल पर बैठ गया।

किसी समय यह बँगला नांगपड़िया टी एस्टेट के असिस्टेंट मैनेजर का था। इसके विशाल परिसर में अनेक असिस्टेंट मैनेजर अपने-अपने परिवारों के साथ रह चुके हैं। हालाँकि यह बँगला डेढ़ सौ साल पुराना है फिर भी इसने समय की मार को बहुत अच्छी तरह सहा है और अपने वजूद को कायम रखा है। अब यह खाली पड़ा रहता है, क्योंकि चाय बागान बंद हो गया था। यह संपत्ति जिस परिवार की थी उस पर विपत्ति आ गई और चाय के व्यवसाय में किसी को भी रुचि नहीं थी। पेड़-पौधे बहुत बढ़ गए थे और उपेक्षित थे। बँगले का इस्तेमाल वे यदा-कदा सप्ताहांत बिताने के लिए तभी किया करते थे जब वे गुवाहाटी से गाड़ी चलाकर यहाँ आते थे।

पाँच वर्ष पहले वह परिवार कलकत्ता चला गया, तब से उनका आना कभी नहीं हुआ है। चौकीदार अपने परिवार के साथ आउटहाउस में रहता था और कुछेक वे आदिवासी भी रह रहे थे, जिन्होंने चाय बागान में पहले काम किया था। जब वे उसकी कहानियाँ सुन रहे थे चौकीदार की बहन ने प्रोवीर के लिए एक कमरा तैयार कर दिया

था। बोरा को अनेक्सी में एक छोटा कमरा मिल गया था। उसकी सुख-सुविधा का पूरा इंतजाम ठीक-ठाक करने के बाद वे उसके लिए कुछ भोजन लाने के लिए चले गए।

प्रोबीर उस बँगले पर मुग्ध हो गया। उसका पुरातन आकर्षण आज भी उसी तरह कायम था—प्राचीन फर्नीचर, दीवारों पर लटके चित्रकारी-युक्त पर्दे, फ्रेम किए हुए चित्र और काली-सफेद तसवीरें। चौकीदार और उसका परिवार हर चीज की रखवाली करने में बहुत वफादार लगता था क्योंकि कहीं भी धूल का एक मामूली धब्बा तक नहीं था और हर वस्तु उसी सलीके से रखी हुई थी जैसी कि होनी चाहिए। प्रोवीर ने इस विलक्षण एवं भयोत्पादक विचार को तुरंत झटक दिया कि इतना समय बीत जाने के बाद भी डटा हुआ यह बँगला अपने असली मालिक के लौटने की प्रतीक्षा कर रहा है।

चावल और फिश-करी का सादा भोजन करने के बाद बोरा चौकीदार के साथ आउटहाउस की ओर चला गया। बँगला सुरक्षित था और प्रोवीर अकेला रह गया था।

आँधी-बरसात में गाड़ी चलाकर बुरी तरह थक जाने के बाद और जल्दी सोने का आदी होने के कारण प्रोवीर जल्दी गहरी नींद में डूब गया।

□

अचानक उसकी आँख खुल गई। बँगले की A आकार की छत पर बारिश की पट-पट हो रही थी। केवल रात की आवाजें सुनाई दे रही थीं। उसकी खिड़की के बाहर कोई मेढक टर्रा रहा था। कुछ दूरी से एक उल्लू की हू-हू करने की धीमी आवाज आ रही थी। टिड्डे अपना राग सुना रहे थे। वह बिस्तर पर लेटे-लेटे फिर से उठने का उपक्रम कर रहा था। उसकी एच.एम.टी. कलाई-घड़ी सुबह के 1:13 बजे का समय दिखा रही थी। फिर वही आवाज आई—तेज खाँसने की आवाज जिसने उसे जगाया था।

उसके अंदर का डॉक्टर हरकत में आ गया। इसके पहले उसका विवेक उसे रोक पाता, वह खाँसी शांत करने की पीनेवाली दवा की बोतल लेकर कमरे के बाहर निकल गया। बँगला रोशनी से जगमगा रहा था। गोलाकार बरामदे में एक वृद्ध आदमी रेशमी गाउन पहने हुए केन के बने सोफे पर बैठा हुआ था। उसके सामने मेज पर शतरंज बिछी हुई थी जिस पर सारे मोहरे रखे थे। सफेद प्यादा आगे बढ़ गया था और काले प्यादे की चाल का इंतजाम कर रहा था। थोड़ी-थोड़ी देर बाद खाँसी का दौरा उसे हिला जाता था।

''यह लीजिए सर, इससे आपको कुछ चैन मिलना चाहिए। लेकिन मैं सलाह दूँगा कि आप अपनी जाँच अवश्य कराएँ। आपको एंटीबायोटिक्स का एक कोर्स लेना पड़ सकता है।''

उस वृद्ध पुरुष के नाक-नक्श बताते थे कि वह किसी कुलीन वर्ग से नाता रखता है। उसका पूरा सिर सफेद बालों से भरा हुआ था। उसकी भूरी आँखों में मोतियाबिंद की

शुरुआत हो चुकी थी। उन्हीं आँखों से उसने प्रोवीर को घूरकर देखा। उसके चौड़े ललाट और वर्गाकार चेहरे पर चुन्नटदार लकीरें थीं, जो उसे विशिष्टता व प्रतिष्ठा प्रदान करती थीं। प्रोवीर को संदेह हुआ कि कहीं वह भी तो कोई यात्री नहीं है, जिसने इधर से गुजरते हुए यहाँ आश्रय लिया हो। लेकिन चौकीदार ने तो बँगले में किसी और मेहमान के ठहरने का जिक्र नहीं किया था। तब क्या वह बाद में आया?

"तो आप एक डॉक्टर हैं?" आवाज गहरी और गुंजायमान थी, जो किसी तरह उस वृद्ध पुरुष के प्रभावशाली व्यक्तित्व से मेल खाती थी।

"हाँ, सर। मैं इस आँधी-तूफान और बारिश में अपना सफर जारी नहीं रख सका। चौकीदार ने मुझे यहाँ पनाह देने की उदारता दिखलाई। कल या मानें तो आज ही मुझे तुमालीगढ़ के लिए निकलना है, जहाँ मैं तैनात हूँ।"

"चूँकि आपके पास अभी कुछ घंटे शेष हैं। इतने में हम खेल का एक दौर पूरा कर सकते हैं। काले मोहरों के साथ खेलने में कोई ऐतराज तो नहीं है?"

प्रोवीर स्वयं शतरंज खेलने का बहुत शौकीन था अतः वह फौरन राजी हो गया।

दोनों का मुकाबला बराबर का था। शतरंज के एक माहिर खिलाड़ी के सामने प्रोवीर भी डटा हुआ था। खेल जब एक नाजुक दौर में पहुँचा तब वृद्ध पुरुष ने प्रोवीर से अचानक पूछ लिया, "तुम्हें किस समय जाना है?"

"मैं यहाँ से 6 बजे निकलने की सोच रहा था, सर।"

प्रोवीर ने बाहर की ओर झाँककर देखा कि बारिश अभी तक जारी थी।

"तुम्हें भराली नदी पार करनी पड़ेगी, दोलाबारी में। तुम्हें अभी चले जाना चाहिए।" बात धीमे सुर में जरूर कही गई थी फिर भी उस तात्कालिकता के पीछे की मंशा को समझने में प्रोवीर को गलती नहीं हो सकती थी। अभी सुबह के 4:30 बजे थे।

"यह गेम खत्म कर लें, सर।"

"नहीं, अब रहने दो।"

प्रोवीर के लिए उस वृद्ध पुरुष के व्यवहार पर चकित होना स्वाभाविक था। प्रोवीर को शतरंज के उस खेल में पूरा आनंद आ रहा था। उसने अपना जाल बड़े ध्यान से बिछाया था। तीन या चार और चालों के बाद वृद्ध आदमी का हाथी और घोड़ा दोनों मात खा गए होते। वृद्ध सज्जन ने शायद उसकी रणनीति को समझ लिया था। यह कोई असामान्य बात नहीं थी। उसका अहंकार पराजय स्वीकार करने के लिए तैयार नहीं था और इसीलिए वह अपनी इज्जत बचाने के लिए खेल छोड़ देना चाहता था। तथापि प्रोवीर ने अपनी सहज बुद्धि से जाना कि सही कारण यह नहीं था। कोई विवाद खड़ा न करने के लिहाज से वह वापस अपने कमरे में चला गया।

उसने जल्दी से कपड़े पहने, सामान बाँधा और बोरा को खोजने चला गया। सवेरे

की जल्दी के बावजूद बोरा तैयार था। दिन की रोशनी में बोरा को गाड़ी चलाने में अपने ऊपर अधिक भरोसा रहता था। वह ड्योढ़ी में जीप ले आया। प्रोवीर का बैग उसने जीप में रखा और चौकीदार को बुलाने चला गया। प्रोवीर ने बँगले पर एक अंतिम दृष्टि डाली। रंगशाला के विशिष्ट कक्ष में टँगे एक श्याम-श्वेत चित्र पर उसकी दृष्टि अटक गई। चित्र के अधिक निकट जाकर देखने पर उसने गौर किया कि उस चित्र और उस वृद्ध पुरुष के बीच गजब की समानता थी। वह वृद्ध पुरुष स्वयं कहीं नजर नहीं आ रहा था। अचानक प्रोवीर के मन में इस सोच की बिजली सी कौंध गई कि उसे तुरंत वहाँ से चले जाना चाहिए।

□

सुबह के 5:30 बजे का समय था और प्रोवीर के सुबह 6:00 बजे तक भराली नदी पार कर लेने की आशा थी। बोरा ध्यान से गाड़ी चला रहा था और सड़कें खाली होने की वजह से गाड़ी तेज रफ्तार से जा रही थी। सुबह के 8:00 बजने तक वे तुमालीगढ़ पहुँच गए थे। जल्दी से स्नान करने और नाश्ता लेने के बाद प्रोवीर औषधालय पहुँच गया और अपने सहयोगियों से मिला। प्रोवीर दिन की पाली में काम करता था और उसके साथ पाँच लोग और भी थे। उन सबकी एक अच्छी टीम बन गई थी और सभी लोगों के आपसी संबंध बहुत अच्छे थे। दोपहर के भोजनावकाश के दौरान उसने अपने अनुभव से सबको अवगत कराया और बताया कि किस तरह वह वहाँ से जल्दी-जल्दी भागा।

उनमें से एक डॉक्टर देबू फूलन तेजपुर का था। तेजपुर और नांगपड़िया के बीच ज्यादा फासला नहीं है। जैसे ही उसने अपना किस्सा समाप्त किया, वहाँ एक सौहार्द्रपूर्ण खामोशी छा गई और फिर देबू ने उन्हें एक ऐसी अविश्वसनीय कहानी सुनाई जो उसने पहले कभी नहीं सुनी थी।

नांगपड़िया के आखिरी असिस्टेंट मैनेजर का नाम विनोद बड़ठाकुर था जो एक अभिजात वर्गीय एकांतप्रिय व्यक्ति था और शतरंज खेलने का बहुत शौकीन था। एक दिन उसका इकलौता पुत्र गाँव से वापस आ रहा था जब भराली नदी में अचानक आई बाढ़ दोलाबारी में उसकी कार को बहा ले गई। ऐसा सुनने में आया है कि दमा रोग से पीड़ित उस वृद्ध इंसान को अपने बेटे की मौत की खबर उस समय मिली जब वह अपने बँगले में बैठा उसके आने की प्रतीक्षा कर रहा था। उस बूढ़े आदमी को ऐसा सदमा लगा कि वह बेंत की लकड़ी के बने उस सोफे में बैठे हुए ही परलोक सिधार गया जबकि उसके सामने शतरंज की बिसात बिछी हुई थी और वह अब तक अपने बेटे का इंतजार कर रहा था जो कभी नहीं आया।

प्रोवीर स्तब्ध एवं अवाक् रह गया। उस तूफानी रात की घटनाएँ उसे याद आ गईं।

सामान्य और सामान्याभास के बीच की लकीरें उसके मन में धुँधली होती जा रही थीं। वह तस्वीर, दमा से पीड़ित व्यक्ति की वह खाँसी, वह शतरंज की बिसात। कहानी में अनेक संयोग थे, अनेक एक जैसी घटनाएँ थीं। जबकि वह हक्का-बक्का और सन्न हुआ बैठा था। दूसरों ने 3:00 बजे की स्थानीय खबरें सुनने के लिए टी.वी. चालू कर दिया। समाचारवाचक कह रहा था—

"आज सुबह करीब 6:05 बजे भराली नदी में आए तेज बहाव के कारण दोलाबारी में पुल पूरी तरह नष्ट हो गया। आशंका है कि पंद्रह सवारियों को ले जा रही बस पुल को पार करते समय नदी में बह गई। खोज और बचाव कार्य..."

□

7

सूर्यास्त की लालिमा

उसने हॉर्लिक्स के कप में चम्मच घुमाई, जो माँ ने उसे पीने के लिए दिया था और इसके साथ ही उसने अपने 26 वर्षों में शायद तीसरी या चौथी बार सूर्य को चढ़ते हुए देखा। पहली बार उस दिन, जब दीदी की मृत्यु हुई और डैडी एवं मम्मी उसके पार्थिव शरीर को अस्पताल से घर लेकर आए। और फिर जब पूनम मौसी क्रंदन करती हुई कारगिल में मौसाजी की मृत्यु होने की खबर के साथ उनके दरवाजे पर आईं तब भी सूर्योदय था। तीसरी बार उस दिन जब पुलिस उन्हें जगाने आई थी और वे आँखें मींचते हुए उठे थे। उनके पड़ोसी के घर में चोरों का एक गिरोह घुसकर दो लोगों की हत्या करके फरार हो गया था और पुलिस उसी मामले की जाँच के सिलसिले में आई थी।

यह बात उसकी समझ के परे थी कि सूर्योदय जैसा निर्मल एवं सुंदर संयोग उसके जीवन में हर बार बुरी खबर क्यों लेकर आया?

"शालिनी, क्या तुम अखबार देखना चाहती हो?" जब मम्मी उसे 'शालू' न कहकर शालिनी संबोधित करती तो वह समझ जाती कि माँ उसके बारे में चिंतित है। अत: उसने एक झूठी मुसकान चस्पाँ कर ली जो उसके माँ-बाप में से किसी को भी मूर्ख बनाने में नाकामयाब रही और फिर वह तैयार होने के बहाने अपने कमरे में चली गई।

सामान्यत: काम पर जाने के लिए तैयार होना उसे अच्छा लगता था। वह हमेशा ध्यान से कपड़े पहनती थी लेकिन हाल में अपने परिधान पर वह कुछ ज्यादा ही ध्यान देने लगी थी। वह सावधानी से अपनी पोशाक का चयन करती और फिर उसके साथ मेल खानेवाली सही चीजों को खोज निकालती। पिछले छह माह से आई.एन.ए. मार्केट मेट्रो स्टेशन से कनॉट प्लेस तक की उसकी नियमित यात्रा पर उसके कारण एक नया रंग चढ़ गया था।

शालिनी को अपनी पहली मुलाकात अभी तक याद थी—दीपावली की रेल-पेल

के कारण मेट्रो में असाधारण भीड़भाड़ थी और वह अपने पीछे खड़े एक आदमी की लंपट हरकतों से बचने की कोशिश कर रही थी। उसकी आँखों में आँसू भर आए थे; लेकिन तभी उसे सुखद आश्चर्य हुआ जब एक अजनबी ने उसके लिए अपनी सीट खाली कर दी और उसके तथा उस बेशर्म आदमी के बीच ढाल बनकर खड़ा हो गया। शालिनी ने सिर हिलाकर उस नवयुवक के प्रति आभार प्रकट किया और फिर सारे रास्ते वह छिपी दृष्टि से उसे जाँचने में लगी रही। मि. मिल्स ऐंड बून के मुकाबले में तो शायद वह सफल नहीं होता लेकिन उसके सुंदर व सुघड़ नख-शिख लड़कों जैसे चेहरे ने उसके दिल को पूरी तरह मुग्ध कर लिया था। शालिनी ने उस दिन के पहले कभी उसपर ध्यान नहीं दिया था लेकिन दीपावली पर उनकी आकस्मिक भेंट के बाद उसे हर कहीं केवल वही नजर आने लगा था।

उनका 'प्रणय निवेदन' अगर उसे यह नाम दिया जा सके, निःशब्द था। मुसकान के बदले मुसकान और जल्दी से आँखें हटा लेना। वह शालिनी के पहले मेट्रो में चढ़ जाता और ज्यादा भीड़वाले दिनों में वह अपने बगलवाली सीट हमेशा उसके लिए बचाकर रखता। कभी-कभी जब उसके इर्द-गिर्द बहुत जमावड़ा होता और वह खुद उससे चिपककर खड़ी होती तो वह अपना सिर उसके कंधे पर टिकाने का लोभ बड़ी मुश्किल से बचा पाती। सब कुछ बड़ा भावुकतापूर्ण, अति-नाटकीय प्रतीत होता। लेकिन फिर उसका मन कहता कि रोमांस या प्रेम-प्रसंग नाटक ही तो है। कल तक शालिनी एक अनाम अजनबी के साथ अपने निःशब्द संबंध को लेकर संतुष्ट थी। आज उसके सपने बुरी तरह बिखर चुके थे। ठीक उसी तरह जैसे पहलेवाली प्रेम-लीलाओं के 'प्रथम प्रेम' की डोर को टूटते हुए वह देख चुकी थी।

पिछली शाम मम्मी ने शालिनी से कहा कि श्रीमती और श्री कपूर अपने बेटे को साथ लेकर के लाउंज में कॉफी पीने के बहाने मुलाकात करने आएँगे। यह कोई सामान्य मुलाकात नहीं थी बल्कि भावी पुत्रवधू या बहू को मिलने का एक शालीन तरीका था जिसे उत्तरी भारत में परंपरानुसार 'लड़की दिखाना' कहा जाता है। उनके परिवार में अनेक वैवाहिक संबंध इसी ढंग से तय हुए थे। पूनम मासी चाय की ट्रे लेकर उस कमरे में गई थीं जहाँ उनके भावी सास-ससुर ने उन्हें देखकर खुशी प्रकट करते हुए अपनी सहमति दी थी और माता-पिता ने रिश्ता मंजूर किया था। शालिनी को उस अग्नि-परीक्षा से तो नहीं गुजरना था फिर भी उसे 'देखने-दिखाने' की रस्म में तो शामिल होना ही होगा। आमतौर पर उसने ऐसे आयोजन पर नाराजगी नहीं दिखाई होती, बल्कि विवाह के विचार से खुशी से भर गई होती किंतु कल उसकी आँखों पर भ्रम का परदा पड़ गया था।

मम्मी हमेशा की तरह जान गई कि कुछ गड़बड़ जरूर है।

"यह क्या है, शालिनी? क्या तुम्हारी जिंदगी में कोई और है? तुम जानती हो, तुम्हारी मरजी के खिलाफ शादी के लिए हम तुम्हें कभी बाध्य नहीं करेंगे। अगर कोई लड़का है तो बताओ मुझे। तुम्हारे डैडी और मैं दोनों जाकर उसके माँ-बाप से मिलेंगे और सब कुछ तय कर लेंगे।"

शालिनी कुछ बोल नहीं रही थी। उसे अपने मन का पता था। लेकिन उसके मन में क्या है? क्या उसे वह सुंदर लगती है? या यह किसी असहाय महिला सहयात्री के लिए मात्र एक भ्रातृवत् व्यवहार था या फिर ऐसा भी हो सकता है कि उसने अपनी नीरस यात्रा की ऊब मिटाने के लिए उसे एक सस्ता मनोरंजन समझ लिया हो? मुसकानों का आदान-प्रदान करने, कनखियों से एक-दूसरे को देखने और कभी उँगलियों को अनायास छू लेने के सिवाय उन्होंने एक-दूसरे से एक शब्द भी नहीं कहा था। कहीं वह पहले से शादीशुदा हुआ तो? भारतीय महिलाओं के सिंदूर लगाने तथा मंगलसूत्र पहनने से सारी दुनिया को उनके वैवाहिक होने का पता चल जाता है। उसके विपरीत शालिनी की ओर से पुरुष जाति को अपने वैवाहिक स्तर का पता देने का कोई संकेत नहीं था।

"नहीं मम्मी, कोई नहीं है।"

इन शब्दों के साथ शालिनी ने अपनी भावनाओं को दफन करने और आगे बढ़ने का संकल्प लिया। उसने फैसला कर लिया कि आज सुबह 9:23 की मेट्रो वह आखिरी बार पकड़ेगी। कल से वह सुबह 8:58 बजे की मेट्रो लेगी और काम पर थोड़ा जल्दी पहुँचेगी। एक अध्याय समाप्त हो जाने के बाद उसे दुबारा पढ़ने में कोई अक्लमंदी नहीं है। लेकिन सिर्फ आज वह उसे आखिरी बार देख लेना चाहती थी। हो सकता है कि उसे बता भी दे कि वह किसी और से शादी कर रही है और फिर उसकी प्रतिक्रिया से उसकी भावनाओं को पढ़ने की कोशिश करे। उसके दिल में आशा की एक मद्धिम किरण अभी भी शेष थी जो कह रही थी कि शायद यह तरकीब काम कर जाए।

उसकी उत्सुक आँखों ने उस डिब्बे में रोज यात्रा करनेवालों के बीच उसे खोजने का प्रयास किया। लेकिन वह नहीं आया था। जब आखिरी बत्ती बुझती है तब कोई आवाज नहीं करती है और न ही कुचले सपनों और टूटे दिलों से कोई आवाज आती है। और इसीलिए मेट्रो के शोरगुल में शालिनी की सिसकियाँ दबकर रह गईं।

□

उसने एक गुलाबी चंदेरी सिल्क साड़ी पहनी थी। मेकअप नाममात्र का था और गहनों के नाम पर उतना ही पहना था जो अत्यंत जरूरी था। साड़ी का रंग उसके साँवले रंग पर फब रहा था और इस सच को भी छिपाने में मददगार था कि उसका चेहरा आज कुछ अधिक ही फीका पड़ा हुआ है। उसके छोटे, परियों की शैली में सजे-सँवरे घने बाल ऐसे लग रहे थे जैसे उसने बालों की टोपी पहन रखी हो। कुल मिलाकर उसका

सुकोमल चेहरा एक सुंदर तस्वीर पेश कर रहा था। डैडी ने इस विरल रूप रंग पर सहमति जताई और मम्मी ने उसे हर बुरी नजर से बचाने के लिए उसके कान के पीछे काजल का टीका लगा दिया। अच्छा दिखने की भरसक कोशिश करने के बावजूद वह जानती थी कि उसके चेहरे पर उदासी छाई हुई है। उसकी आँखें सूनी-सूनी और निस्तेज थीं। उसके होंठ ढीले और कानों पर नीचे की ओर मुड़े हुए थे। उसके अंदर कोई जोश, कोई उत्साह नहीं था और न इस बात से कोई मतलब कि वह कैसी दिख रही है। उसने एक विशेष ढंग से कपड़े पहने क्योंकि उससे ऐसी ही अपेक्षा की गई थी। वह भलीभाँति जानती थी कि जिस तरह किसी महँगी वस्तु को खरीदने से पहले अच्छी तरह देखा-जाँचा जाता है वैसे ही उसे भी देखा जाएगा और उसी सजधज के साथ वह पूरी तरह तैयार थी।

शाम ठीक 6:15 बजे जब सूरज क्षितिज में गुलाबी और नारंगी रंग की छटा लिये हुए था तब वे के-लाउंज पहुँच गए जहाँ उन्होंने श्रीमती और श्री कपूर को पहले से प्रतीक्षा करते हुए पाया।

''इंतजार कराने के लिए क्षमा करें।'' डैडी ने कपूर महोदय से हाथ मिलाते हुए कहा।

''नहीं, वास्तव में हम ही जल्दी आ गए। कृपया आराम से बैठें। रोहित भी पाँच मिनट में पहुँच जाएगा। वह ऑफिस से सीधे आ रहा है।''

शालिनी ने कपूर दंपती को भरी नजर से देखा। वे एक सामान्य उच्च-मध्यम वर्ग के प्रतीत होते थे। उसके माता-पिता किस प्रकार के थे? क्या उसे अर्थात् शालिनी को जानने के लिए उन्होंने कोई दूसरा तरीका चुना होता?

''आ हा! रोहित आ गया।'' श्री कपूर ने अपने पुत्र को हाथ हिलाया।

शालिनी का दिल तेजी से धड़कने लगा और उसकी हथेलियाँ चिपचिपाने लगीं। शालिनी ने उस आदमी से भेंट करने के लिए खुद को सँभाला जो उसके जीवन में पति का स्थान ले सकता था। पिछले कुछ घंटों की निर्लिप्तता के बावजूद एक अचानक एवं अवर्णनीय भय उसके मन पर छा गया। वह उसको देखना नहीं चाहती थी। अगर एक आदमी से उसने शादी कर ली और दूसरे का सपना उसके दिल में बसा रहा तो? क्या ऐसा करना बेवफाई नहीं होगी? इससे तो अच्छा होगा कि वह सारी जिंदगी कुँवारी रहे और कुँवारी ही मर जाए। उसे यहाँ आने से मना कर देना चाहिए था। उसमें इतना साहस होना चाहिए था कि मम्मी को सच बता दे और इस पहेली का हिस्सा बनने से इंकार कर दे। वह किसी भी हालत में इस शादी के लिए राजी नहीं हो सकती। वह इन लोगों के विरुद्ध एक पाप होगा, एक अपराध होगा। और अंततः सच सामने आ जाएगा। फिर शर्म से मुँह छिपाना मुश्किल हो जाएगा। घोर लज्जा सहनी पड़ेगी। उसके पैरों की

आहट पास आ रही थी। उसके दिल की धड़कन इतनी तेज हो गई कि उसके कानों के पर्दे फटने लगे। कुछ ही क्षणों बाद दिल की उस तेज धड़कन के ऊपर उसने एक शिष्ट बाल-सुलभ आवाज सुनी और मुँह उठाकर देखा तो सामने उसे खड़े पाया।

वह भी उतने ही अचंभे से देख रहा था। फिर उसने उसे एक मुसकान दी जो उसके अधरों से उठी और उसकी आँखों तक पहुँच गई। एकाएक शालिनी का संसार इंद्रधनुषी हो गया और कानों में मधुर संगीत लहराने लगा और उसके केंद्र में रोहित अपनी वही बाल-सुलभ मुसकान बिखेर रहा था। पीछे के लाउंज की खिड़की से आती सूर्य की तूलिका ने प्रस्तुत दृश्य की सुंदरता को बहुगुणित कर दिया।

क्या सूरज भी मुसकरा रहा था?

□

8

तबले की ताल

उसकी बाईं आँख के कोने से एक बड़ा मोटा आँसू निकला और भीतरी बरौनी पर चिपककर बैठ गया और वीरोचित भाव से हठी बनकर वहीं चिपका रहा निराधार और परवश।

वह रोनेवाला नहीं था।

लड़के कभी नहीं रोते और बड़े लड़के तो बिल्कुल नहीं रोते।

अपनी कसी मुट्ठियों को बगलों में दबाकर बहुत कोशिश करके उसने आँसुओं को रोका। जल्दी-जल्दी चलकर वह पिछले दरवाजे से बाहर निकल गया और जाते-जाते उसने दरवाजे के कपाटों को इतने जोर से भेड़ा जैसे सारा गुस्सा उन्हीं पर उतार देना चाहता हो।

बाहर निकलकर उसके पैरों को जैसे पंख लग गए। बिना सोचे-समझे उसके पाँव उस तरफ चल पड़े जिधर उसका पसंदीदा स्थान था—घर के पिछवाड़े की पुखरी। वहाँ का शीतल व छायादार वातावरण। दोनों ओर नारियल के वृक्षों तथा एक विशाल बरगद ऐसा दृश्य प्रस्तुत करता था जैसे उसे किपलिंग की जंगल बुक से चुराकर वहाँ स्थापित कर दिया गया हो। यहाँ आकर आठ वर्ष के वीरू ने मान लिया कि वह टारजन है, मोगली है, सुपरमैन है और सभी दूसरे सुपरमैनों का भी सुपरमैन है। वह पेड़ की शाखाओं पर झूला झूलेगा और गर्मियों में पुखरी छप-छपाक करेगा। जाड़ों में वह एक नीची डाली पर चढ़कर आराम से बैठ जाएगा और नारियल के लड्डू खाएगा। बरसात में बरगद का विशाल वृक्ष उसके लिए छतरी का काम करेगा और उसे हलकी बारिश से बचाएगा। वसंत ऋतु में यही वट वृक्ष एक ऐसा खजाना बन जाएगा जहाँ उसे चमकते जुगनू मिल सकते हैं, चींटियों के अंडे मिल सकते हैं और अनेक रोमांचक चीजें मिल सकती हैं। यह उसका दोस्त था और उसे अभी उस दोस्त की जरूरत थी। घर से तेज-

तेज भागकर आने में उसकी हँफनी बँध गई और साँस लेना मुश्किल हो गया। आँसू नीचे टपकने से पहले ही सूख गए। लेकिन जो चोट उसे पहुँची थी इतनी आसानी से या जल्दी जाने वाली नहीं थी।

अपने गुस्से पर काफी हद तक नियंत्रण करने के बावजूद उस छुटकू ने एक-एक कंकड़ उठाकर पुखरी के शांत, गंदे पानी में फेंकना शुरू कर दिया। वह झुकता फिर बाएँ हाथ से कंकड़ उठाता और कंकड़ को सीधे हाथ में लेता। फिर उसे पूरे जोर से फेंकता तथा उसकी उड़ान और अंत में पुखरी में जाकर उसके गिरने से होनेवाली छपाक को देखता। झुको, एक कंकड़ उठाओ और फिर वही प्रक्रिया उसी तरह दोहराओ—बार-बार। न जाने कितनी बार उसने ऐसा किया और हर छपाक के साथ उसका गुस्सा घटता चला गया।

कई मिनट तक वीरू ने अपने एकांत का मजा उठाया। फिर उसे पता चल गया कि उसका छोटा भाई ऐकन भी उसके पास आ गया है। अपने बड़े भाई से हर समय जौंक की तरह चिपके रहनेवाले ऐकन को बगोरी वृक्ष के निकट हरी-हरी घास से भरी जगह बहुत पसंद थी जहाँ मिट्टी का एक टीला-सा बना हुआ था जो देखने में उसे सिंहासन जैसा लगता था। इसके अलावा वह अपने भाई के विचारों में घुसपैठ करना भी अपना अनिवार्य कर्तव्य समझता था।

"दादा, तुम रो क्यों रहे हो?"

"मैं रो नहीं रहा हूँ।"

"हाँ, तुम रो रहे हैं। झूठ मत बोलो। क्या तुमने माँ की बात नहीं सुनी है? माँ हमसे कहती है कि झूठ बोलना बुरी बात है।"

"मैंने कहा न, मैं नहीं रो रहा हूँ। देख, देख, क्या तुम्हें मेरी आँखों में आँसू दिखाई दे रहे हैं?"

वीरू ने घर के अंदर सबके सामने जैसा आत्म-संयम प्रदर्शित किया उस पर उसे गर्व था। उसके क्रोध को भड़कानेवाले उसके भाई ऐकन ने संकुचित आँखों से उसे देखा फिर अपना सिर हिलाया और किसी 30 वर्ष के वयस्क को गंभीरता से कहा, "नहीं, आप रो नहीं रहे हैं, आप गुस्से में हैं। पर किसलिए?"

अब चूँकि यह साबित हो चुका था कि वह रोया नहीं है इसलिए वीरू ने अपने भाई की बात पर ध्यान नहीं दिया। वह कंकड़ फेंकता रहा। हर बार उसने कंकड़ को बहुत ऊँचा और धनुषाकार रूप में अधिक-से-अधिक दूरी तक फेंकने का प्रयास किया ताकि कंकड़ के भार से पानी में पहले से भी बड़ी हिलोरें उठें।

"मैं जानता हूँ कि आप माँ और देउता से इसलिए नाराज हैं कि उन्होंने आपको तबला नहीं दिलाया।"

छपाक! छपाक! छपाक!

''दादा, मुझे बताओ ना। मैं मदद करना चाहता हूँ। क्या मैं आपकी मदद कर सकता हूँ?''

''ठीक है। मैं जाऊँगा और माँ को बता दूँगा कि आप यहाँ छिपे हुए हैं। माँ आपको खोज रही है। वह आपको दोपहर में रीना मामी के घर भेजना चाहती है। वहाँ बड़ी मुश्किल कर रखी है उस लड़के ने। रीना के यहाँ एक दुपहरी रह लेगा तो ठीक हो जाएगा।'' ऐकन ने अपनी माँ की आवाज की नकल उतारी। वह अच्छी तरह जानता था कि उसके दादा को रीना मामी के यहाँ जाना पसंद नहीं है।

''तुम माँ को कुछ नहीं बताओगे।''

''मैं बताऊँगा।''

''अगर तुमने ऐसा किया तो मैं तुम्हारा सिर फोड़ दूँगा।''

''अच्छा, नहीं बताऊँगा कुछ भी। अब बताइए, आप गुस्से में क्यों हैं?''

वीरू अब तक कंकड़ फेंकने के खेल से ऊब चुका था। वह ऐकन के मिट्टी के सिंहासन के अधोभाग में घासवाली जगह पर बैठ गया और बड़ी, मोटी व लाल चींटियों को पकड़ने लगा। इन नन्हे जीवों के डंक बड़े तेज होते हैं। अगर वे आपको काट लें तो घंटों तक जलन और पीड़ा होती रहती है। उनको पकड़ने की युक्ति यह है कि उनको पीछे से उनके मोटे उदर अर्थात् पेट से पकड़ें और उन्हें लटकाए रखें। उनके पाँव हवा में बुरी तरह छटपटाएँगे और कोशिश करेंगे कि वे अपने दुश्मन को पकड़कर अपने तीखे जबड़े उसके मांस में घुसा दें। वीरू एक मुश्किल करतब दिखाने की कोशिश कर रहा था। इन रेंगनेवाले कीड़ों की वह एक कड़ी बनाने में लगा हुआ था। चार चींटियों को उसने एक-दूसरे में अटका भी लिया था और उनकी जंजीर-सी बन गई थी।

ऐकन अपने भाई के इस करतब को देखकर मुग्ध हो गया जब उसने चार चींटियों की एक रेल बनाकर हवा में उठाई। सबसे नीचेवाली चींटी अभी भी घास के तिनके से चिपके रहने की नाकाम कोशिश कर रही थी। ऐकन ने खुशी से ताली बजाई। वह केवल दो ही चींटियों की कड़ी बना सका। वीरू अपनी कामयाबी पर खुशी से मुसकराया और फिर उसने चींटियों की चेन को पेड़ की एक शाखा पर रख दिया। मुझे अपने कदरदान भाई से बात करने की इच्छा हुई।

''हाँ, मैं नाराज हूँ। मैं तबला लेना चाहता हूँ लेकिन देउता उसकी इजाजत नहीं देंगे। और माँ को तो तुम जानते ही हो। माँ हमेशा उनकी सुनती है।

अपने पिता के विरुद्ध वीरू के मन में जो गुस्सा भरा हुआ था वह सारा गुस्सा तब उफान पर आ गया जब उसने घटनाक्रम को ब्योरेवार बताना शुरू किया। उनकी दो माह की ग्रीष्मकालीन छुट्टियाँ कुछ दिन पहले ही आरंभ हुई थीं। छुट्टियों के दौरान उन्हें व्यस्त

रखने के लिए उनकी माँ एक संगीत शिक्षक को ले आई थी। माँ को संगीत से अत्यधिक लगाव था और उसने लड़कों को दो साल तक बीच-बीच में तबला सीखने के लिए प्रोत्साहित किया था। देउता ने उनकी संगीत की कक्षाओं को एक शौक के रूप में तो बरदाश्त किया लेकिन उनको यह समझाने और उनके मन में यह बिठाने का कोई अवसर नहीं छोड़ा कि संगीत मन-बहलाव या मनोरंजन के एक साधन से अधिक कभी कुछ नहीं हो सकता। उन्हें सपने में भी यह खयाल नहीं आना चाहिए कि यह शिक्षा की जगह ले सकता है।

पिता की चेतावनी में छिपे आशय को समझाने लायक उम्र अभी उन बच्चों की नहीं थी और शायद इसीलिए वे माँ द्वारा की गई व्यवस्था से संतुष्ट थे। उनका अध्यापक संगीत सीखने के प्रति उन बच्चों के उत्साह एवं उनकी उत्सुकता देखकर बहुत खुश था और उसने उनकी माँ को व्यक्तिगत रूप से बताया था कि दोनों लड़के, विशेषकर वीरू, बड़े गुणी हैं। उनकी संगीत शिक्षा निर्विघ्न चलती रह सकती थी, सिवाय इसके कि शिक्षक ने कल यह सुझाव दिया कि वीरू को नांगपाड़ा में होनेवाले वार्षिक सांस्कृतिक समारोह में भाग लेना चाहिए। वीरू वहाँ नृत्य के एक कार्यक्रम में दो और लड़कों के साथ तबला बजाएगा। यह केवल एक दिन का कार्यक्रम है और वे सुबह जाएँगे तथा दोपहर बाद वापस आ जाएँगे। लेकिन वीरू को अपना अलग तबला सेट चाहिए था।

अब तक वह संगीत शिक्षक के वाद्य यंत्र पर सीख रहा था। माँ उसको तबला खरीदकर देने के लिए तैयार हो गई थी। सिर्फ देउता की मंजूरी की जरूरत थी।

आज सुबह वीरू और माँ अपराध में साझेदार की तरह देउता के पास गए थे। जैसी संभावना थी देउता ने मना कर दिया था। उनका कहना था कि वीरू को अपने स्कूल के काम पर ध्यान देना चाहिए। संगीत ऐसा विषय है जो गंभीर पढ़ाई की तरफ से ध्यान हटा देता है। इसीलिए एक सीमा के बाद संगीत के बारे में सोचना छोड़ देना चाहिए। सारा ध्यान केवल उनकी शिक्षा में करना होगा। वीरू को यह आशा नहीं थी कि उसकी इच्छा पर इस तरह का आघात होगा। उसने बहुत विनती की लेकिन देउता टस से मस नहीं हुए। यह बात कहते-कहते वीरू की आँखों में दुबारा आँसू आने वाले थे। दयावश नई-नई योजनाएँ मन में गढ़नेवाले ऐकन ने अपने विचारों का पिटारा खोल दिया।

"दादा, मुझे एक बात सूझी है।"

क्रमश: आठ और छह साल के वीरू और ऐकन के दिमाग में कल्पनाओं की कभी कमी नहीं रहती थी। उनमें से अधिकतर बहुत मनोरंजक होती थीं। यह दूसरी बात है कि वयस्क लोग कभी-कभी उनकी पटुता एवं चतुरता को समझ नहीं पाते थे और यद्यपि ऐकन दो वर्ष छोटा था फिर भी उसकी युक्तियाँ हमेशा अधिक साहसिक एवं उत्तेजक होती थीं।

"वह क्या है, ऐकन?"

ऐकन ने जैसे ही अपनी बिल्कुल नई युक्ति का खुलासा किया, वीरू की आँखों में चमक आ गई। यह तरकीब काम करेगी। बड़े भाई की अनुकूल प्रतिक्रिया जानकर ऐकन का सीन हो गया। दोनों तुरंत काम पर लग गए और इतनी मुस्तैदी दिखा रहे थे जो किसी वर्जित गतिविधि में ही दिखाई देती है। सबसे पहले उन्होंने सरकंडे की बनी वह बड़ी टोकरी पकड़ी जो आँगन की सफाई करते समय सूखी पत्तियों व टहनियों को इकट्ठा करने के लिए माली द्वारा इस्तेमाल की जाती थी। माँ ने जिस जगह सब्जियाँ लगा रखी थीं उसके नजदीक टोकरी को सावधानी से रखने के बाद लड़कों ने एक-एक कर सारी सब्जियों को उखाड़ना शुरू कर दिया। रंग और आकार का विचार किए बिना उन्होंने भिंडी, टमाटर, हरी मिर्च आदि तोड़कर उस टोकरी में भर लिये। जल्दी ही उस टोकरी में रंग-बिरंगी सब्जियों का ढेर लग गया। लड़कों ने तभी साँस ली जब सब्जियों का बगीचा पूरी तरह उजड़ गया और एक भी सब्जी देखने तक को नहीं बची। उन्होंने अपने काम को बड़े गर्व से देखा। लाल पड़े, पसीने से भरे चेहरों पर मुसकान खिल उठी। इस काम में उन्हें बहुत मजा आया।

अगला कदम कुछ ज्यादा ही कठिन साबित हुआ। सब्जियों से लबालब भरी केन की टोकरी इतनी भारी थी कि उसे उठाया नहीं जा सकता था। घसीटकर ले जाना भी संभव नहीं था। फिर, आविष्कारक ऐकन एक रस्सी उठा लाया। रस्सी का एक सिरा टोकरी से बाँधा और दूसरा वीरू की साइकिल से। बस, इतना ही काफी था। तत्पश्चात् राहत की साँस लेकर वे उस टोकरी को खींचकर मुख्य सड़क तक लेकर आए जहाँ दैनिक बाजार लगता था और सब्जी, फल आदि बेचनेवाले बैठते थे। एक पुरानी बोरी नीचे बिछाकर दोनों भाई बैठ गए और सब्जी बेचने के काम में जुट गए। उनके इर्द-गिर्द दूसरे लोग थे—कोई मछली बेच रहा था, कोई दाल-मसाले तथा कोई साग-सब्जी, फल आदि।

□

जोर के ठहाके सुनकर मीना का माथा ठनका। माजरा क्या है, यह पता लगाने के लिए जैसे ही वह बरामदे में आई उसने अमूल्य दा को अधपके, कच्चे टमाटरों से भरा थैला हाथ में पकड़े व उनके माली बीरेन के साथ हँसते और बतियाते हुए पाया। अमूल्य दा ने जब मीना को देखा तो और भी जोर से हँसने लगे। तथापि उलझन में पड़ी मीना को जल्दी पता चल गया कि यह कोई हँसनेवाली बात नहीं है। उसके दोनों पुत्र दैनिक हाट में सब्जियाँ बेच रहे थे। अमूल्य दा ने खुद चार रुपए किलो के हिसाब से टमाटर खरीदे थे।

उसने जल्दी से एक शॉल उठाया और कुछ बड़बड़ाती हुई घर से निकल पड़ी।

जब तक वह उस कोलाहल बाजार में पहुँची तब उसकी साँस फूलने लगी थी। वह कुछ क्षण के लिए रुक गई। उसने जल्दी ही उन्हें ढूँढ़ निकाला। वे दोनों एक पुरानी बोरी पर बैठे हुए थे और उनके सामने भिंडी, टमाटर तथा हरी मिर्च के तीन ढेर थे। उनके सामने बैठी उनके पड़ोसी की नौकरानी को वह देख सकती थी। मीना यह नहीं समझ सकी कि वह नौकरानी उसके लड़कों से सिर्फ बातें कर रही थी या कुछ सब्जियाँ खरीद रही थी। मीना के कान शर्म से जलने लगे। उसने तुरंत एक-एक लड़के का कान पकड़ा और उन्हें उठाकर सीधे-सीधे खड़ा कर दिया। इस क्रिया में मीना माहिर थी। बच्चों को भी पता था कि यही कवायद होगी। कुछ ही मिनट में वे घर की ओर लौट रहे थे। चुपचाप मीना के पीछे चला आया वीरेन, बिना बिकी सब्जियों की टोकरी उठाकर वापस ले आया। सिर्फ तीन हिमायतियों को छोड़कर शेष सभी ने स्थिति को उल्लासमय व आनंदपूर्ण पाया।

उन्होंने एक अजीबो-गरीब छह पाँव की धावक टीम की तरह घर के अंदर अभी कदम रखा ही था कि मीना ने ताबड़तोड़ अपना गुस्सा निकालना शुरू कर दिया। उसने लड़कों को इस बुरी तरह पीटा जो उन्हें जिंदगी भर याद रहे। उनके रोने-चीखने की आवाज सारे घर में गूँज गई। अमूल्य दा, उनकी नानी, आइता के साथ तत्काल दौड़े चले आए। वह स्वयं उन बच्चों तथा मीना की मूसलाधार प्रहार करती बाँहों के बीच आ गए। वीरेन ने उसके हाथों से छड़ी को खींचने की कोशिश की। अंततः अमूल्य दा ने मीना को पकड़ लिया और उसे एक कुर्सी पर धकेल दिया जबकि आइता लड़कों को मीना से दूर ले गई।

शनैः-शनैः मीना का गुस्सा ठंडा पड़ गया। दोनों बच्चे अब आइता की बाँहों में सुरक्षित महसूस कर रहे थे। आइता उन्हें शांत करने की भरसक कोशिश कर रही थी। उनके चेहरों पर आँसुओं की लकीरें थीं और आँखें रो-रोकर लाल हो चुकी थीं। इसी दशा में वे माँ को भय और दोषारोपण के मिले-जुले भाव से देख रहे थे। आइता उन्हें बार-बार गले लगा रही थी, उनकी पीठ सहला रही थी और उनकी सुबकन एवं हिचकियों को रोकने का प्रयत्न कर रही थी। अमूल्य दा सिर हिला-हिलाकर अपनी अप्रसन्नता व्यक्त कर रहे थे। आखिरकार वे बच्चे ही तो हैं, जो खेल-खेल में ऐसा कर रहे थे। देउता को जैसे कुछ भनक लग गई थी। उसने तमतमाया चेहरा लिये उस आवेशपूर्ण माहौल में कदम रखा। बच्चे आइता के पीछे सिकुड़कर बैठ गए ताकि देउता उन्हें देख न पाए। आइता ने उन पर आई विपत्ति से बचाने के लिए उन्हें अपनी बाँहों में भर लिया।

"वीरू और ऐकन कहाँ हैं?" देउता माँ पर गरजे।

उसकी आँखों ने प्रस्तुत दृश्य का जायजा लिया और सही अनुमान लगाया कि

शरारतियों को दंड दिया जा चुका है। देउता भारी मन लिये बैठ गए उस भ्रमित वृषभ की तरह जो पूरी ताकत से अपने निशाने पर धावा बोलता है और फिर अचानक पाता है कि जिसे मारना है, वो तो वहाँ है ही नहीं। खामोशी के माहौल में देउता की भारी साँसें, लड़कों की दबी-ढँकी सुबकियाँ साफ सुनाई दे रही थीं। आइता की असहमति प्रकट करनेवाली मिनमिनाहटें भी सुनी जा सकती थीं।

फिर दिलेर ऐकन बोल उठा। "हम कुछ पैसा कमाने की कोशिश कर रहे थे।"

देउता के लिए यह अप्रत्याशित अवसर था और वह आक्रामक मुद्रा में उसकी ओर बढ़े।

"तुम्हें पैसा किसलिए चाहिए, बच्चे? " देउता ने मुलायम लेकिन खतरनाक सुर में पूछा।

सब लोगों की आँखें निडर ऐकन की ओर घूम गईं। जबकि दूसरे लोग देउता की बेधती आँखों के नीचे काँप रहे थे।

पर ऐकन पर कोई असर नहीं पड़ा और वह अविचलित रहा। "मैं दादा को तबला दिलाना चाहता था, क्योंकि आपने नहीं दिलाया।"

एक घनी चुप्पी छा गई। धक-धक, दिलों की धड़कन या तबले की थाप? फिर जैसे ही माँ वीरू और ऐकन की ओर दौड़ी आई, दिन चीरनेवाली एक सिसकी उठी। वे यह सोचकर डर के मारे पीछे हट गए कि कहीं दुबारा मार न खानी पड़े। लेकिन माँ रोते हुए और दोनों लड़कों को गले लगाते हुए अपने घुटनों पर गिर गई।

"मैं तुम्हारे दादा को तबला खरीदकर दूँगी, ऐकन। मैं तुम्हें तबला दिलाऊँगी, वीरू।" उसके चेहरे से आँसुओं की धार टपक रही थी।

देउता जड़ बने बैठे थे। पंद्रह वर्षों के उनके विवाहित जीवन में उसकी नाटी पत्नी ने पहली बार उसकी अवज्ञा की थी, पति की आज्ञा का उल्लंघन किया था और जवाब?

आँसुओं से नम आँखों के साथ एक मुसकान।

□

9

मन की परतें

"आप जब स्कूल में थे, तब क्या आपने पदार्थ (मैटर) का अध्ययन किया था, वी.के.? सॉरी, मेरा मतलब है, ग्रेंप्स।"

अभि ने जैसे ही देखा कि उसके पिता की त्यौरियाँ चढ़ने वाली हैं, उसने अपने दादा को संबोधित करने का तरीका फौरन बदल दिया। तेरह का होकर सीधे उन्नीसवें साल में कदम रखनेवाला अभिमन्यु या अभि, उसे 'अभि' कहलाना अधिक पसंद था, रविवार की एक आलस भरी दुपहरी में वी.के., अर्थात् विनोद कुमार की संगति में अपने गृहकार्य (होमवर्क) से जूझ रहा था।

वी.के. स्वयं अपने पौत्र द्वारा पूछे गए इस गुस्ताख सवाल से बिल्कुल भी क्षुब्ध नहीं हुए बल्कि उन्हें यह सोचकर अच्छा लगा कि लड़के ने उन्हें प्रस्तर युग का कोई अवशेष न समझकर एकदेशीय के रूप में व्यवहार किए जाने योग्य कुछ माना। इसके साथ ही उन्होंने अपने पौत्र को चोरी से अपने पिता पर एक और नजर डालते देख उसके असमंजस का अंदाजा लगा लिया। उसकी उम्र के बच्चे जबकि एकांत में पीएसपिंग, टेक्सटिंग, सेक्सटिंग और न जाने क्या-क्या नहीं कर रहे होते हैं, अभि ने दोपहर का समय अपने ग्रैंप्स की संगति में बिताना बेहतर समझा। ग्रैंप्स को 'वी.के.' बुलाए जाने पर कोई आपत्ति नहीं थी बल्कि उन्हें अच्छा लगता था और वह शांत बने रहते थे—इस सच्चाई ने सारे मामले को ठंडा कर दिया। आप यूँ समझ लीजिए कि अभि तथा उसके दोस्तों के लिए सभी परिस्थितियों व सभी चीजों का शांत बने रहना आवश्यक था। अगर वह चीज शांत है तो वह चालू है। कुछ-कुछ रेफ्रिजरेटर की तरह। फिर भी इसे समझना किसी मशीन को समझने जितना आसान नहीं था। और न अभि की उधेड़बुन को इतनी आसानी से समझा जा सकता था। अभि ने अपनी बात आगे बढ़ाई।

"कल पदार्थ पर एक सत्र था। हमारी फिजिक्स टीचर वैसे बिल्कुल निकम्मी है,

बिन फटे बम की तरह। लेकिन कल वह शांत थी। उसने हमें एक प्रयोग दिखाया कि पानी किस तरह गैस के अंदर ठोस पदार्थ से तरल पदार्थ में बदल जाता है। क्या यह आश्चर्यजनक नहीं है—एक ही चीज भिन्न-भिन्न तापमान में इतनी अलग? इतनी लचीली। क्या आपने यह सीखा वी.के.?''

''हाँ और नहीं। जैसा कि तुम जानते हो अभि, मैं इतना भाग्यशाली नहीं था। सातवीं कक्षा में पहुँचने तक मैंने कोई औपचारिक शिक्षा नहीं पाई। लेकिन मैंने अपने सबसे महत्त्वपूर्ण सबक जिंदगी से सीखे। और मैं तुम्हें बता दूँ—मानव मन में परिवर्तन की जितनी क्षमता है वह क्षमता किसी और पदार्थ में नहीं है।''

अभि के चेहरे पर अंचभे और उभरते सवालों की छाप देखकर वी.के. ने मानव पदार्थ के बारे में एक संक्षिप्त कहानी उसे सुनाने का निर्णय किया।

''हमारा शानदार देश जो विभिन्नता में एकता का अनूठा उदाहरण प्रस्तुत करता है वह साज-सामान-सजावट के नीचे उल्लेखनीय रूप से एक सरीखा और समरूप है। इसके कोने और दरारों में अनगिनत पुर, गढ़ और नाडु छिपे हुए हैं। मेरी कहानी का स्रोत ऐसा ही एक मुफस्सल शहर है जो धूल भरे भारतीय देहात में बसा हुआ है। कोई और नाम न देकर हम उसे 'रामपुर' कह सकते हैं। इन सभी स्थानों में एक या दो सरकारी भवन होते हैं जहाँ सामान्य आदमी तब जाता है जब उसे किसी प्रमाण-पत्र, किसी लाइसेंस या किसी खास दस्तावेज की जरूरत होती है अथवा जब किसी ऐसी बात या काररवाई के विरुद्ध अपील करता है जो उसे अनुचित प्रतीत होती है। सरल भाषा में इसे दफ्तर या ऑफिस कहा जाता है। ये स्थान अपनी वास्तविक बनावट और मानवीय गुणों में विलक्षण रूप से एक समान होते हैं। अधिकतर मामलों में यह दफ्तर लाल ईंटों की इमारत होती है जिसमें एक ड्योढ़ी और एक लंबा बरामदा होता है जहाँ सामान्य लोग प्रतीक्षा करते हैं। अधिपति या उच्चस्थ अधिकारी खुद एक ऊँची छतवाले कमरे में बैठता है जहाँ पहुँचने के लिए व्यक्ति को कम-से-कम दो या अधिक कमरों से होकर गुजरना पड़ता है। वह उस बादशाह से किसी तरह कम नहीं होता है जो शतरंज के खेल में हाथियों और प्यादों से घिरा रहता है। वहाँ सफेद बालोंवाला एक चपरासी है जिसने अधिकारियों को बदलते मौसम की भाँति आते और जाते देखा है। सच में यही वह आदमी है जो व्यवस्था के बारे में दफ्तर में पद पर बैठे किसी भी अधिकारी की अपेक्षा अधिक जानकारी रखता है। इस सज्जन को निरपवाद रूप से 'राम प्रसाद' या 'दुर्गा प्रसाद' या 'राम सिंह' पुकारा जाता है। तुम समझ सकते हो कि शहरों या मनुष्यों को नाम देने के बारे में हमारी सोच कितनी दुर्बल है।''

यहाँ थोड़ा रुककर वी.के. ने अभि पर एक आशंकित दृष्टि डाली ताकि उन्हें यकीन हो सके कि वह अपने ग्रैंप्स की ऊल-जुलूल दार्शनिक बातों से कहीं ऊब तो नहीं

गया। यह देखकर उनका हौसला बढ़ गया कि उनका पोता एक-एक शब्द को बड़े ध्यान से सुन रहा है। यहाँ तक कि उनके बेटे ने भी जिसके चेहरे पर सामान्यत: निर्लिप्तता का भाव रहता था, अखबार को ढंग से तह करके एक तरफ रख दिया था और पूरे ध्यान से वी.के. को सुन रहा था। अपने श्रोताओं का अखंडित ध्यान पाकर वी.के. ने अपना गला साफ किया और आगे कहना शुरू किया।

"कहानी को लंबा न खींचते हुए मैं तुम्हें अपने हीरो से परिचित करा दूँ जिसे तुम दिनेश कुमार या डी.के. कह सकते हो। अगर तुम भारतीय अधिकारी वर्ग की सिविल सूची पर नजर डालोगे तो लगभग हर दूसरे पृष्ठ पर 'दिनेश' नाम पाओगे। यह नाम किसी पूजनीय देवता के नाम जैसा प्रचलित एवं प्रसिद्ध हो गया है और इसका मुकाबला अगर कोई कर सकता है तो वह दूसरा नाम है—'अरुण'। अपने नवजात शिशु के लिए सरकार में एक सीट की उत्कट चाह रखनेवाले हर पिता को सदाशयी मित्रों द्वारा बार-बार यही सलाह दी जाती है कि बच्चे का नाम 'दिनेश' रखें और अगर वह दूसरा बच्चा हो तो उसे 'अरुण' पुकारें। सो, युवा डी.के. अपनी पहली पोस्टिंग पर रामपुर आता है, जहाँ दफ्तर का वफादार सेवक दुर्गा प्रसाद उसे आदरपूर्ण नमस्ते करता है। यह स्वर्ग से बनकर आई एक जोड़ी है। एक ओर तो डी.के. है, जिसे उस दुनिया का रत्ती भर ज्ञान नहीं है, जिस दुनिया में वह प्रवेश कर रहा है और दूसरी तरफ उसका मार्गदर्शक दुर्गा। दुर्गा को व्यवस्था के बारे में सब कुछ पता है। इस मामले में उसे पूरा उस्ताद कहना अनुचित नहीं होगा। उसकी निष्ठा और वफादारी पूर्णतया कुर्सी के प्रति होती है, न कि कुर्सी में बैठनेवाले के प्रति। वह निश्चित तौर पर और बिल्कुल सही समझता है कि कुर्सी सँभालनेवाले तो मौसमी पक्षी होते हैं, लेकिन उनका यह ऊँचा सिंहासन यह गद्दी स्थायी है।

"लोगों की सेवा करने के आदर्शवाद और तीव्र इच्छा से ओत-प्रोत युवा डी.के. की भेंट ऐसे किसी स्थान में सामान्य संदिग्धों व वकीलों के एक झुंड से होती है, जिनका मानना है कि अंतिम न्याय वही कहलाता है, जो निर्णायक और सहयोगियों को दौलतमंद बनाता है, बाकी जाएँ भाड़ में। पुलिस बल जो गिने-चुने प्रभावशाली एवं प्रतिष्ठित लोगों की रक्षा करता है और जनसाधारण के बजाय संरक्षकों के हितों को सुरक्षा प्रदान करता है और अंतत: बारी आती है स्वयं उन पदाधिकारियों की, जो अपने कम वेतन तथा प्रोत्साहन के बहुत कम अवसरों के कारण शासन के लिए संघर्ष में सदैव एकजुट रहते हैं। उनकी निष्ठा एवं वफादारी ऑफिस में उन्हीं नायकों एवं वरिष्ठ अधिकारियों के पक्ष में जाती है, जो अधिक-से-अधिक बोली लगाने की क्षमता रखता है। इस तरह की अंधकारमय स्थिति के चलते डी.के. जवानी की फुर्ती और दृढ़ता के साथ साफ-सफाई के कार्य में जुट जाता है। इस कार्य में उसकी सहायता के लिए दुर्गा

प्रसाद आगे रहता है जिसे चपरासी के स्तर से पदोन्नत करके सूचना डेटाबैंक तथा निष्णात रणनीतिज्ञ बना दिया गया। वास्तव में, दुर्गा प्रसाद की याददाश्त इतनी प्रखर है कि वह आज के कंप्यूटरीकृत डेटाबेस को शर्मसार कर सकता है। डी.के. को सिर्फ एक नाम बताना होता है और दुर्गा उस व्यक्ति की पृष्ठभूमि, उसके परिवार और उसके सारे कुकृत्यों का चिट्ठा खोलकर रख देता है।''

''सूचना की इस वास्तविक विशद खान के सहयोग से डी.के. एक सिंगल विंडो ऑपरेशन टेक्नोलॉजी (एस.डब्ल्यू.ओ.टी.) विश्लेषण करने का बीड़ा उठाता है। वह शीघ्र समझ जाता है कि इस शृंखला में सबसे कमजोर कड़ी के अंतर्गत वे कामगार आते हैं जिन्हें 'बेपेंदी का लोटा' कहा जाता है। उनका दिल जीता जा सकता है या साथ देने के लिए बाध्य किया जा सकता है। कॉलेज के दिनों में डी.के. ने मास्लो और हर्जबर्ग द्वारा प्रतिपादित प्रोत्साहन संबंधी सिद्धांतों का अध्ययन किया था। रामपुर में उसे अपने किताबी ज्ञान को व्यवहार में लाने का अवसर मिलता है। तथापि बाद के घटनाक्रम के लिए दुर्गा प्रसाद को भी उचित श्रेय देना होगा क्योंकि अपने सहयोगियों के बारे में छोटी-से-छोटी जानकारी देनेवाला वही था। अपने सहकर्मियों की कमजोरी का पता लगाकर दुर्गा एक ऐसा गुट बनाने में डी.के. की मदद करता है जो हिचकिचाहट के बावजूद उसके लिए काम करता है। वही कर्मचारी, जो तीन माह पहले तक छोटे-से-छोटे काम के लिए 'सेवा-शुल्क' माँगा करते थे, अब नागरिक अधिकार-पत्र (सिटीजन्स चार्टर) तैयार करने के काम में शामिल थे और स्वग्रहित समय-सीमा का पालन कर रहे थे। धीरे-धीरे उनमें से अधिकतर कर्मचारी मूलभूत आवश्यकताओं की धारणा से आगे बढ़कर गर्व एवं आत्मसंयम के दायरे में पहुँच जाते हैं। रामपुर में स्थित यह सरकारी कार्यालय, जो अब से पहले जगह-जगह पान की पीक और दीवारों पर अंकित भीषण गाली-गलौज आदि से भरा रहता था, बिल्कुल साफ-सुथरा और बेदाग नजर आने लगा था। कारण यह था कि डी.के. ने सफाई कर्मचारियों का पदनाम अनुरक्षण कर्मचारी के रूप में कर दिया था, उन्हें नीले रंग की वर्दी खरीदकर दी थी और सफाई करने के कुछ बुनियादी उपकरण भी मुहैया करा दिए थे। इस प्रकार दफ्तर के काम और माहौल में अकल्पनीय परिवर्तन हुआ। सफलता के संदर्भ में दफ्तर का हर सेक्शन इसी प्रकार से अपनी-अपनी कहानी कहता है। जिन कर्मचारियों को हर रोज सैकड़ों पत्र जारी करने पड़ते थे, उन्हें कंप्यूटर मिल गए, जिससे उनका काम बहुत हलका हो गया। अब मजमून में गलतियों को ठीक करना उँगली दबाने भर का काम था और दुबारा टाइप करने का तो सवाल ही नहीं उठता था। सेवा-शुल्क या कागज को आगे बढ़ाने की फीस आदि माँगनेवालों का बाजार उठ गया। रामपुर ऑफिस की ऊँची-ऊँची दीवारों के अंदर यह आम मुनादी सुनी जा सकती थी कि 'हमारे कार्यालय में घूस लेना-देना या दिलाना

सख्त मना है।' और जब प्रत्येक अंश अपने रंग-रूप में गर्व महसूस करने लगता है तो बड़ी तस्वीर अच्छी दिखने लगती है।

''डी.के. द्वारा प्रशासन व्यवस्था में जो प्रबल परिवर्तन किया गया था और रामपुर की जनता से जैसी उत्साहवर्धक प्रतिक्रिया प्राप्त हुई थी, उसे देखकर कुछ स्थानीय राजनीतिज्ञ समझ गए कि चुनावी वर्ष में साफ-सफाई का अभियान बड़ा फायदेमंद हो सकता है। ऐसा न हो कि हम यह समझ बैठें कि उक्त राजनीतिज्ञ पूरी तरह परहितवाद के उद्देश्यों से प्रेरित है, दुर्गा प्रसाद ने पृष्ठभूमि संबंधी कुछ सूचना दी। यह राजनीतिज्ञ सत्तारूढ़ पार्टी का एक युवा नेता था और एक स्थानीय गुंडा। उसके मन में स्थानीय पुलिस के विरुद्ध एक डाह थी क्योंकि पुलिस ने उसका शराब का अवैध धंधा बंद करा दिया था और उसके प्रतिद्वंद्वी के समारोह में कोई अड़ंगा नहीं लगाया था। उसने उन्हें डी.के. की राह पर चलने की सलाह देकर पुलिस बल को झंझोड़ने का फैसला किया। अपनी अतिरिक्त आमदनी से हाथ धोकर पुलिस बल जल्दी मुरझा जाएगा और मिट जाएगा। लेकिन इस लक्ष्य को प्राप्त करने के लिए एक और भी बड़ा दाँव चलना जरूरी था। सभी राजनीतिज्ञों की भाँति वह भी बड़ी चतुर बुद्धि का था और काम निकालना बखूबी जानता था। उसे मालूम था कि पुलिस का एक ही मालिक होता है—राजनीतिक बॉस। अगर कोई बदलाव लाया जाना है तो वह सबसे ऊँची गद्दी पर बैठे अधिपति की ओर से आना चाहिए। पुलिस बल के श्रेणीबद्ध संगठन में डी.के. जैसे लोगों के लिए कोई स्थान नहीं था। अतः इस तुच्छ राजनीतिज्ञ ने बिना यह समझे कि वह एक क्रांति को गति देने का काम कर रहा है, मुख्यमंत्री से भेंट की और रामपुर की कायापलट करने में डी.के. की भूमिका का प्रशंसापूर्ण विवरण मुख्यमंत्री को दिया।

''निस्संदेह उसके गुणगान में दुर्गा प्रसाद का कोई जिक्र नहीं था। यूँ समझ लो कि इस आदमी के लिए दुर्गा किसी काम का नहीं था। खैर, मुख्यमंत्री ने रामपुर का दौरा करने और अपनी आँखों से स्थिति का जायजा लेने का मन बनाया। अपने प्रथम दौरे पर मुख्यमंत्री युवा डी.के. और उसकी टीम द्वारा किए जा रहे अच्छे कार्य से बहुत प्रभावित हुए। युवा नेता के सुझाव पर मुख्यमंत्री ने डी.के. को पुलिस बल की कार्य-प्रणाली की समीक्षा करने तथा कानून एवं व्यवस्था सुधारने के लिए कहा। बहरहाल, प्रगति से खुशहाली तभी तो आएगी, जब लोग आराम से सो सकें, सुरक्षित महसूस कर सकें और उन्हें पता हो कि वे सुरक्षित हैं। मुख्यमंत्री के दौरे के चौबीस घंटों के अंदर ही डी.के. को स्थानीय पुलिस बल को पुनः सतेज करने की जिम्मेदारी सौंप दी गई। मुख्यमंत्री ने रामपुर में एक प्रायोगिक योजना की घोषणा कर दी जिसकी सफलता को संपूर्ण राज्य में व्यापक स्तर पर अपनाने का उन्होंने वचन दिया।

''इस प्रकार कानून बनानेवालों के बजाय कानून तोड़नेवालों के दूसरे हिस्से को

भी डी.के. की निगरानी में रख दिया गया। अब दोनों ओर से फायदा उसकी मुट्ठी में था। न केवल दुर्गा प्रसाद बल्कि उसके दफ्तरों में अन्य कर्मचारियों ने भी ऐसी बहुमूल्य सूचनाएँ देने का बीड़ा उठा लिया जिनके जरिए यह सुनिश्चित किया जा सके कि पुलिस बल अनुशासन का पालन कर रहा है। पुलिस अधीक्षक ने किसी दूसरी फायदे की जगह स्वेच्छा से स्थानांतरण माँग लिया और उसके बदले में एक नौसिखुआ आ गया जिसकी विचार-शैली डी.के. की विचार-प्रक्रिया से अधिक मेल खाती थी। जगन्नाथ का रथ चल पड़ा और जैसा कि आमतौर पर होता है, दूसरे लोग भी डी.के. तथा उसकी टीम का साथ देने के लिए आ जुटे।''

''यहाँ वी.के. ने अपने श्रोताओं की दिलचस्पी भाँपने और पानी का घूँट लेने के वास्ते थोड़ा विराम किया। इस बात से संतुष्ट होकर कि उनका बेटा और अभि दोनों का ध्यान उनकी तरफ है या जैसा कि अभि ने कहा—ऑन लाइन उन्होंने एक गिलास पानी माँगा। माँगते ही पानी का गिलास किसी जादुई करिश्मे की भाँति हाजिर हो गया और वी.के. ने देखा कि उनके श्रोताओं में उनकी पुत्रवधू सुषमा शामिल हो गई है। उनके जीवन में पहली बार ऐसा हुआ कि वह जो कुछ कह रहे थे, उसपर उनका परिवार, विशेषकर सुषमा भी ध्यान दे रही थी। उसने उन्हें एक ऐसे सेवानिवृत्त बुढ़ऊ के रूप में बट्टे खाते में डाल दिया था जो सठियाने लगा था। क्या यह वी.के. के लिए अपनी पुत्रवधू की नजर में अपनी प्रतिष्ठा पुनः प्राप्त करने का एक अवसर था? वह कुछ-कुछ विकल अवश्य हो गए थे लेकिन अब कहानी को बीच में छोड़ा नहीं जा सकता था। वह आगे बढ़ चले।

''यह नाटक का पहला अंक था जहाँ मानव प्रवृत्ति ऐसी शक्ति और ऐसे लचीलेपन का परिचय देती है जिसे कोई तोड़ नहीं सकता है। इससे साबित होता है कि हमारे अंदर गहरे बैठी अच्छाई फफूँद या जंग लगने से धुँधली तो हो सकती है लेकिन कभी नष्ट नहीं होती है। डी.के. कोई जादूगर नहीं था। उसने लोगों को वही दिखाया जो वे कर सकते थे और उन्हें सुधार के लिए प्रेरित किया।

''लेकिन सभी अच्छी चीजों का एक अंत होता है और शीघ्र ही रामपुर का नियति से भेंट करने का वादा भी समाप्त हो गया। मुख्यमंत्री का जिला भयंकर बाढ़ की चपेट में था। वहाँ राहत और पुनः स्थापन-कार्य व्यापक पैमाने पर किए जाने की आवश्यकता थी। मुख्यमंत्री को डी.के. और लोक सेवा के प्रति उसकी वचनबद्धता का ध्यान आ गया। कुछ घंटों के अंदर ही डी.के. का तबादला मुख्यमंत्री के निर्वाचन क्षेत्र में हो गया। डी.के. ने नई सौंपी गई जिम्मेदारी को धैर्य एवं कृतज्ञता के साथ ग्रहण किया। उसने दूसरे पुर या नाडु के लोगों की सेवा भी उतने ही जोश एवं हिम्मत से करने का वचन दिया। लेकिन उसकी नई उपलब्धियों के प्रकाश में हमें उसके प्रथम प्यार रामपुर को

नहीं भूल जाना चाहिए।

''जैसे ही डी.के. का वहाँ से चलने का समय आया, दुर्गा प्रसाद खुद को अनाथ महसूस करने लगा। उसने न जाने कितनों को आते-जाते देखा था लेकिन डी.के. जैसा कोई दूसरा इस जीवन में मिलने की संभावना उसे नहीं रह गई थी। दफ्तर के कर्मचारियों ने डी.के. को भावभीनी विदाई दी। उन्हें कुछ समझ नहीं आ रहा था कि अब वे क्या करेंगे। क्या वे स्वच्छ रामपुर अभियान को जारी रख सकेंगे? रामपुर की जिस नौकरशाही ने पिछले दो वर्ष में चरित्र की जबरदस्त मजबूती का परिचय दिया था, वही अब स्वच्छंद साँस लेने लगी और खूँटे से पूरी नाव की तरह निरुद्देश्य बहने लगी। उनके भविष्य को निश्चित करने का महत्त्वपूर्ण या नाजुक समय भी आ गया था—रामपुर का नया अध्यक्ष। नया प्रमुख अधिकारी यदि चाहता तो डी.के. के पदचिह्नों का अनुसरण कर सकता था क्योंकि एक स्थापित व्यवस्था काम कर रही थी। लेकिन नियति का मनुष्यों के साथ खेलने का एक रोचक तरीका डी.के. के स्थान पर जो अधिकारी आया, वह समझ लीजिए, संत वेश में अंगुलिमाल था। उसने उच्चतम दर्जे की राष्ट्रभक्ति दर्शाने की एक ही भाषा सीखी थी। उस कागज की भाषा जिस पर राष्ट्रपिता की तस्वीर छपी होती है। वह अगर चालाक होता, तब भी उसके अधीनस्थों ने उसे जान-समझ लिया होता, क्योंकि मानव जाति संकेतों की भाषा पढ़ने में अत्यंत चतुर होती है, हालाँकि कभी-कभी हम इसे समझ नहीं पाते हैं और इस तरह रामपुर लौट-फिरकर उसी बिंदु पर पहुँच गया जहाँ से उसकी नई शुरुआत हुई थी। तटस्थ रेखा पर बैठे लोगों ने जैसे ही पाला बदलने का फैसला किया वैसे ही पुलिस बल और कानून के मैदान में उनके पुराने मित्रों ने फिर से हाथ मिलाने में जरा भी समय बरबाद नहीं किया। नया पुलिस प्रधान ईमानदार और निष्कपट होने के बावजूद उनके संयुक्त प्रयासों के मुकाबले में कुछ नहीं था। आखिरकार स्कूल में पहला पाठ यही तो पढ़ाया जाता है कि एकता में शक्ति होती है। अत: समरुचि-संपन्न व्यक्तियों की मजबूत एकजुटता ने ठान लिया कि एकाकी धर्म योद्धा को हर हालत में बहिष्कृत करना है और उसकी जगह ऐसे किसी व्यक्ति को लाना है जो उनका खेल खेलने में प्रवीण हो।

''अत: तुम समझ लो अभि, यह मानव प्रकृति इस संपूर्ण सृष्टि में मौजूद किसी भी वस्तु से कहीं अधिक परिवर्तनशील है। पानी तीन अवस्थाओं के बीच अपना रूप बदल सकता है, लेकिन आदमी कुशलतापूर्वक अनेकानेक अवस्थाओं को पार कर सकता है।''

''लेकिन वी.के., क्या डी.के. ने कभी पता लगाया कि रामपुर का क्या हुआ? मेरा मतलब है, क्या उसने कभी पीछे मुड़कर उसकी तरफ देखा या वह अपनी नई जिम्मेदारियों में इतना तल्लीन हो गया कि रामपुर की कभी याद ही नहीं आई?''

''उसकी उम्र के सभी लोग जिस तरह अपने कार्य में पूर्णतया निमग्न हो जाते हैं, डी.के. को भी शुरू के वर्षों में रामपुर के बारे में सोचने का अधिक समय नहीं मिला। उसे बस इतना ही याद रहा कि रामपुर में काम करना उसके लिए एक अद्‌भुत अनुभव था। शेष आधी कहानी क्या है, इसके बारे में उसे कुछ पता नहीं था। लेकिन जैसा कि मैंने पहले कहा, नियति ताश के पत्तों को फेंटने में उस्ताद है और हमें अप्रत्याशित पत्ते बाँटती है। अतः अब मैं नाटक के दूसरे अंक के बारे में तुम्हें बताता हूँ।'' वी.के. ने अभि से कहा, जबकि उनकी आँखें सुषमा के अबोधगम्य चेहरे पर लगी हुई थीं।

''सेवा से निवृत्त होने के अनेक वर्ष बाद डी.के. को रामपुर के कार्यालय में जाने का मौका मिला। उसके दामाद को उस शहर में एक नौकरी मिल गई थी और उसे अपने बेटे के जन्म प्रमाण-पत्र की एक कॉपी चाहिए थी। एक अत्यंत स्नेही दादा होने के नाते डी.के. ने इस काम का जिम्मा अपने सिर ले लिया। अपने पुराने दफ्तर, अपनी कर्मभूमि, के दर्शन पाने के विचार मात्र से उसका दिल खुश हो गया; क्योंकि उसे यह भरोसा था कि उसने जिस कार्य-संस्कृति को जन्म दिया था, वह संस्कृति समय की मार को सहकर भी अभी तक जीवित होगी। कुछ समय पहले ई-गवर्नेंस के लिए प्रधानमंत्री का पुरस्कार पाने के लिए रामपुर का नाम अखबारों में चर्चा में था। रामपुर ने नागरिकों को कंप्यूटर के जरिए सेवाएँ प्रदान करने का सराहनीय कार्य किया था। डी.के. का सीना तब गर्व से फूल गया जब उसने पाया कि रामपुर में सबसे पहले कंप्यूटर खरीदकर इस क्रांति का बीज उसने ही बोया था। यह सोच उसकी चाल में जवानों जैसी अकड़ आ गई और इस इठलाहट के साथ ही डी.के. ने रामपुर के दफ्तर में प्रवेश किया। लेकिन जब किसी गैर-सरकारी सुरक्षा कंपनी का तमगा लगी वर्दी पहने संतरी ने उसे रोका तो उसके अभिमान को गहरी चोट लगी।

''आपको अंदर जाने की इजाजत नहीं है।''

''लेकिन मुझे जन्म प्रमाण-पत्र की कॉपी लेनी है।''

''वृद्ध पुरुष, क्या आपको उस कोने में वह छतरी (कीऑस्क) नजर नहीं आ रही है? वहाँ जाकर एक ऑनलाइन फॉर्म भरें।''

जोश पर कुछ ठंडा पानी पड़ जाने के बावजूद आशावादी बने रहकर डी.के. टच-स्क्रीन कीऑस्क के सामने कतार में खड़ा हो गया। जब उसकी बारी आई तब उसने जन्म प्रमाण-पत्र की एक प्रति प्राप्त करने के लिए आवेदन भर दिया। उसके बदले में एक रसीद निकली जिसमें सूचित किया गया था कि 'सात कार्य-दिवस के अंदर आपकी माँग पर अपेक्षित काररवाई पूरी हो जाएगी।' इस सूचना पर डी.के. को अच्छा महसूस हुआ और वह चमकता चेहरा लिये घर लौट आया। उसने सप्ताह समाप्त होने का उत्सुकता से इंतजार किया। निश्चित तिथि को डी.के. जल्दी उठ गया और ऑफिस

पहुँच गया। लेकिन उसे यह जानकर हैरानी हुई कि उसका आवेदन कोई भी कारण बताए बिना अस्वीकृत कर दिया गया है। काउंटर पर बैठी लड़की ने क्षमा माँगते हुए स्पष्ट किया कि वह केवल अग्र-कार्यालय (फ्रंट ऑफिस) है। पश्च-कार्यालय (बैक-ऑफिस) ने आवेदन पर विचार किया था और उसके अनुरोध को अनुपालन के योग्य नहीं पाया। अनुपयुक्त! क्या उसे अपने पौत्र के जन्म प्रमाण-पत्र की कॉपी प्राप्त करने के लिए उपयुक्तता जाँच से गुजरना होगा? क्या उन्होंने इस बात को समझा कि उसे स्कूल में बच्चे का दाखिला कराने के लिए अन्य औपचारिकताओं को भी पूरा करना है और यह सात कार्य-दिवस का विलंब अस्वीकार्य अर्थात् नामंजूर है? वह कमसिन लड़की रुआँसी हो आई। डी.के. के पास चुप कर जाने के अलावा कोई विकल्प नहीं बचा।

''फिर भी, डी.के. इतनी आसानी से हार मानने वाला नहीं था। थोड़ा सा प्रयास करके उसने दुर्गा प्रसाद को ढूँढ़ निकाला। दुर्गा प्रसाद ने जीवन में काफी तरक्की कर ली थी। निचले पदों पर रहने के बावजूद उसने अपनी बुद्धि का अच्छा इस्तेमाल किया था। जब वे तीन दशक के बाद पहली बार मिले, दुर्गा प्रसाद रो पड़ा। उसने डी.के. को बताया कि उसने लंबे समय तक उसके यानी डी.के. के विचारों के प्रति वफादार रहने का प्रयत्न किया। लेकिन फिर दफ्तर की कुर्सी के प्रति वफादारी पहले स्थान पर आ गई। अतः दुर्गा प्रसाद फिर उसी काम पर लौट गया था, जिस काम में माहिर था—कार्यालय प्रमुख की सेवा। अब वह रिटायर हो चुका था और कुर्सी की जंजीरों से मुक्त था। एक पुराने स्वामी को सामने देखकर उसकी खुशी का ठिकाना नहीं रहा। क्या! उसके पुराने मालिक को जन्म प्रमाण-पत्र की कॉपी चाहिए? यह काम दुर्गा प्रसाद की क्षमताओं के योग्य नहीं था फिर भी वह पुराने बॉस की खातिर अवश्य करेगा। एक संपर्क साधा गया और प्रमाण-पत्रों की प्रतियाँ जारी करने के प्रभारी पदाधिकारी के पास पहुँचने में कामयाबी मिल गई। डी.के. के ड्राइंग-रूम में एक बैठक का आयोजन किया गया, जहाँ उस पदाधिकारी ने कुछ रोचक घरेलू सच्चाइयों की जानकारी दी। डी.के. को जन्म प्रमाण-पत्र की प्रति इसलिए नहीं मिली, क्योंकि उसने स्टेट रेड क्रॉस फंड, राइफल क्लब और भूकंप पीड़ित राहत निधि में उपभोक्ता शुल्क और अंशदान का भुगतान नहीं किया है। यह राशि कुल मिलाकर 5 हजार रुपए बनती थी, जिसका हिसाब लगा लिया गया था।

''इस पर, सामान्यतः संयमशील दुर्गा प्रसाद जोर से फुफकारा और कई लाख के उन दीपावली उपहारों का जिक्र किया, जो इस प्रकार जमा की गई रकम तथा अन्य विविध निधियों से कार्यालय अध्यक्ष एवं उसके स्टाफ के लिए खरीदे गए थे। बात केवल इतनी थी कि उन्हें उपहार के रूप में नहीं बल्कि अनिवार्य खरीद के रूप में दर्ज

किया गया था, जैसे कि विधवाओं के लिए सिलाई मशीनें या बेरोजगार युवाओं के लिए मिक्सर ग्राइंडर। पीड़ितों के लिए रेफ्रिजरेटरों तथा एयर कंडीशनरों की खरीद हेतु दान देना भी सामान्य बात थी। 'इस हिसाब से तो गंदी बस्तियों में रहनेवालों की छप्परबंद झोंपड़ियों में बढ़िया से बढ़िया फर्नीचर तथा उपकरण होने चाहिए।' उसने चिल्लाकर कहा। वह पदाधिकारी निर्लज्ज था। उसने बेशर्मी से कहा कि वे एक ऐसी व्यवस्था को प्रोत्साहन दे रहे हैं, जहाँ व्यक्तिगत भलाई की अपेक्षा सामूहिक भलाई को सर्वोपरि माना जाता है। तथापि दुर्गा प्रसाद ने उसे वैयक्तिक लाभ की अच्छाइयों का वास्ता देकर राजी कर लिया और सिर्फ 500 रुपए में अत्यापेक्षित प्रमाण-पत्र हासिल करने में कामयाब हो गया; 500 रुपए उसने पदाधिकारी की जेब में डाल दिए। पदाधिकारी की नजर में यह अपमानजनक था लेकिन फिर भी वह दुर्गा के साथ उसके विगत संबंध का मान रखने के लिए इस बार मान गया।''

''वी.के., आप जो कहानियाँ सुनाते हैं, उनमें से अधिकतर आत्मकथाओं जैसी होती हैं। इस कहानी में मैं आपकी मौजूदगी को सूँघ सकता हूँ। आप ही डी.के. हैं; बताइए, हैं कि नहीं?''

''मुझे खुशी है, कुछ ग्रे-मैटर, कुछ दिमाग तुम्हें विरासत में मिला है। लेकिन यदि तुम्हें याद हो,'' वी.के. अपनी आँख में एक चमक लिये यहाँ क्षण भर रुके, ''तुम्हें स्कूल में भर्ती होने में कभी किसी कठिनाई का सामना नहीं करना पड़ा। तुम अपने ग्रैंप्स (ग्रैंड पा) को दूरदर्शी होने का कुछ अधिक श्रेय दे सकते हो। मैंने तुम्हारे सभी सर्टिफिकेट बहुत पहले बनवा लिये थे।''

''तब.....कौन?''

अपने पौत्र के सामने नीचे झुककर सलाम करते हुए वी.के. मुसकराए।

''आपकी सेवा में, दुर्गा प्रसाद''

□

10

खट्टा-मीठा

"माँ, मुझे एक लॉलीपॉप चाहिए।"

सिंगा का रोना सुनकर सोमवारी साँस लेने के लिए क्षण भर रुक गई और उसने पति द्वारा भेंट किए गए पीतल के उस चमकते पात्र में पकते चावलों को चलाना बंद कर दिया। कभी न सुधरनेवाला मूर्ख! बेवकूफ ने इतना भी नहीं सोचा कि सर्दी जल्दी आ रही है तो सिंगा के लिए एक स्वेटर ही खरीद लाए। बस अपनी मरजी से बाजार जाकर सप्ताह भर की कमाई से पीतल का बरतन खरीद लाया। उनके गाँव में पीतल के बरतन घर में होना सुख-साधनों का प्रतीक माना जाता था जबकि वे ऐसी वस्तुओं को खरीदने की स्थिति में नहीं थे। जैसे ही उसने चमकती काली आँखों और चिकने घने बालोंवाले सिंगा को देखा सोमवारी का दिल सिकुड़कर रह गया। काश, वह उसकी सभी माँगों को पूरा कर सकती। इस उत्कट इच्छा के बावजूद वह अपना बटुआ खाली देखकर दिल मसोसकर रह जाती। उसने धीरे से फिर अपने पति को कोसा। अगर वह ग्राम पंचायत कार्यालयों में एक चपरासी के पद पर अपनी नौकरी में टिका रह सके—तो जिंदगी बहुत आसान हो जाएगी। उसने मन-ही-मन में इस नौकरी के फायदों का हिसाब लगा लिया यानी एक अच्छा वेतन, चावल, चीनी और मिट्टी का तेल, जो वह सार्वजनिक वितरण दुकान से बोतल में निकालकर ला सकता है। इसके अलावा उन ठेकेदारों की मदद करने के बदले मिलनेवाली छोटी-मोटी नकद राशि जो पंचायत के चावल या सीमेंट के कोटे की कालाबाजारी करना चाहते हैं। कुल मिलाकर ऐसी नौकरी पानेवाले राजसी ठाट में रहते हैं। लेकिन यह शराबी एक सप्ताह से ज्यादा अपनी नौकरी नहीं बचा पाएगा। पिछले छह महीनों से हर सप्ताह उसके जाने का डर सिर पर मँडराता रहता है। अब तक उसकी नौकरी सिर्फ इसलिए बची रही क्योंकि सरपंच उसके चाचा का बेटा है और वह उसकी गलतियों पर परदा डालता रहा। उसकी मदद

के बिना उनका चूल्हा बहुत पहले ठंडा पड़ गया होता। लेकिन उसे संदेह था कि यह स्थिति काफी लंबे समय तक चल सकती है। जो भी हो उसके हाथ में कुछ नहीं था। प्रत्येक की अपनी नियति होती है और कुछ चीजों को भाग्य पर ही छोड़ देना चाहिए।

"थोड़ा पखल लो और स्कूल जाओ।" सोमवारी ने छह साल के सिंगा को पुचकारा और अपने बरतन से पखल का एक बड़ा हिस्सा निकालकर उसे दे दिया।

अचानक बाहर हलचल हुई। सिंगा अपना खोल छोड़कर अपनी छोटी-छोटी टाँगों पर बाहर दौड़ गया। सोमवारी भी उसके पीछे-पीछे दरवाजे तक चली गई जो एक साधारण लकड़ी का तख्ता था और उसपर रंग-बिरंगी चित्रकारी थी। उसका मानना था कि दरवाजे पर बने ये पशु-पक्षियों के चित्र प्रेतात्माओं को दूर रखेंगे तथा खुशहाली के दूतों को अंदर आने देंगे। वह दरवाजे की आड़ में खड़ी हो गई एक चौकन्नी हरिणी की तरह—जरा भी खतरा होने पर शरण्य-क्षेत्र में कूदने को तैयार। कुछ आधिकारिक सरकारी पदाधिकारियों की तेज-तेज आवाजें उसके घर के पास आने लगीं। सोमवारी ने दरवाजे से बाहर झाँककर देखा—ऊँचे कद का, अच्छी पोशाक पहने एक भद्र पुरुष स्थानीय प्रखंड विकास कार्यालय के कर्मचारियों तथा सरपंच से घिरा हुआ एक समूह के बीच खड़ा था। उस घेरे के बाहर एक और घेरा बनाकर गाँव के लोग खड़े हुए थे। वे नई बनी सीमेंट की सड़क की जाँच कर रहे थे जो गाँव के बीचोबीच होकर निकलती थी। सोमवारी जहाँ खड़ी थी वहाँ से उसे कुछ पल्ले नहीं पड़ रहा था कि वे क्या बातें कर रहे हैं। लेकिन वह इतना अवश्य समझ गई कि सरपंच तथा अन्य पदाधिकारी उत्सुकतापूर्वक उस लंबे आदमी को गाँव के सबसे बढ़िया हिस्सों को दिखाने की कोशिश कर रहे हैं।

वह समूह गाँव के स्कूल तक पहुँच गया। अध्यापक की अनुपस्थिति में बच्चे अपनी कक्षा के बाहर खेल रहे थे। सोमवारी ने उस लंबे आदमी को मुसकराकर कुछ बच्चों की पीठ थपथपाते देखा। फिर उसने बच्चों से कुछ पूछा। यह देखकर सोमवारी का सीना खुशी से फूल गया कि सिंगा ने आगे बढ़कर जवाब दिया और उसके शब्दों को सुनकर पूरे समूह की हँसी छूट गई।

तत्पश्चात् वे लोग आगे चले गए और आँख से ओझल हो गए। सोमवारी समझ गई कि वे सब पंचायत कार्यालय की तरफ गए हैं। उसने ईश्वर से प्रार्थना की कि उसका शराबी पति आज अपने होश-हवास में होना चाहिए।

दिन का खाना बना चुकने के बाद वह अपने बरामदे में बैठ गई। अपनी सुडौल टाँगों के साथ दीवार के सहारे आधी पालथी मारे बैठी सोमवारी की मुद्रा एक लुभावने चित्र जैसी लग रही थी। बादामी रंग की मिट्टी की दीवारों पर सफेद और लाल रंग से विविध आकृतियाँ बनी हुई थीं, जो प्रस्तुत दृश्य की सुंदरता में चार चाँद लगा रहे थे।

उसने अपने लंबे बालों को सिर के एक तरफ एक मोटी चोटी में गूँथा हुआ था और चोटी में उसने चमकीले पिन लगाए हुए थे ताकि चोटी खुले नहीं। उसके समुदाय में इसी प्रकार बाल बनाने का चलन था और वह उसी परिपाटी को निभा रही थी। इसकी उपयोगिता या उसकी सूरत-शक्ल के साथ उसकी साम्यता के बारे में उसने कभी सोचा ही नहीं।

सर्दियों के आते ही उसे खाद्यान्न जमा करने की चिंता हो गई। उसने पहाड़ की तराई में अपने हिस्से की जमीन के टुकड़े पर खुद ही उगाई हुई फलियों में से कुछ पकी फलियों को छीलना शुरू कर दिया। काम करते-करते उसने एक छोटा सा लड्डू मुँह में भर लिया। इमली, नमक, गुड़ तथा मिर्च की चटनी मिलाकर बनी इस गोली को शहर निवासी 'लेमनचूस' कहते। सोमवारी तथा उसकी जात-बिरादरी के लोगों के लिए यह एक तरह की चुसकी थी जिसे वे हाट-बाजार के लिए लंबा रास्ता तय करके जाते-आते या खेत में काम करने के दौरान मुँह में चूसते रहते थे और इस गोली का चटपटा स्वाद उनका ध्यान थकावट की ओर नहीं जाने देता था। सोमवारी इस गोली के तीखे-मीठे रसीले स्वाद का आनंद उठाते हुए जिंदगी में आए उतार-चढ़ाव से संबंधित एक गीत गुनगुना रही थी जिसे उसने अनेक वर्ष पहले अपनी मौसी से सीखा था।

आम्रवृक्ष की छाया लंबी पड़ने के साथ ही वह बहुरंगा समूह उसी रास्ते की ओर वापस चल पड़ा जहाँ उनकी गाड़ियाँ खड़ी हुई थीं। सोमवारी अपना काम छोड़कर यह देखने तथा टोह लेने का प्रयास करने लगी कि आखिर हो क्या रहा है। लंबा आदमी बहुत खुश नहीं लग रहा था। दूसरे लोग चिंतित नजर आ रहे थे और सरपंच के चेहरे से लग रहा था जैसे उसने कोई भूत देख लिया हो। सोमवारी समझ गई कि जो भी हुआ है कुछ ठीक नहीं हुआ है। किसी विपत्ति की आशंका से वह अपने बरामदे में सिमटकर बैठ गई। लेकिन वह जन-समूह उसपर दुबारा एक नजर डाले बिना ही आगे बढ़ गया।

सोमवारी उस गोली का खट्टा-मीठा रस चूसते हुए इंतजार में बैठी रही। उसका धैर्य तब फलीभूत हुआ जब उसके पड़ोसी पेटी ने आकर उसे पंचायत कार्यालय चलने का संकेत किया।

पेटी एक छोटा-मोटा ठेकेदार था जो पंचायत और प्रखंड अर्थात् ब्लॉक के लिए छिटपुट काम लिया करता था। वह वैसे तो एक अच्छा आदमी था पर कभी-कभी शराब ज्यादा पी लेता था। शराब पीकर गाँववालों से लड़ पड़ता था और कभी-कभी अपनी पत्नी के साथ मारपीट कर बैठता था। ऐसे अवसरों पर गाँव की औरतें उससे दूर रहती थीं। तथापि उसकी पत्नी मणि जब उसकी अच्छी ठुकाई कर देती तब सब ठीक हो जाता था। आज वह गंभीर लग रहा था और इसी कारण सोमवारी उसके पीछे सरपंच कार्यालय के लिए चल पड़ी। वहाँ पहुँचकर उसने जो देखा तो उसे अपनी आँखों पर

विश्वास नहीं हुआ। उसका पति पानी में ऊपर से नीचे तक बुरी तरह भीगा हुआ दोनों हाथों में अपना सिर पकड़े बैठा था। उसका नशा उतारने के लिए किसी ने उसपर पानी डाल दिया था। उसे पंचायत चपरासी की नौकरी से निकाल दिया गया था। इस बार सरपंच भी उसे बचा नहीं पाया। बदइंतजामी के लिए पुलिस द्वारा गिरफ्तार किए जाने का खतरा ऊपर से था।

जैसे ही सोमवारी को खयाल आया कि अब वह अपना घर कैसे चलाएगी, सिंगा खुशी से कूदते हुए आ गया।

''माँ, मुझे लॉलीपॉप मिल गया। बड़ा साहब सारी मिठाई हमें दे गया!''

□

11

केस नं. 33/08

वह एक स्थिर, खामोश व गहरा कुंड था जो अपनी शीतलता की थाह लेने के लिए आपको न्यौता देता हुआ प्रतीत होता था। यह बात अलग है कि जब आप उसकी गहराई नापने लगें तो खुद को भयंकरतम और अत्यंत घृणित रहस्यों के दलदल में फँसा हुआ पाएँ। मण्यमगिरि में आपका स्वागत है। राष्ट्रीय पुलिस अकादमी में पावन प्रवेश द्वार से निकलते ही भारतीय पुलिस सेवा की नूतन सदस्या शांभवी सिन्हा को कुचक्र एवं षड्यंत्र के इस मल-कुंड में बेखबर, किसी चेतावनी के बिना, निहत्थे दाखिल होना पड़ा। एक नवागत के रूप में उसने लहरदार पहाड़ियों को देखा, जर्रा-जर्रा वनस्पति की हरियाली या सुनहले फूलों से भरा हुआ आकाश स्वच्छ व नीला तथा प्रदूषण-रहित वायु। शहर में पली-बढ़ी लड़की के लिए यह एक सुखद परिवर्तन एवं अनुभव था। कई वर्ष बीत जाने के बाद मण्यमगिरि के अँधियारे पक्ष से तो बाद में परिचय हुआ और तब उसने जाना कि मण्यमगिरि में उसके तीन माह के कार्यकाल ने एक ऐसी अमिट छाप छोड़ी थी जो उसके पैंतीस साल के वृत्तिक जीवन की दिशा निर्धारित करने में बहुत कारगर सिद्ध हुई।

फिलहाल यह उसकी पहली तैनाती अर्थात् पहली पोस्टिंग थी जहाँ उसका वास्तविक दुनिया से पाला पड़ेगा। जहाँ उसे पुलिस प्रशासन और कानून प्रवर्तन की प्रवृत्तियों को समझने का अवसर मिलेगा, जहाँ उसे तथ्यों के बजाय सहज बुद्धि के साथ चलना सीखना होगा और इन सब बातों के ऊपर जहाँ उसे समापन समारोह (पासिंग आउट परेड) के दिन ली गई इस शपथ का पालन करना होगा—'दुर्बल की रक्षा करना तथा गरीब-से-गरीब की सेवा करना।' किंतु यह सब बाद में आएगा। आज तो शांभवी सिन्हा अपनी कड़क खाकी वर्दी पहनकर एक महत्त्वपूर्ण कार्य से अपनी सरकारी महिंद्रा जीप में सवार होकर 'आशा ज्योति' की तरफ दौड़ी जा रही थी।

शांभवी ने दो माह पहले ए.एस.पी. (असिस्टेंट सुपरिंटेंडेंट ऑफ पुलिस) की हैसियत से कार्यभार ग्रहण किया था। उसे केस नं. 33/08 की याद आ गई जो उसे सौंपा गया पहला केस था। यह केस एस.पी. के ऑफिस में पड़ा हुआ था। उसके बॉस मोहित नाथ ने उसे एक फाइल थमाई जिसके बादामी कवर पर लाल स्याही में बड़े-बड़े अक्षरों में 'गोपनीय' लिखा हुआ था। अपने सीमित अनुभव में ही शांभवी ने समझ लिया था कि सरकार में कुछ भी गोपनीय नहीं होता है और सारी खबर बाहर निकल जाती है। फिर भी जब आपका बड़ा साहब 'गोपनीय' लिखा हुआ कोई दस्तावेज आपको सौंपता है तब यह सुनिश्चित करना आपका कर्तव्य हो जाता है कि मामला बिल्कुल ठंडा पड़ जाने तक कोई भी बात बाहर न जाने पाए। इस आवश्यक सीख को भली प्रकार गाँठ बाँधकर शांभवी ने धैर्य के साथ आदेशों का इंतजार किया।

"मैं चाहता हूँ कि आप वैयक्तिक रूप से इस मामले की जाँच करें। जो कुछ भी निकलकर आए, उसके बारे में मुझे सूचित करती रहें। और हाँ, ध्यान रहे, यह बहुत ही महत्त्वपूर्ण और नाजुक मामला है जिसकी निगरानी जिस व्यक्ति द्वारा...." मोहित ने अपना सिर झटककर ऊपर की ओर देखा। इस संकेत भाषा का कोई अनुभव न होने के कारण शांभवी इतना ही अनुमान लगा सकी कि उसका इशारा डी.आइ.जी. या आइ.जी. या शायद पुलिस मुख्यालय की ओर हो सकता है।

शांभवी को जहाँ अब रहना था उस अंधे कुंड के शक्तिशाली दायरों में उसकी दीक्षा इस प्रकार आरंभ हुई।

शुरू-शुरू में यह एक सीधा-सपाट केस प्रतीत हो रहा था। एक महिला ने यौन शोषण तथा परेशान किए जाने की शिकायत दर्ज कराई थी। कोई असामान्य बात नहीं थी। इतना जरूर है कि जिस व्यक्ति पर आरोप लगाया गया था, वह था राजवीर सिंह मण्यमगिरि का जिला मजिस्ट्रेट, एक युवा एवं तेजस्वी अधिकारी। राजवीर ने भीतरी सांप्रदायिक रूप से संवेदनशील जिले में अपने काम की वजह से राज्य में अपने लिए ख्याति अर्जित की थी। कठोरतम परिस्थितियों में भी उसने साहसिक दृष्टिकोण का परिचय दिया था और सभी पक्षों के प्रति निष्पक्षता का बरताव करने की उसकी योग्यता जग-जाहिर थी। मण्यमगिरि में भिन्न-भिन्न अल्पसंख्यक समुदायों के बीच वह काफी लोकप्रिय था। इस प्रकार के अपराध को उसके नाम से जोड़कर देखना कुछ ठीक नहीं लगता था। तथापि जीवन में इतना आसान कुछ नहीं है, जितना आसान वह प्रतीत होता है। शांभवी को यह पुरानी कहावत बहुत सच लग रही थी।

संदर्भित मामले पर दो माह तक काम करने के बाद शांभवी को समझ में आया कि मोहित ने वह फाइल उसे क्यों सौंपी थी। शिकायतकर्ता सूसन 26 साल की एक प्राइमरी स्कूल टीचर थी। उसका कहना था कि राजवीर से उसकी भेंट वर्ष 2005 में हुई

और फिर जल्दी ही उन दोनों के बीच यौन संबंध स्थापित हो गए। शांभवी की प्रारंभिक प्रतिक्रिया के अनुसार विशेषकर सुंदर, आकर्षक एवं असंतुष्ट सरकारी कर्मचारियों द्वारा इस प्रकार के दोषारोपण करना बड़ी सामान्य बात हो गई थी। फिर भी वर्ष 2005 और 2007 के बीच राजवीर की सिफारिश पर सूसन के भाई को एक सरकारी कार्यालय में नौकरी दे दी गई थी। इसके साथ ही राजवीर ने कुछेक नियमों में हेरा-फेरी करके एक एन.जी.ओ. (गैर-सरकारी संगठन) को 55 लाख रुपए का अनुदान दिलाया था। उस एन.जी.ओ. के कर्ता-धर्ता सूसन के पिता थे।

सुखधाम में समस्या की शुरुआत फरवरी 2008 में हुई जब सूसन को शानदार विवाह के बड़े-बड़े सपने आने लगे। राजवीर ने उसके सपनों को हँसी में उड़ा दिया। उसने पोल खोल देने की धमकी दे डाली। बेफिक्र राजवीर को पता था कि उसकी प्रतिष्ठा उसे बचा लेगी। सूसन ने दावा किया कि उसके पास उन दोनों के बीच संबंध का अकाट्य सबूत है। यहाँ कहानी में एक गहरी दरार थी—क्या था वह अकाट्य सबूत? राजवीर किस बात से इस कदर हिल गया कि उसने सूसन को, जैसा कि सूसन का दावा था, एक अनाथालय में काल कोठरी में डाल दिया? लड़की के मददगार कौन थे? किन लोगों ने निकल भागने में उसकी मदद की और तब से किसने उसे छिपाकर रखा हुआ था?

एक खूबसूरत अपहृत महिला की कहानी मीडिया की कल्पना-शक्ति की पकड़ में आ गई। वह एक ईसाई लड़की थी, इस खबर ने किस्से को और मसालेदार बना दिया। कुछ सप्ताह तक अखबारों का मुखपृष्ठ उनके संबंधों की चटपटी खबरों से भरा रहा और तरह-तरह की अटकलें लगाई जाती रहीं। कुछ लोगों ने एक सम्मानजनक समझौते और विवाह की भविष्यवाणी कर दी। दूसरों ने एक लालची सत्ता-लोभी अवसरवादी की कहानियों को मानने से इंकार कर दिया। राजवीर सिंह ने कोई टिप्पणी देने से मना कर दिया, सिर्फ इतना ही कहा कि ऐसे ओहदों पर रहते हुए इस प्रकार के जोखिमों से वास्ता पड़ना कोई अनहोनी बात नहीं है और वह इस मामले में किसी भी कोर्ट-कचहरी और जाँच-पड़ताल का सामना करने के लिए तैयार है। उसकी चट्टान जैसी मजबूत प्रतिष्ठा के चलते उसका पक्ष-समर्थन करनेवाले अधिक थे। उसके पास ताकत का इस्तेमाल करनेवालों की भी कमी नहीं थी। जैसाकि ऐसे सभी मामलों में आमतौर पर होता है, धीरे-धीरे यह मामला भी ठंडा पड़ गया। उसके गृह नगर से एक लड़की के साथ उसका विवाह हो जाने के कारण भी लोगों की शंकाओं को मिटाने में मदद मिली। लोगों ने फैसला कर लिया कि इस मामले में आग उतनी नहीं थी, जितना धुआँ उठा था।

फिर तीन माह बीत जाने के बाद पीड़िता दुबारा सामने आ गई। शांभवी के विचार

में यह मामले को जिंदा बनाए रखने की एक सोची-समझी चाल थी। जून 2008 में सूसन कोई चेतावनी दिए बिना छिपाव से बाहर आ गई। उसने महिलाओं के अधिकारों के लिए काम करनेवाले एक धर्मार्थ संगठन 'आशा ज्योति' की मदद से एक प्रेस कॉन्फ्रेंस करके मामले का संक्षिप्त ब्योरा पेश किया। उसने राजवीर के खिलाफ धोखाधड़ी, जबरन कैद, आपराधिक यंत्रणा और यौन शोषण का आरोप लगाते हुए मोहित के पास एक औपचारिक शिकायत दर्ज कराई। कड़ाह को तेज गरम करने के बाद वह कहाँ गायब हो गई, कुछ पता नहीं चला। समाचार-पत्र पागल हो गए। मोहित ने शांभवी को यह मामला जल्द-से-जल्द निपटाने का आदेश दिया। मामला एक महिला आइ.पी.एस. अधिकारी को सौंपकर उसने आलोचकों का मुँह बंद करा दिया था।

हालाँकि शांभवी को उस मामले की हर तफ्सील की पूरी जानकारी थी। फिर भी यह उसे कहीं छू नहीं रहा था। सूसन से वह केवल एक बार बड़ी मुश्किल के बाद आशा ज्योति की इंचार्ज रेबेका के माध्यम से मिली थी।

उस संक्षिप्त मुलाकात में वह उस लड़की के बारे में कोई राय नहीं बना पाई थी। हालाँकि सहज बुद्धि से काम करने के लिए राय बनाना आवश्यक था। उसने सूसन के साथ मामले पर नए सिरे से विचार किया; लेकिन सूसन ने कुछ और बताने से मना कर दिया। जब शांभवी ने कहा कि घटनाओं के बारे में किसी व्यक्ति के अपने वर्णन तथा पारिस्थितिक साक्ष्य के आधार पर एक मजबूत केस नहीं बनाया जा सकता है, सूसन ने दावा किया कि उसके पास ठोस साक्ष्य एवं ऐसा पक्का सबूत है जो किसी भी जाँच में खरा साबित होगा। फिर वह चुप हो गई।

पिछले तीन सप्ताह से शांभवी फोन पर सूसन से संपर्क करने और उसे यह समझाने की कोशिश में लगी हुई थी कि उसे सब कुछ साफ-साफ बता देना चाहिए। अंततः सूसन नरम पड़ गई और उसे यानी शांभवी को यह नाजुक एवं अत्यंत महत्त्वपूर्ण सूचना देने के लिए राजी हो गई। शांभवी पहेली की उसी अंतिम कड़ी को जोड़नेवाली आवश्यक सूचना लेने के लिए 'आशा ज्योति' की तरफ तेजी से जा रही थी।

उसे तब निराशा हुई जब सूसन के बजाय उसने 'आशा ज्योति' में रेबेका को पाया। रेबेका ने एक पतला बादामी रंग का लिफाफा उसे दिया—''वह ईश्वर के घर में सुरक्षित है, लेकिन बाहर उसके जीवन को खतरा है। उसने मुझे यह लिफाफा तुम्हें देने के लिए दिया है। इसमें सारे जवाब मौजूद हैं।''

शांभवी मुश्किल से अपने आवेश को नियंत्रित कर सकी। वह लौट आई और अपने दफ्तर के सुरक्षित कमरे में बैठकर उसने सावधानी से उस लिफाफे को खोला। उसमें केवल दो कागज थे—एक उसके लिए हस्तलिखित नोट था और दूसरा कोई रिपोर्ट जैसा लग रहा था। उसने रिपोर्ट पर ध्यान दिया—यह एक डी.एन.ए. विश्लेषण

था। सूसन ने बहुत संक्षेप में लिखा था—उसके पेट में राजवीर का बच्चा है। आरंभ में राजवीर यह बात स्वीकार करना नहीं चाहता था कि यह बच्चा उसका है और इसी कारण उसने यह डी.एन.ए. टेस्ट कराया था। यह वही रिपोर्ट थी। शांभवी को आश्चर्य हुआ कि राजवीर ने यह रिपोर्ट सूसन के हाथों में क्यों पड़ने दी। वह समझ गई कि उसके हाथ में आई यह रिपोर्ट सिर्फ एक कागज का टुकड़ा नहीं है बल्कि खुद सूसन, उसके अजन्मे बच्चे और राजवीर सिंह का भी जीवन व भविष्य उससे जुड़ा है। सूसन ने मूल रिपोर्ट भेजकर साबित कर दिया था कि उसे शांभवी पर कितना अधिक भरोसा है। उसके भोलेपन को देखकर शांभवी को उसकी सुरक्षा की चिंता होने लगी। वह एक खतरनाक खेल खेल रही थी और उसे और भी अधिक मजबूत होने की जरूरत थी। शांभवी ने पक्के मन से तय कर लिया कि वह राजवीर का असली चेहरा सामने लाने में उसकी मदद करेगी। सूसन को न्याय मिलना ही चाहिए।

मामला अत्यधिक नाजुक था और इसी कारण शांभवी उसपर अकेले काम कर रही थी। उसने जाँच के लिए जल्दी से एक नोट बनाया और इस अंतिम महत्त्वपूर्ण दस्तावेज को उसके साथ जोड़ दिया। एहतियात के तौर पर उसने पूरे केस के रिकॉर्ड की प्रतिलिपियाँ बनाईं और उन्हें अपने दफ्तर में सुरक्षित रख दिया। फिर वह उस केस से संबंधित सारे मूल दस्तावेज लेकर मोहित के दफ्तर में गई।

मोहित ने बड़े धैर्य एवं शांति से उसकी बात सुनी। उसने केस के रिकॉर्ड और विशेषकर डी.एन.ए. रिपोर्ट पर एक कड़ी नजर डाली। अंत में मोहित ने उसे एक कुटिल व मनहूस मुसकान दी।

"अत्युत्तम, बहुत खूब! क्या इन सब कागजात की कॉपी रखी है तुमने?"

उसे कुछ भान हुआ कि इसका जवाब वह पहले से जानता है। शांभवी अपने बॉस से झूठ नहीं बोलना चाहती थी इसलिए उसने टाल-मटोल करते हुए पूछा, "क्या मुझे कॉपी रख लेनी चाहिए?"

"मैंने सोचा, पुलिस अकादमी में वे ऐसी बातें सिखाते हैं। खैर, रिकॉर्ड के लिए तुम्हें एक कॉपी हमेशा अपने पास रखनी चाहिए। और अब खुद उस शैतान राजवीर ने हम सबको डिनर के लिए अपने यहाँ बुलाया है। मेरे होंठ सिले हुए हैं, हालाँकि वह हमें बुरी तरह कुरेदने से छोड़ेगा नहीं।" मोहित ने केस रिकॉर्ड की फाइल मेज पर पटकी और उसे वहाँ से जाने की मुद्रा में सिर हिलाया।

शांभवी ने उसके ऑफिस से निकलकर अपने मन की बेचैनी को शांत करने की चेष्टा की। मोहित तत्काल पुलिस मुख्यालय को सूचित क्यों नहीं कर रहा था? उसने तो इस मामले को अत्यधिक संवेदनशील बताया था। फिर भी वह उसके द्वारा की गई जाँच के निष्कर्षों को गंभीरता से नहीं ले रहा था। शांभवी को नहीं पता कि उसने क्या अपेक्षा

की थी लेकिन कुछ खटक रहा था। शायद वह ईर्ष्यालु हो रही थी, कुछ गुप्त अभिप्रायों के बारे में सोच रही थी; जबकि ऐसा कोई कारण नहीं था। उसे अपने बॉस पर यकीन करना चाहिए था। अधिकारी तंत्र इसी तरह काम करता है अन्यथा सारी व्यवस्था ढह जाएगी।

□

शांभवी उस पार्टी में जरा देर से पहुँची। वह मण्यमगिरि के छोटे से बाजार में अपने लिए सप्ताह भर की आवश्यक चीजें—दाल-मसाले, चावल इत्यादि खरीदने के लिए रुक गई थी। जब वह डी.एम. के घर पहुँची तो वहाँ उसकी पत्नी सीमा ने उसका स्वागत किया। सीमा एक पारंपरिक भारतीय सुंदरी थी—एकदम गोरी और हिरणी जैसी आँखें। आदर-सत्कार करनेवाले से गर्म जोशी से मिलने के बाद शांभवी रोशनी में जगमगाते लॉन का चक्कर काटते हुए आगे बढ़ गई। चलते हुए वह यूँ ही सोचने लगी कि क्या राजवीर की पत्नी को इस पूरे घिनौने मामले के बारे में कुछ भी भनक नहीं लगी होगी? राजवीर की शादी को अभी कुछ महीने ही हुए थे। अगर वह सूसन के केस में बच गया तो वह दुबारा वही सब करने का दु:साहस कर सकता है या यह भी हो सकता है कि वह अधिक सावधानी बरतने लगे। जिस तरफ से भी देखें पर पत्नियों को अपने पतियों की असावधानियों के बारे में हमेशा पता होता है। शांभवी को इस सुंदर स्त्री के प्रति दया की अनुभूति हुई जिसका विवाह एक ऐसे आदमी के साथ हुआ है जो सत्ता के सभी आभूषणों से सज्जित है किंतु जिसके पास आत्मा नाम की कोई चीज नहीं है।

वह उस समय बोतल ब्रश पेड़ के साए में खड़ी थी जब उसने मोहित और राजवीर को राजवीर के कैंप ऑफिस से बाहर आते हुए देखा। क्या यह उसकी अत्यधिक सक्रिय कल्पना थी या राजवीर कुछ बेचैन, विक्षुब्ध लग रहा था? नहीं, इस संबंध में उसे मोहित पर विश्वास करना होगा।

पार्टी समाप्त होने का नाम नहीं ले रही थी और उसके चलते रहने का कोई उद्देश्य भी नहीं था। रात 11:53 बजे शांभवी का फोन बजा—रेबेका चीख रही थी, ‘‘मैडम, कुछ गुंडों ने चर्च को घेर लिया है। वे चर्च को जला डालने की धमकी दे रहे हैं। वे सूसन को खोज रहे हैं। कृपया कुछ कीजिए।’’

‘‘शांत हो जाओ, रेबेका। मैं किसी को बहुत जल्दी भेज रही हूँ।’’

शांभवी कुछ और कह पाती या पूछती, उससे पहले ही लाइन कट गई।

खुद को शांत रखना तो दूर, शांभवी अपनी जीप में तुरंत पुलिस कंट्रोल रूम की तरफ दौड़ गई। इस बीच वह सारे समय रेबेका का नंबर मिलाती रही पर कोई जवाब नहीं मिला। वह बहुत गुस्से में सोच रही थी। अल्पसंख्यक संस्थाओं पर किसी आक्रमण की आशंका के बारे में कोई स्थानीय खुफिया सूचना नहीं थी, न ही दक्षिणपंथी संगठनों

की ओर से कोई खतरा था और अगर आक्रमण किसी समुदाय विशेष पर किया जाना था तो वे सूसन को क्यों तलाश रहे थे? ऐसे कुछ सवालों के जवाब जरूरी थे। लेकिन सबसे पहले उसे सूसन तथा रेबेका को बचाने के लिए पुलिस बल भेजने का इंतजाम करना था।

सुबह होने तक स्थिति गंभीर हो गई थी। डुमरीपाड़ा का चर्च फूँक दिया गया था। उस अग्निकांड में एक औरत के जिंदा जल जाने की आशंका थी। रेबेका 'आशा ज्योति' में आइ.सी.यू. में भर्ती थी। मण्यमगिरि में सांप्रदायिक दंगों की आग भड़क उठी थी। मोहित और शांभवी उप-मंडलीय मुख्यालय में बैठे हुए शांति समितियों तथा विरोधी गुटों के साथ बातचीत करने में व्यस्त थे। राजवीर ने परस्पर विरोधी गुटों के साथ सफलतापूर्वक समझौता कराने में एक सुलहकार की भूमिका बखूबी निभाई। शांभवी ने अपनी आँखों से देख लिया कि इस विषय में उसे महारथी क्यों समझा जाता है। फिर भी उसे पता था कि सच्चाई क्या है।

"उन्होंने सूसन को मार दिया। उसके जिस्म को चर्च के अंदर फेंक दिया और आग लगा दी। वे किसी धर्म के उपासक नहीं थे बल्कि राजवीर के गुंडे थे। मैं जानती हूँ, उनमें से कुछ हिंदू भी नहीं हैं।"

रेबेका से भेंट करने के बाद उसके मन में शंकाएँ ज्यादा थीं और जवाब कम थे। यह विचार इतना विलक्षण था कि विश्वास करना मुश्किल था। फिर भी, क्या यह नहीं कहा गया है कि सच्चाई का पक्ष कल्पना से अधिक मजबूत होता है। इस पूरे प्रकरण में एक ही व्यक्ति राजवीर सिंह विजेता रहा। न केवल उसकी जिंदगी से काँटा निकल गया था, बल्कि विस्फोटक स्थिति को बहुत अच्छी तरह सँभालने के लिए उसे चारों तरफ से प्रशंसा मिल रही थी। लोक सेवा के लिए राष्ट्रपति का पुरस्कार प्रदान किए जाने की खबर भी हवा में थी। शांभवी को इस बारे में बहुत सोच-विचार करने के बाद यकीन हो गया कि दंगे कराने के पीछे साजिश रची गई थी। उसका केवल एक ही उद्देश्य था और वह स्वयं उसकी तह तक जाना चाहती थी।

□

मोहित लोगों का विश्वास बहाल करने तथा मण्यमगिरि में व्याप्त घृणा एवं नफरत की लहर को मिटाने के उद्देश्य से दंगा-प्रभावित क्षेत्रों का दौरा कर रहा था। उस घटना के बारह दिनों के बाद जाकर शांभवी की भेंट उससे हो सकी।

शांभवी ने सीधे मुद्दे पर आने का फैसला किया।

"सर, क्या आपने केस नं. 33/08 पर रिपोर्ट भेज दी?"

"ऐसा क्यों पूछ रही हो, शांभवी?"

"क्योंकि मुझे ऐसा लगता है कि इस केस का डुमरीपाड़ा पर हमले से कुछ संबंध

है। सूसन को निशाना बनाया गया था और भीड़ ने उसे मार डाला।''

''जहाँ साजिश जैसी कोई बात न हो, वहाँ भी साजिश सूँघने की कोशिश मत करो, शांभवी। यह कोई अच्छे अधिकारी का गुण नहीं है और मेरा मतलब निश्चित तौर पर अच्छे अधिकारी से है।''

शांभवी समझ नहीं सकी कि एक अच्छे अधिकारी से उसका क्या तात्पर्य हो सकता है।

शांभवी महसूस कर रही थी कि उसके अंदर गुस्सा बढ़ता जा रहा है। तभी मोहित ने आगे कहा, ''वैसे, उस दिन तुम्हारे चले जाने के बाद मैंने केस के रिकॉर्ड को ध्यान से देख लिया था। तुम्हारी जाँच संबंधी क्षमताओं को अभी तराशने की आवश्यकता है। किसी सनसनीखेज फिल्म के लिए कथा अर्थात् प्लॉट अच्छा है; लेकिन इसमें ऐसा कुछ नहीं है जो न्यायिक जाँच के आगे ठहर सके। अपर्याप्त साक्ष्य की दृष्टि से मेरे पास उस केस को बंद करने के अलावा कोई उपाय नहीं था।''

शांभवी पूरे दो मिनट तक एकदम चुप रही। सोच रही थी कि आगे क्या कहे। मुकाबला करने की निरर्थकता वह समझती थी। लेकिन वह इसकी तह तक जाकर रहेगी।

''क्षमा कीजिएगा, सर मैंने दूसरी तरह सोचा था; लेकिन फिर यह इस पर निर्भर करता है कि आप किस तरफ खड़े हैं। फिर भी, यह केस जब बंद हो ही गया है तब क्या मैं केस रिकॉर्ड वापस ले सकती हूँ?''

मोहित ने अपनी मेज पर दूसरी फाइलों के नीचे देखने का नाटक किया। अब तक शांभवी की समझ में आ गया था कि यह दिखावा किसलिए किया जा रहा है। उसने इंतजार किया।

''मुझे याद नहीं आ रहा कि कहाँ रखा है मैंने उसे।''

वह उस सुअर से पूछना चाहती थी कि वह ऐसी गोपनीय तथा अत्यंत संवेदनशील फाइल के बारे में इतना लापरवाह कैसे हो सकता है। फिर उसे कुछ ध्यान आया—मोहित के पास केस रिकॉर्ड नहीं था।

''कोई बात नहीं, सर। मैं फिर आ जाऊँगी।''

''असल में, तुम्हें आना नहीं पड़ेगा। मैं तुमको हमारे जिले के लिए कंप्यूटरीकरण परियोजना का इंचार्ज बना रहा हूँ। कल तुम्हें अभिमुखीकरण तथा प्रशिक्षण के प्रथम दौर के लिए पुलिस मुख्यालय में रिपोर्ट करना है।''

''मुझे खुशी इस बात की है कि समय बड़ा सुविधाजनक है, सर। गुड डे।''

अपने दफ्तर की अलमारी खोलते ही उसे पता चल गया था कि फाइल वहाँ नहीं है। मोहित अपने अधीनस्थ अधिकारी की अलमारी से चोरी कराने तक नीचे कैसे गिर

सकता है? जहाँ तक उसका संबंध है, उसे केस नं. 33/08 बंद होने से पहले एक-दो बातों पर ध्यान देना था।

□

राजवीर आदत का कीड़ा था। सुबह वह टेनिस या बैडमिंटन खेलता था। शाम को ब्रिज का एक दौर चलता था। दोपहर में वह लंच के लिए अपने घर जाता था और ठीक 2:15 बजे कैंप ऑफिस में लौट आता था। शांभवी ने सायं 2:00 बजे से कुछ पहले ही उसके कैंप ऑफिस में पहुँचने की योजना बनाई। उसे फौरन मुलाकातियों के कक्ष में प्रतीक्षा करने के लिए कहा गया। चारों तरफ देखकर उसे यकीन हो गया कि वह अकेली है। अधिकतर कर्मचारी लंच तथा दोपहर का विश्राम करने के लिए गए हुए हैं। वह यों ही साथ लगे कैंप ऑफिस (शिविर कार्यालय) में चली गई। अंदर की सजावट वहाँ बैठनेवाले पदाधिकारी की तरह बहुत शानदार थी। उसका अंतर्बोध उसे वैभवशाली गोदरेज डेस्क तक खींच ले गया और थोड़ी-बहुत खोजबीन के बाद तीसरी दराज में उसे वह चीज मिल गई, जिसकी उसे तलाश थी। केस नं. 33/08 की फाइल, जिस पर 'गोपनीय' लिखा हुआ था। उसने कागजों को उलट-पलटकर देखा कि उसमें से कुछ गायब तो नहीं है। बेवकूफ! डी.एन.ए. रिपोर्ट तक वैसी-की-वैसी ही पड़ी थी।

कुछ और विलंब किए बिना वह कैंप ऑफिस से निकली और सीधे राजवीर के वैयक्तिक सहायक के पास चली गई। उसे अपने काम को गुप्त रखना था। निरस्त्र कर देनेवाली एक मुसकान के साथ उसने बताया कि वह एक लंबे प्रशिक्षण पर जा रही है और उसे नमस्कार कहने के लिए आई थी। किंतु उसे अभी निकलना होगा वरना उसकी गाड़ी छूट जाएगी। सर को देने के लिए वह भेंट-स्वरूप एक किताब लाई है। क्या पी.ए. साहब यह भेंट सर तक पहुँचाने की कृपा करेंगे? और क्या राजवीरजी की कुछ तसवीरें मिल सकती हैं जिन्हें वह रखने के लिए ले जाना चाहेगी? शांभवी ने यह आखिरी अनुरोध इस तरह किया, जिसे टालना संभव नहीं था। अभिभूत पी.ए. ने खुशी से राजवीर का बंद गले का कोट पहने गणतंत्र दिवस समारोह के अवसर पर खींची गई कुछ तसवीरें शांभवी को सौंप दीं।

मिशन पूरा होते ही शंभवी वहाँ से चल पड़ी।

वापस अपने दफ्तर पहुँचकर उसने राज्य मुख्यालय के लिए रवाना होनेवाली सबसे पहली ट्रेन में आरक्षण करा लिया। अब शांभवी को उस प्रशिक्षण में हाजिर होना था, जिसके लिए उसे निष्कासित किया गया था। उसे अपने काम का भंडाफोड़ होने से पहले निकल भागने की भी जल्दी थी। अगली गाड़ी एक घंटे में छूटने वाली थी। अभी कुछ समय हाथ में रहते वह अपने लिए खुले विकल्पों के बारे में सोचने बैठ गई। अपने सधे हुए हाथ से उसने यह लिखा—

विकल्प-एक : पुलिस महानिदेशक या गृह सचिव जैसे वरिष्ठ अधिकारियों के पास जाओ। फिर भी किसी समय तो व्यवस्था काम करेगी ही।

विकल्प-दो : मानवाधिकार हेतु संघर्षकर्ता एवं वकील मि. एक्स से संपर्क—सफलता की भारी उम्मीद, किंतु मुकदमेबाजी की समय खपानेवाली प्रक्रिया। भंडाफोड़ संबंधी कानून उनके पक्ष में काम कर सकता है।

विकल्प-तीन : गृहमंत्री या मुख्यमंत्री से संपर्क करना—सफलता के अवसर अनिश्चित। अपने सीमित अनुभव से उसने जान लिया है कि राजनीतिक प्रशासक के लिए लोकहित सेवा वास्तव में वही होती है जो वोटों में बदल सके। इस मामले में सह-संबंध का पता नहीं। फिर भी इन पदों पर बैठे लोग ईमानदार हैं इसलिए न्याय मिलने की आशा है।

विकल्प-चार : प्रेस या मीडिया से संपर्क—सफलता के अवसर उतने ही अधिक होंगे, जितनी टी.आर.पी. बढ़ सके और दर्शकों का ध्यान खींच सके। इस मामले में भारी सह-संबंध।

इसपर कुछ देर विचार करने के बाद शांभवी ने एक फैसला किया। उसने प्रार्थना की कि यही विकल्प सही है क्योंकि उसके सारे प्रयासों का परिणाम इसी पर निर्भर करता है।

फिर उसने केस रिकॉर्ड नं. 33/08 की दस प्रतियाँ बनाईं और उन्हें अलग-अलग लिफाफों में सीलबंद कर दिया। हर लिफाफे में उसने बंद गला कोट पहने सुंदर एवं प्रभावशाली व्यक्तित्व के धनी राजवीर सिंह का एक-एक फोटो भी रख दिया। मूल प्रति उसने रिकॉर्ड रूम में छोड़ दी। मोहित चाहे तो इसे वहीं रहने दे या वहाँ से हटा दे। अंत में उसने अपनी योजना को गति के उद्देश्य से इधर-उधर दो-चार फोन घुमाए।

शांभवी बिल्कुल ठीक समय पर रेलवे स्टेशन पहुँच गई। मण्यमगिरि से गाड़ी के छूटने के साथ ही उसके चिंतन ने भी रफ्तार पकड़ ली। वह सोचने लगी कि इस प्रकार के न जाने कितने और मामले इस विशाल देश के सर्वत्र बिखरे धूल भरे मुफस्सल शहरों में दबे पड़े हैं। भारत में सूसनों का न कोई चेहरा है और न आवाज है। अगर भाग्य ने साथ दिया तो अखबारों के कुछ कॉलम उनके नाम हो जाते हैं। किंतु अधिकतर उनकी आवाजें खामोशी में गुम हो जाती हैं। अगर शांभवी की योजना सफल हुई तो कम-से-कम इस सूसन की आवाज अवश्य सुनी जाएगी।

□

जब गाड़ी ने राज्य मुख्यालय में बड़े रेलवे स्टेशन में प्रवेश किया तो सुबह के 8:00 बजे से कुछ पहले का समय था। शांभवी झटककर उठी और उसने तुरत-फुरत अपना सामान समेटा। वह हड़बड़ी में थी। वह भीड़ में से तो अपना रास्ता बनाते हुए

तेजी से प्लेटफॉर्म से निकल रही थी। तभी उसने जो देखा तो उसके कदम वहीं रुक गए। स्टेशन पर यात्रियों के लिए लगाए गए बड़े-बड़े एल.सी.डी. स्क्रीन पर ब्रेकफास्ट समाचार आ रहे थे। बंद गला कोट पहने हुए राजवीर सिंह का चेहरा दूर से भी पहचाना जा सकता था। समाचार वाचक केस नं. 33/08 का विवरण दे रहा था और उस केस के दमन को देश की लोकतांत्रिक परंपराओं पर एक बदनुमा दाग बतला रहा था। केस को दबाने में हिंदू कट्टरपंथियों पर शंका जताई जा रही थी। शांभवी मुसकराई। इस सह-संबंध के बारे में शायद वह भी नहीं सोच सकती थी।

सरकार ने स्थिति को बिगड़ने से रोकने के लिए तुरंत कदम उठाने शुरू कर दिए और गृह सचिव ने डी.एम. को तत्काल निलंबित करने तथा एस.पी. का तबादला करने के आदेश जारी कर दिए। राजवीर या मोहित की तरफ से कोई प्रतिक्रिया नहीं आ रही थी।

कुल मिलाकर पूरा-का-पूरा मीडिया सर्कस राजवीर सिंह को घेरे में रखकर चल रहा था। मीडिया द्वारा मामले की जाँच उतनी ही अन्यायपूर्ण होगी जितनी कि सूसन और उसके अजन्मे बच्चे की निर्मम हत्या। राजवीर सिंह की प्रतिष्ठा को बनाने में प्रेस ने महत्त्वपूर्ण भूमिका निभाई थी और अब वही मीडिया उसकी प्रतिष्ठा को सबके सामने चीरकर रख देगा।

शांभवी का मन कह रहा था कि सूसन जहाँ भी होगी वहाँ से इस तमाशे को दिलचस्पी से देख रही होगी और ऐसे सुंदर प्रतिशोध पर खुश हो रही होगी, निश्चित रूप से···

□

12

बारिश की बूँदें

क्या है बारिश?
अत्यंत साधारण व नैसर्गिक घटना एक वैज्ञानिक की दृष्टि में,
किसान के लिए जीवन जिसके बोए बीज सोए रहते धरती की कोख में,
एक चुंबन उस प्रेमी के लिए, जिसके पाश में है प्रेयसी,
उसके गीले गालों पर ढलके आँसू जिसमें खो गए हैं सब,
विविध रूप, प्रत्येक के लिए, जैसे भी जो देखे;

कभी कठोर, कभी एक कोमल स्पर्श,
तड़तड़ाती, गरजती या चुपके से गिरती हुई,
अंधकार का लबादा पहने या भोर का कोई आवरण,
मृत्यु का हरकारा या जीवन का अग्रदूत—
बारिश के ये सभी रूप और इनके अलावा भी
प्रत्येक के लिए, जो जिस तरह देखे।

{**एल.एन.बी.सी. स्टूडियो, अलीगंज, लखनऊ**

प्रातः 11:30 बजे

''कई महीनों के बाद लखनऊ के निवासियों को अचानक आई बरसात का आनंद उठाने को मिला। मौसम विभाग ने एक बयान जारी किया है कि बहुत देर से प्रतीक्षित मानसून अंततः आ पहुँचा है। अगले चौबीस घंटों के दौरान भारी से बहुत भारी बारिश होने की संभावना है।''}

2/ए, राणा प्रताप बाग

प्रात: 10:40 बजे

''डॉक्टर ने कहा था, उसे परेशान न किया जाए। उसे आराम करना है।''

अरुण ने प्रच्छन्न घृणा से हीरालाल को देखा। वह लूप में पड़ी उस सी.डी. की तरह बोल रहा था जो एक ही नीरस राग बार-बार सुनाकर थकती नहीं है। यहाँ तक कि उसके बोल भी बासी हो चुके थे। पिछले 29 वर्षों से अरुण ने जब-जब श्रीराम कोहली को घेरे हुए दुर्ग की दीवारों को लाँघने का प्रयास किया तब हीरालाल ने ये ही शब्द उसपर उछाले थे। फिर भी उसने कोशिश करना नहीं छोड़ा। सम्राट् हिरोहितो के प्रति अपनी पक्की निष्ठा की कसम खानेवाले योद्धाओं की तरह उसने अपनी अंतिम साँस तक उस किले को तोड़ने की कोशिश जारी रखी। उसको अपने इस बचकाने जोश में कहीं यह भरोसा था कि उसकी दृढ़ता, उसका दुराग्रह किसी दिन इन दीवारों में छेद करके रहेगा। अरुण ने वर्षों से अपने शस्त्रागार में से धीरे-धीरे सभी तरह के हथियारों का प्रयोग करके देख लिया था यानी मुसकान, आँसू, खीज एवं रूठन, संलाप, स्कूल में सफलता, यहाँ तक कि घुड़सवारी भी, हालाँकि घोड़ों से उसे डर लगता था। यह सब उसने अपने पिता की आँखों में चढ़ने की उम्मीद से किया था।

स्कूल में उसके अध्यापक ने उससे कहा था, ''प्रयत्न करो और करते रहो अंतत: सफलता तुम्हें अवश्य मिलेगी।'' निस्संदेह ऐसा विलक्षण जीव उसने नहीं देखा था जो दिखने में तो मानव है लेकिन जिसके अंदर संवेदना नाम की कोई चीज नहीं थी। फर्क सिर्फ इतना था कि घोड़ों का सिर लगा होने के बजाय ये पत्थर दिल लोग थे और उसका पिता उन्हीं में से एक था। लेकिन अरुण को तब यह नहीं मालूम था। उसने अपनी जिंदगी के दस साल एक करुण दृष्टि, एक कोमल स्पर्श या एक कोमल मुसकान पाने के लिए गुजार दिए। कुछ भी जिसमें भावुकता के दर्शन हो सकें। भावुकता? मन में यह शब्द आते ही उसका ध्यान वापस हीरालाल की तरफ चला गया।

सर्वव्यापी भावुक हीरालाल। वह उसके पिता के साथ तब से था जब से अरुण को याद है। वास्तव में अरुण के मन में अपने पिता की स्मृतियाँ कुछ-कुछ धुँधली और अस्पष्ट-सी थीं, किंतु हीरालाल के चित्र उसके मानस-पटल पर एकदम स्पष्ट थे। हीरालाल, जो उसके साथ हँसता था, उसकी गेंद पकड़ता था, उसकी पतंग के पीछे दौड़ता था—हमेशा हीरालाल न कि उसके पापा। क्या यह कुछ अजीब नहीं था? विशेषकर उस समय, जब नए युग के पिताओं को अरुण, शॉपिंग मॉल में पार्कों और रेस्तरॉओं में वही सब करते देखता तो सोचे बिना न रह पाता कि हीरालाल उन्हीं जैसा है। इन पिताओं को मेट्रोसेक्सुअल कहा जाता था। ऐसे इंसान जिनके अंदर स्त्री का दिल होता है और दिल के अंदर मातृ-प्रवृत्ति होती है। अरुण उन्हें Empengs (एंपेंग्स)

कहना बेहतर समझता था—Emperor Penguins शब्दों का संक्षिप्त रूप जिन्हें संरक्षात्मक, पितृ सुलभ प्रवृत्ति के लिए जाना जाता है।

उसे याद आया, जब पहली बार उसने एंपेंग्स को ग्राफीय रूप से जाना था। उस अशुभ रविवार को राष्ट्रीय भौगोलिक चैनल पर एक कार्यक्रम प्रसारित किया गया था जो एंपेंग्स पर केंद्रित था और जिसमें दिखाया गया था कि वे किस तरह अकेले ही अपने बच्चों को पालते-पोसते हैं और बड़ा करते हैं। उसने इस कार्यक्रम का प्रसारण श्याम-श्वेत स्क्रीन पर देखा था और उससे अपनी दृष्टि हटा नहीं पाया था। अपने पिता के संरक्षण में रहते हुए तब कैसा अनुभव होता है जब आप इस एहसास के साथ बाहर की दुनिया को देखते हैं कि आपके ऊपर कभी कोई विपत्ति नहीं आ सकती? अरुण अपने पिता को उनके अध्ययन-कक्ष के अधखुले दरवाजे से देखा करता था। वह जागते हुए अपना सारा समय वहीं बिताते थे। अरुण को वहाँ आने की इजाजत नहीं थी और जो आदमी बिना किसी डाँट-डपट के अंदर जा सकता था, वह था हीरालाल। उसने अपने पिता को हलके बादामी रंग के अखरोट की लकड़ी से बनी डेस्क पर बैठे हुए देखा था जो वह पिछली बार श्रीनगर से लेकर आए थे। उसके पिता हर वर्ष एक माह कश्मीर में बिताते थे और उन्हें छोड़ जाते थे। वापसी में वह हर बार अपनी स्टडी के लिए कोई-न-कोई वस्तु अवश्य लाते थे लेकिन अरुण के लिए कभी कोई उपहार नहीं लाते थे। उस समय उसने कभी पूछने के बारे में यह सोचा तक नहीं कि उसके लिए भी कोई गिफ्ट है क्या।

उस रविवार की शाम को उसके पिता डेस्क पर बैठे हुए थे जबकि हीरालाल उनकी गरदन तथा कंधों की मालिश कर रहा था। उसके अंदर एक ऐसी खीज उठ रही थी जिसे वह शब्दों में वर्णित नहीं कर सकता था। क्या उसके पिता कभी उसे भी उन्हें उसी तरह छूने की इजाजत देंगे जिस तरह हीरालाल को उन्हें छूने की आजादी थी? क्या उसे भी कभी अपने पिता के पैरों के नजदीक बैठने और उनके जूते पॉलिश करने की आजादी होगी? क्या वह उनकी कार के करीब जा सकेगा और कार का दरवाजा उनके लिए उस समय खोल सकेगा जब वह कचहरी जाते हैं? उसकी छोटी सी बुद्धि में अनेक ऐसे सवाल घुसे हुए थे। उस समय वह इतनी बुद्धि नहीं रखता था कि यह समझ सके कि आखिर उसकी इच्छा क्या है; लेकिन उसे ऐसा अवश्य लगता था कि कुछ कमी है और उसके पिता अगर चाहें तो सब कुछ ठीक कर सकते हैं…।

आज वह पहले से अधिक समझदार था।

उसने अपने मनस्ताप विशेष के लिए भी शब्द खोज लिये थे। एंपेंग्स की तर्ज पर उसने एक वाक्यांश गढ़ लिया था। वह अपनी तुलना एक रिडले से करने लगा था—ऐसे बच्चे, जिन्हें ओलिव रिडले कछुओं के बच्चों की तरह जीवन में अपना रास्ता खुद

तलाशने के लिए दूर से चमकते चंद्रमा की हलकी पीली रोशनी के सहारे छोड़ दिया जाता है। अपने इस चरित्र-चित्रण को स्वीकार करने के बाद अरुण ने उड़ीसा के तट पर जाकर बार-बार उन स्थानों को देखा था, जहाँ रिडले कछुआ अपने अंडे छिपाकर रखता है और अंडों के फूटने तथा उनमें से निकले छोटे-छोटे बच्चों का समुद्र में सफल पलायन का जश्न मनाने के लिए आयोजित सांध्य सभाओं में भी उसने हिस्सा लिया था। हर बार अंडा फूटने की क्रिया लंबे समय से दबी हुई भावनाओं को उस नरम क्रीम की तरह सामने लाती प्रतीत होती थी जो पिंडीनुमा काई के नीचे से छूटकर अलग होती है। अरुण ने अंडा फोड़कर निकले बच्चे की उलझन को देखने से अधिक अपने अंदर महसूस किया। उसने देखा और महसूस किया कि बच्चा जब पहली बार इस दुनिया में आँखें खोलता है तो यहाँ का प्रकाश और ध्वनि किस तरह उसकी सहज बुद्धि को चोट पहुँचाती है और उसे भ्रमित कर देती है, पाँव के नीचे अजब मुलायम रेत उसे निगल जाना चाहती है और सबसे ज्यादा उलझन की बात यह होती है कि उसे अपनी दिशा का कुछ पता नहीं होता है। क्या? किधर? जैसे-जैसे भय और दुर्बलता का भाव सहनशीलता की सीमा से अधिक बढ़ने लगता है, दयावश मूल प्रवृत्ति अंदर लात मारती है और बच्चा पानी की ओर बढ़ने लगता है। रास्ते में उसे और खतरों से बचना होता है। कोई भटका जानवर या पक्षी उसे खा सकता है, किसी घुसपैठिए के पाँव के नीचे कुचला जा सकता है। पानी तक पहुँचने के लिए उसे अपनी सारी जन्मजात चतुराई पर निर्भर करना पड़ता है। समुद्र के पानी में घुसते हुए पर्यावरण की चिंता करनेवालों द्वारा जताई जा रही खुशी की आवाज सुनाई देती है। वह समझ नहीं पाता है कि वे ऐसा क्यों कर रहे हैं। पानी ठंडा और तरंगित है। पानी उसे घसीटकर अज्ञात प्रकाशहीन गहराई की ओर ले जाता है। कोई उसे रास्ता दिखानेवाला नहीं है। उसे अपना रास्ता खुद तलाशना है। अरुण अर्धरात्रि के इन अभियानों को अपनी ही रेचन-क्रिया, अपने ही भावों को शुद्ध एवं शांत करने की क्रिया समझा। इससे उसे सोच-विचार करने तथा अपने संघर्ष पर निकलने का समय मिल गया। वह संघर्ष आज रात समाप्त हो जाएगा।

वह इधर-उधर भटक रहे अपने मन को वापस वर्तमान में ले आया। आज उसे सावधान रहना था। कोई भूल-चूक नहीं। अपने विचारों को अपने चेहरे पर न आने देने की भरसक कोशिश करते हुए उसने हीरालाल की ओर रुख किया।

''चिंता मत करें। इसमें पाँच मिनट से ज्यादा नहीं लगेंगे और यह आवश्यक है। वैसे हीरालाल तुम्हें वह मुकाबला तो याद होगा जिसमें हिस्सा लेने के लिए मैंने तुम्हारी मदद की थी। वही लकी ड्रॉ वाली बाजी। खैर, तुमने इनाम की केवल एक-तिहाई रकम जीती है और उन्होंने पैसा मेरे ऑफिस भेज दिया। यह रहे वे 500 रुपए। लेकिन मुझे रसीद पर तुम्हारे अँगूठे की छाप चाहिए। यहाँ मालती को और बुला लो चूँकि यह

संयुक्त रूप से जीती गई रकम है इसलिए उसे भी अपनी अँगूठा निशानी देनी होगी।''

अपने पिता के कमजोर साथियों के चेहरों पर संतोष की भोली-भाली मुसकानें देखकर वह आगबबूला हो गया। उन्हें यहाँ रहने का कोई अधिकार नहीं था। फिर भी उन्होंने ऐसे बरताव किया जैसे कि वे नहीं, बल्कि वह खुद बाहर का आदमी हो। जो भी हो, अब उन्हें जल्दी पता चल जाएगा।

''हीरालाल, चौकस रहना। जब तक मैं अंदर रहूँ तब तक कोई और हमारा ध्यान भंग करने अंदर न आए।''

अब तक सब कुछ लगभग एक बच्चे के खेल जैसा बहुत आसान रहा। अरुण कोहली के पिता की अंतिम वसीयत के गवाह हीरालाल एवं उसकी पत्नी मालती बने थे। दोनों-के-दोनों श्रीराम कोहली के विश्वस्त सेवक। अब केवल उस कागज के टुकड़े को कानूनी रूप से स्वीकार्य एक दस्तावेज में बदलने के लिए ज्येष्ठ कोहली के दस्तखत की दरकार थी।

अरुण ने अपने पिता के अध्ययन कक्ष में प्रवेश किया। इस कमरे को कुछ वर्ष पहले उनका कमरा बना दिया गया था, क्योंकि काफी वृद्ध हो जाने के कारण उनके लिए सीढ़ियाँ चढ़-चढ़कर ऊपरवाले कमरे तक जाना मुश्किल हो गया था। जहाँ तक उसे याद है कि कमरे में अँधेरा था और सिर्फ खिड़की से क्षीण सी दिन की रोशनी छनकर अंदर आ रही थी। अरुण ने खोटे मन से सोचा कि उसके पिता को बहुत अधिक रोशनी से नफरत थी ठीक वैसे जैसे छछूँदर या चूहों को होती है। उनके अध्ययन-कक्ष में खिड़कियों पर दो परतों में हमेशा बहुत मोटे-मोटे पर्दे पड़े होते थे। उनकी कार के शीशे घने काले होते थे। उन्हें धूप से उतनी ही चिढ़ थी जितनी जोंक को नमक से होती है क्योंकि नमक उसके जीवन को ही खतरे में डाल देता है। जब वह सात वर्ष का था तब उसने बड़े भोलेपन से अपनी माँ से पूछा था कि क्या उसके पिता ऐसे किसी अपराध के दोषी हैं जिसके कारण वह लेडी मैकबेथ की तरह रोशनी का सामना करने से डरते हैं? उसकी माँ ने 'मैकबेथ' कभी नहीं पढ़ा था और इसीलिए उसका प्रश्न वह समझ नहीं सकी। कम-से-कम अरुण का तो यही मानना था उस निर्णायक रविवार के आने तक जब उसे एहसास हुआ कि उसकी माँ की खामोशी के पीछे कारण यह नहीं था कि उसका सवाल वह समझ नहीं सकी, बल्कि वह इसलिए खामोश रह गई क्योंकि वह बहुत अधिक समझदार थी।

अँधेरे में जब उसे कुछ ठीक-ठाक नजर आने लगा तो उसने अपने पिता की चादर को प्रत्येक श्रमसाध्य साँस के साथ उठते और गिरते हुए देखा। अरुण की आँखों ने उन नालियों को भी देखा जिनके जरिए उसके पिता के शरीर में ऑक्सीजन पहुँचाई जा रही थी। ज्येष्ठ कोहली को पिछले सप्ताह दूसरा और प्राणघातक दौरा पड़ा था और तभी

उन्हें वेंटिलेटर पर रख दिया गया था। उन्होंने अस्पताल में रहने के बजाय घर लौटने की जिद की थी। उनकी स्थिति नाजुक किंतु स्थिर बनी हुई थी। इलाज का अच्छा असर हो रहा था और डॉक्टरों ने आशा जताई थी कि वह बिल्कुल स्वस्थ हो जाएँगे।

बूढ़ा लोमड़! मौत को ठीक उसी तरह भी चकमा दे सकता है, जैसे उसने अरुण की माँ को धोखा दिया और अरुण को जीवन की खुशियों से वंचित रखा। उसे याद है कि किस तरह उसकी माँ अपनी सूनी आँखों से उसके पिता की काले रंग की ऐंबेस्डर कार की पीछे की लाइटों का दूर तक पीछा किया करती थी, जब वह हर साल कश्मीर की सैर के लिए रेलवे स्टेशन जाते थे। एक बार अरुण ने अपनी माँ से पूछा था कि वह भी उनके साथ क्यों नहीं जाती है? माँ की आँखों में पीड़ा देखकर उसे जवाब मिल गया था और यद्यपि अभी वह छोटा था फिर भी वह समझ गया था कि इस विषय को उसे फिर कभी नहीं छेड़ना चाहिए। बाद में उस निर्णायक रविवार को एंपेंग्स की संगति में इन दौरों का भेद साफ हो गया। ग्यारह वर्ष का अरुण जब अपने पिता को चूजों को दाना डालते हुए देख रहा था उसी समय दरवाजे की घंटी बजी। मालती ने दरवाजा खोला और एक बूढ़ी स्त्री तथा एक किशोरावस्था के लड़के को खड़े पाया। अरुण को उनका पहनावा देखकर यह समझते देर नहीं लगी कि वे मुसलमान हैं। वह असमंजस में पड़ गया कि मुसलमानों को घर के अंदर देखकर दादी न जाने क्या कहेगी। नेशनल ज्योग्राफिक कार्यक्रम समाप्त हो गया था और उसका पूरा ध्यान उनके बैठकखाने में चल रहे नाटक पर लगा हुआ था। वह बूढ़ी औरत घर की शान-शौकत को देखकर दरवाजे पर ही ठिठककर रह गई। इस अनदेखे-अनजाने माहौल में उससे कुछ कहते नहीं बन रहा था, हालाँकि उसने आने से पहले शब्दों के साथ बहुत अभ्यास किया होगा। उसकी माँ हँसती हुई रसोई से निकलकर अंदर आई। माँ ने गुलाब जामुन बनाए थे जो पिता को बहुत पसंद थे। जैसे ही उसने आगंतुकों को देखा तभी उसका सारा जोश और सारी ताकत एकदम लुप्त हो गई। उसकी मुसकान एक झालेदार लचीले फीते की तरह लटक गई। मिठाई का कटोरा पकड़े हुए उसकी उँगलियाँ ढीली और शक्तिहीन हो गईं और जैसा कि बंबइया फिल्मों में अकसर दिखाया जाता है, वह काँच का कटोरा उसके हाथ से छूट गया और टुकड़े-टुकड़े हो गया। गुलाब जामुन कुछ-कुछ कलात्मक ढंग से फर्श पर लुढ़कने लगे और एक तो लुढ़ककर उसकी चप्पलों का स्पर्श करने ही पहुँच गया। अपनी मालकिन की प्रतिक्रिया देखकर मालती ने हीरालाल को पुकारा। दादी पूजा की कोठरी से निकल आईं। उसके पिता और हीरालाल बाहर दौड़ आए। फिर अरुण से कुछेक वर्ष बड़ा वह लड़का अपनी दादी के साथ उसके पिता के अध्ययन-कक्ष में चला गया। दरवाजा अंदर से बंद हो गया और अरुण अपने पिता के पास जाने के लिए छटपटाकर रह गया। उस दिन ग्यारह वर्षीय अरुण ने उस नियम का उल्लंघन अपनी

आँखों से देखा जिसे वह तब तक पवित्र मानता आया था। बच्चे अपने पिता के अध्ययन-कक्ष में नहीं जाते हैं। बच्चे अपने पिता की आज्ञा का पालन करते हैं और उनसे प्यार करते हैं क्योंकि उनके पिता उन्हें प्यार करते हैं। और जिस बात से वह तब तक अनजान था, उसके अवचेतन में एक और अतिक्रमण दर्ज हो गया था जो वर्षों बाद उसे तंग करने वापस आ गया—पति अपनी पत्नियों के प्रति वफादार होते हैं। उसकी माँ और दादी वैसे ही दिखे जैसा उसने महसूस किया; उनके घर में वास्तविक जगह का अतिक्रमण और अपवित्रीकरण हो गया था। अरुण की माँ उस मुलाकात के उनचास दिन और पाँच घंटे बाद इस संसार से विदा हो गई। फिर भी, अरुण को हमेशा ऐसा संदेह रहा कि उसकी माँ की साँसें उस दिन से ही घटने लगी थीं, जिस तरह किसी गुब्बारे की हवा धीरे-धीरे निकल जाती है और उसकी शक्ल कष्ट देते हुए, धीरे-धीरे बदलने लगती है।

उन्होंने उन दोनों को फिर कभी नहीं देखा। उनकी मौजूदगी फिर भी एक मरे हुए चूहे की बदबू जैसी घर के इर्द-गिर्द टँगी रह गई। अगरबत्तियाँ, सुगंध और अधुनातन वायु-शोधक भी उस भीषण बदबू को मिटा नहीं सके। जिंदा रहते चूहा खुद को अगोचर बनाए रखने का भरपूर प्रयास करता है। मर जाने पर चूहा अपनी दीर्घकालिक सड़ाँध पीछे छोड़ जाता है, मानो जितने समय तक उसने खुद को छिपाए रखा उतने समय का बदला लेने की खातिर वह ऐसी दुर्गंध छोड़ता हो जिसे आप अनदेखा नहीं कर सकते। ऐसी भयंकर सड़ी हुई चीजें उनके जीवन में घुसकर बैठ गई थीं जो अब तक छिपी हुई थीं लेकिन अब कदम-कदम उनका सामना करने लगी थीं।

उस रविवार के बाद किसी के कुछ कहे बिना ही जिंदगी बदल गई। या शायद वह इतना छोटा था कि अगर उसके माता-पिता के बीच दबी जुबान में कोई बातचीत हुई भी होगी तो उसमें उसे हिस्सेदार नहीं बनाया जा सकता था। प्रकट रूप से उनका व्यवहार भिन्न हो गया था। दादी ने स्वयं को पूजा में समेटकर रख लिया। पूजाघर से उनका निकलना ईद का चाँद दिखाई देने जैसा हो गया था। उसकी माँ ने भी अपने कमरे में ही रहने का फैसला कर लिया, जैसे कि बाकी सारे घर से माँ को अब नफरत हो गई हो। अरुण ने फिर कभी गुलाब जामुन नहीं खाए। गुलाब जामुन के नाम से उसकी ठेंठी लग जाती थी और दरवाजे की घंटी की हर आवाज पर पूरे घर में तनाव बिखर जाता था। बिस्तर से लगी उसकी माँ का शरीर अकड़ जाता। दादी जोर-जोर से मंदिर की घंटी बजाने लगती, ताकि दरवाजे की घंटी की आवाज उसमें दब जाए। उसके पिता अध्ययन-कक्ष से निकलकर दरवाजे की तरफ भागते। फिर भी उनका चेहरा बता देता कि दरवाजे के दूसरी तरफ के दृश्य का सामना करने की हिम्मत उनमें नहीं है और मालती तथा हीरालाल दरवाजा खोलने से पहले महामृत्युंजय मंत्र का जाप गुनगुनाने लग जाते।

समय गुजरने के साथ अरुण ने पहेली के सारे मोहरे जोड़ दिए। अपनी माँ की

मृत्यु के लिए वह अपने पिता को दोषी मानता रहा। उनकी मृत्यु टायफाइड से नहीं बल्कि दिल का दौरा पड़ने से हुई थी। तथापि उसने रिडले सरीखे अपने अस्तित्व के साथ समझौता कर लिया। पिछले रविवार तक एक डिनर पार्टी में बड़े कोहली साहब की गिरती सेहत के बारे में चर्चा हो रही थी जिसमें किसी ने इस बात का जिक्र भी कर डाला कि उनका एक दूसरा प्रच्छन्न बेटा भी है और कहा कि सुना तो यहाँ तक गया है कि वह अपव्ययी बेटा असली वारिस बनने जा रहा है। कुछ लोग बातें करते हैं कि ज्येष्ठ कोहली बहुत बड़ी गलती कर रहा है। अरुण को क्रोधावेश में ऐसा महसूस हुआ जैसे उसकी हड्डियाँ जम गई हों। अगर किसी के साथ गलत हुआ है, अन्याय हुआ है तो वह उसकी माँ और अरुण है। दोनों धोखेबाज उनके जीवन में फिर घुसपैठ करने चले आए, इस बार अरुण को उसकी विरासत से वंचित करने। एक दृढ़ और सतर्क जाँच से तथ्यों की पुष्टि हो गई। उसके पिता ने अपनी सारी संपत्ति उस लड़के को देने का फैसला कर लिया था।

पहली वसीयत के मुताबिक हर बेटे को आधा हिस्सा मिलना था। फिर कोहली सीनियर को पता चल गया कि अरुण को जुआ खेलने और घुड़दौड़ में बाजी लगाने का शौक है। अरुण जानता था कि उसके पिता इन्हें बुराई समझते हैं और ऐब मानते हैं यद्यपि अरुण की नजर में ये खर्चीले शौक बहुत ऊँचाई पर पहुँचने के चतुर उपाय थे। एक इवेंट मैनेजर की हैसियत से उसे पृष्ठ-3 के समाज में जान-पहचान बनाने और बढ़ाने की जरूरत थी। कुछ वर्षों के अंदर अरुण जान गया था कि सर्वाधिक लाभप्रद संबंध जोड़ने में कामयाबी हासिल करने के लिए ऐसे शौक पालना जरूरी होता है, जैसे कि लोगों के बीच में घुसकर टोह लेना, चकरी पर दाँव लगाना या घुड़-दौड़ में एक दिन बिताना। लेकिन उस बूढ़े आदमी ने उसे कभी अवसर ही नहीं दिया कि वह अपनी स्थिति स्पष्ट कर सके। वह सिर्फ इस बात के लिए शुक्रिया अदा कर सकता था कि वसीयत में किए गए बदलाव का उसे समय रहते पता चल गया। उस दिन से अनगिनत संभावनाओं पर विचार किया जा चुका था और उन्हें खारिज कर दिया गया था। पिछली रात तक ऐसा होता रहा जब उसके दिमाग में एक योजना ने जन्म लिया जो इतनी साधारण थी कि यह संभव नहीं हुआ होता। लेकिन वह जानता था कि वह इसे कामयाबी तक ले जा सकता है।

"भाईजी, यह मैं हूँ, अरुण।"

बड़े कोहली ने अपनी आँखें खोलीं। उनकी दृष्टि में वह सामान्य तीक्ष्णता नहीं थी जो आमतौर पर होती थी। उसकी जगह कुछ धुँधलापन था। अरुण ने द्वेष-भावना से सोचा, जैसा उन्हें लगना चाहिए वैसे ही लग रहे हैं। उस आदमी की तरह जिसे दूसरी बार हृदयाघात हुआ है और जो अब मृत्यु-शय्या पर है।

"भाईजी, गुरुद्वारा छात्रवृत्ति (स्कॉलरशिप) के कागजात हैं।"

पिछले पाँच वर्ष से अरुण के पिता बड़े कोहली साहब अपनी पत्नी की स्मृति में प्रत्येक वर्ष दो स्कॉलरशिप का खर्च उठा रहे थे। उसने सोचा, इसके पीछे कहीं यह कारण तो नहीं है कि अपनी मृत्यु के लिए खुद को जिम्मेदार मानते हैं? अरुण का ऐसा ही मानना था। अत: जब उन्होंने अरुण को उनकी ओर से कागजी कारवाई करने का काम सँभालने के लिए कहा। अरुण अपनी माँ की खातिर राजी हो गया था। किसे पता था कि यही काम एक दिन उसके लिए तुरुप का पत्ता साबित होगा। अब अरुण ने दो नई छात्रवृत्तियों और चालू छात्रवृत्तियों के नवीकरण के कागजात उन्हें प्रस्तुत कर दिए।

"ये छात्रवृत्तियाँ देय हो गई हैं, भाईजी। गुरुद्वारा प्रबंधक ने कहा है कि दाखिले कुछ ही दिन में शुरू होने वाले हैं। इसलिए हमें यह काम अभी करना है।"

बड़े कोहली थके हुए लग रहे थे। दिखावटी चिंता प्रकट करते हुए अरुण ने कहा, "अगर आप अभी दस्तखत करना नहीं चाहते…"

जैसी कि संभावना थी, बड़े कोहली साहब ने अपना हाथ बढ़ा दिया। बूढ़े को किसी चुनौती से पीछे हटना मंजूर नहीं था। क्या इसी कारण वह उस कश्मीरी औरत के चंगुल में फँस गया? जो भी हो, अरुण को कभी पता नहीं चल पाएगा। उसके लिए अब बहुत देर हो चुकी थी। मिनट भर में सारा काम हो गया। अरुण ने छात्रवृत्ति के कागजों के साथ-साथ अपने पिता बड़े कोहली साहब की अंतिम वसीयत पर भी उनके दस्तखत ले लिये थे।

अब आखिरी कदम उठाना था। अरुण ने स्विच दबाया और खिड़की की तरफ जाकर उसने खिड़कियों पर पड़े हुए भारी परदों को इधर-उधर हटा दिया; फिर उसने शीशे के पल्ले खोल दिए ताकि कुछ ताजा हवा अंदर आ सके। अंदर का वातावरण दम घोंटनेवाला था। बहुत वर्षों से उसने इस कमरे में कदम नहीं रखा था। कुछ तो नाराजगी के कारण और कुछ आत्म-महत्त्व की आहत भावना पर मरहम लगाने की खातिर क्योंकि उस रविवार को जब दूसरे लड़के को अंदर आने दिया गया था तो उसके मन को गहरी चोट लगी थी। इस कमरे से बाहर का दृश्य विशेषकर सुखद नहीं था। गंदी बस्ती में रहनेवालों के नहाने का स्थान वहाँ से दिखाई देता था। अरुण को बड़ी घृणा होती थी। उसे आश्चर्य था कि इस कमरे में ऐसा क्या है जो उसके पिता को अच्छा लगता था। संभवत: उसकी आत्मा की तरह यह भी उसके जीवन के किसी अधिक घृणित पक्ष को दर्शाता हो, अथवा हो सकता है कि बूढ़े को नंगी औरतों को नहाते-धोते देखना अच्छा लगता हो। अरुण पानी जमा करने के लिए बने सीमेंट के खाली हौजों, धुँधले आकाश और नीरस शहरी भू-दृश्य को देखता रहा। कष्ट में छटपटाते और हाँफते बूढ़े को छोड़कर अरुण की आँखें सब कुछ देख रही थीं। वेंटिलेटर का स्विच ऑफ था।

अरुण ने अपनी घड़ी देखी—दस मिनट। बड़े कोहली का शरीर निश्चेष्ट पड़ा था। उसने चारों तरफ से देखा कलाई पकड़कर नाड़ी की जाँच की और फिर गरदन पर हाथ रखकर ठीक उसी तरह देखा जैसे उसने हॉलीवुड फिल्मों में देखा था। फिर उसने धीरे से वेंटिलेटर ऑन कर दिया। उसने दुबारा नाड़ी देखी—कोई धड़कन नहीं।

इस तुच्छ प्रसंग को यहीं समाप्त करने के प्रयोजन से उसने स्कॉलरशिप के फोल्डर से वसीयत को सावधानी से निकाल लिया। हस्ताक्षरित और साक्ष्यांकित वसीयत एकदम सही थी। उसने वसीयत को खिड़की के सामने अपने पिता की डेस्क के ऊपर रख दिया और उस पेन स्टैंड से दबा दिया जो उसके पिता कभी कश्मीर से लाए थे। हीरालाल और मालती सही समय पर इसे खोज लेंगे और उस स्थिति में यह अधिक प्रामाणिक सिद्ध होगी, बजाय इसके कि अरुण स्वयं इसे पेश करता।

काम पूरा हो जाने के बाद अरुण बाहर चला गया। हीरालाल खाने की मेज साफ कर रहा था। उसने नजर उठाई और अरुण मुसकरा दिया ताकि वह आश्वस्त हो जाए।

''भाईजी सो रहे हैं। नर्स किस समय आ रही है?''

''उसने थोड़ी देर की छुट्टी ली है। उसकी बेटी आई हुई है और वह उससे मिलने गई है। तब तक मालती देख लेगी।'' बूढ़ी, आधी अंधी मालती को कभी पता नहीं चल पाएगा कि कुछ गलत हुआ है। बिल्कुल ठीक।

''ओ.के., मैं बाद में आऊँगा।''

जैसे ही अरुण ने कदम बाहर निकाला तब बारिश की पहली बूँदें पड़नी शुरू हो गईं। वह खुश हुआ कि सब कुछ योजना के अनुसार होगा।

शाम के समय अरुण की अपेक्षित कॉल आई। नर्स जब वापस आई तो उसने पाया कि बड़े कोहलीजी का स्वर्गवास हो चुका है। मृत्यु का कारण बताया गया कि सभी अंगों ने एक साथ काम करना बंद कर दिया था।

अरुण ने इस बेचैनी के साथ अंत्येष्टि के लिए सारे प्रबंध किए कि वसीयत पर किसी की नजर पड़ी या नहीं। कुछ रिश्तेदारों और मित्रों ने संपर्क किया। उनमें से अधिकतर ने इस बात के लिए क्षमा माँगी कि लगातार हो रही बारिश से जगह-जगह मार्ग अवरुद्ध हो जाने के कारण वे दिवंगत आत्मा के अंतिम दर्शनों के लिए नहीं आ सके। अरुण ने अपनी सहमति व्यक्त की। असल में उसे कोई परवाह नहीं थी। वह केवल एक आदमी जो उसके पिता के लंबे अरसे के दोस्त थे और पेशे से वकील—के.के. सिन्हा की हाजिरी चाहता था। अगर के.के. सिन्हा को वसीयत मिल जाए तो उसकी प्रामाणिकता असंदिग्ध हो जाएगी। के.के. पहले से ही उसके पिता के घर में था। अरुण ने उसे पैंतालीस मिनट का समय दिया। उस समय के दौरान के.के. उसके पिता की डेस्क पर रखे कागजात की जाँच कर लेगा और वसीयत उसे मिल जाएगी।

दरवाजा हीरालाल ने खोला। उसकी आँखें लाल व सूजी हुई थीं। अरुण को देखकर उसने दुबारा रोना शुरू कर दिया। समय नष्ट न करते हुए अरुण फौरन अंदर चला गया। बड़े कोहली साहब के अध्ययन-कक्ष का दरवाजा खुला हुआ था। उसने अपने पिता के निर्जीव शरीर को देखा। वह उसी हालत में था जैसा उसने सुबह देखा था। के.के. सिन्हा उस कश्मीरी लड़के—बल्कि आदमी कहना ज्यादा ठीक होगा—के साथ खाने की मेज पर बैठा हुआ था और कुछ कागजात उसकेसामने पड़े थे। अरुण ने अपने घर में बाहरी आदमी को जानबूझकर अनदेखा कर दिया। कुछ ही मिनटों में बदला चुकाने का समय आ जाएगा।

''क्या उन्होंने कोई वसीयत छोड़ी है?''

के.के. ने अरुण को उसके सामने बैठने का इशारा किया—''हमें एक वसीयत मिली है; लेकिन…''

''लेकिन क्या?''

के.के. ने वह वसीयत उठाई, जो अरुण ने बड़ी मेहनत से बनाई थी और अपने पिता की मेज पर रखी थी। करारे स्टांप पेपर के पन्ने भीगकर खराब हो गए थे और लिखावट धुल गई थी।

{''सुविख्यात पत्रकार श्रीराम कोहली का कल दोपहर सोते हुए देहावसान हो गया। शहर के व्यवसाय और सामाजिक मंडल में वह एक जानी-मानी हस्ती थे। उनका एक बेटा है। उनका सारा जीवन शोषितों के कल्याण हेतु समर्पित रहा और उसी परंपरा का मान रखते हुए उन्होंने अपनी सारी संपत्ति सुनीता देवी कोहली फाउंडेशन के नाम ट्रस्ट में छोड़ी है, जो छात्रों को छात्रवृत्ति प्रदान करने का काम करता है। दिलचस्प बात यह है कि इस धन का उपयोग ओलिव रिडले कछुओं की अपने अंडों को सुरक्षित रखने हेतु अड्डा बनाकर रहने की आदतों के बारे में अनुसंधान का खर्च उठाने के लिए किया जाता है। इस जानकारी से उनके अनेक सहयोगियों को अचंभा हुआ है क्योंकि उन्होंने अपने जीवनकाल में इस विषय में कोई रुचि नहीं दिखाई थी।''

—नवाबी न्यूज}

हैवलॉक रोड एन्क्लेव

दोपहर 12 बजे

''चिड़िया तू बैठी रहना रे, तेरा साजन आवे है,
चिड़िया तू उड़ न जाना रे, बहकी हवा आवे है…''

ढोलक की हर थाप के साथ शिल्पी का दिल एक अप्रशिक्षित संगीतज्ञ की तरह

मनमौजी ढंग से उछल-उछल पड़ता जो ताल मिलाने की भरसक कोशिश कर रहा होता है लेकिन हर बार उसका प्रयास विफल हो जाता है। उसके विचार खुले धागों की तरह उलझे हुए थे जो आपस में गुँथ जाते हैं। कोई किनारा न पाकर वे अपने पर ही घूम पड़ते और एक-दूसरे को भूखे राक्षसों की तरह निगलने लगते जब तक कि उसका मन एक धुँधला शून्य न हो जाता। अचानक दुनिया चक्कर खाने लगी और उसने स्वयं को एक गरम, घेरनेवाले अंधकार में उतरते पाया। होश गँवाते हुए भी उसके अधरों पर एक मुसकान उभर आई।

ढोलक बजने और वधू को तंग करनेवाले गीतों की आवाज हैवलॉक रोड एन्क्लेव स्थित बी ब्लॉक के फ्लैटों में गूँज रही थी। पड़ोसी समझदार थे। उन्होंने खुशी से शोर-शराबे को सह लिया। आमतौर पर शांत रहनेवाले अग्रवाल परिवार के लोग आदर्श पड़ोसी थे और उनके मित्रगण उनके इकलौते पुत्र के विवाह के जश्न में शामिल होकर बहुत खुश थे। तेज बारिश से भी उनके जोश में कोई कमी नहीं आई थी और पूरा अग्रवाल गुप्ता वंश मुँह-दिखाई के उत्सव में हाजिर था। किसी ने समय बिताने के लिहाज से गाने का कार्यक्रम शुरू करने का सुझाव दिया। बस, फिर क्या था, एक आंटी के घर से ढोलक आ गई और हवा में संगीत लहराने लगा।

घर के अंदर उत्सव का माहौल था और वहाँ रहनेवालों के चेहरे खुशी से खिले हुए थे। दरवाजों पर आम्रपत्र के बंदनवार लटकाए गए थे। अगरबत्तियों, हल्दी तथा गरमागरम भोजन की सुगंध मन को लुभा रही थी। मेहमानों से घर भरा हुआ था। बच्चे अतिथि-कक्ष में जमा हो गए थे। बड़े ताश खेल रहे थे और छोटे बच्चे टेलीविजन देख रहे थे। सबसे छोटे कमरे में दस-बारह औरतें फर्श पर बिछी दरी पर बैठी हुई पूरे गले से गाने में मगन थीं। साथ लगे कमरे में श्रीमती अग्रवाल की सास, माँ और एक वृद्ध मौसी पलंग पर पड़े हुए आराम फरमा रही थीं और बीच-बीच में वे लोग खुले हुए दरवाजे के माध्यम से बैठक में चल रहे गाने-बजाने तथा बातचीत में भी शामिल हो जाते थे। श्रीमती अग्रवाल उन कमरों के बीच आ-जा रही थीं और इस बात का पूरा ध्यान रख रही थीं कि नाश्ते की भरी प्लेटें मेहमानों तक पहुँच रही हैं। अगर इस बात पर विचार किया जाए कि श्रीमती अग्रवाल सिर्फ एक कुक रामू की मदद से अकेले सब कुछ सँभाल रही थीं तो घड़ी के हिसाब से उनकी चुस्ती-फुर्ती और दक्षता किसी भी पेशेवर खानपान प्रबंधक को शर्मसार कर सकती थी।

इस रंगीन अस्त-व्यस्तता के बीच वधू शिल्पी बैठी हुई थी। उसने चमकीले मैरून रंग की बनारसी रेशमी साड़ी पहनी हुई थी, सिर ढँका हुआ था और वह सिर झुकाए तथा आँखें नीची किए एक नई-नवेली दुलहन की निर्धारित मुद्रा में बैठी थी। कभी-कभी वह दीवार से पीठ लगा लेती और अपनी आँखें बंद कर लेती। फिर किसी मौसी

या मामी या बुआ की कोई टिप्पणी या कटाक्ष सुनकर चौंक जाती और अपने कल्पना-लोक से वर्तमान में आ जाती। उस कमरे में मौजूद सभी दुलहन की घबराहट को अच्छी तरह समझते थे और इसीलिए कोई उसपर ध्यान नहीं दे रहा था, जब तक वह किसी प्रेतात्मा के वशीभूत औरत की तरह चक्कर खाकर मूर्च्छावस्था में चीखते और हँसते हुए पूरी तरह बेहोश व बेसुध होकर गिर नहीं पड़ी। गाना-बजाना एकदम रुक गया। कोई एक गिलास पानी लाने के लिए दौड़ा। उसके बिल्कुल पास बैठी मौसी ने शिल्पी का सिर अपनी गोद में रख लिया। रिश्ते की एक छोटी बहन बराबर के कमरे से यह देखने के लिए आई कि संगीत अचानक बंद क्यों हो गया। श्रीमती अग्रवाल की माँ महामृत्युंजय मंत्र का जाप करने लगीं। कुछ और आंटियों ने उसकी बर्फ जैसी ठंडी पड़ी गहरी लाल मेहँदी रची हुई हथेलियों तथा पाँवों को मलना शुरू कर दिया। धीरे-धीरे उसके निस्पृह शरीर में जान लौट आई और शिल्पी ने अपनी आँखें खोलीं। वह आत्म-विस्मृत लग रही थी। उसको घेरे हुए चिंतित चेहरों को पहचानना उसके लिए संभव नहीं था और वास्तविकता ने एक बार फिर उसपर चोट कर दी।

दो माह पहले तक वह अर्थात् शिल्पी गुप्ता आगरा में बी.कॉम. (तृतीय वर्ष) की पढ़ाई कर रही थी और वह डिग्री प्राप्त करने के बाद एम.बी.ए. करना चाहती थी ताकि किसी बड़ी कंपनी में कोई अच्छी नौकरी कर सके। लेकिन एक ही फोन कॉल ने उसकी जिंदगी बदलकर रख दी। मीता मामी परिवार की ओर से जोड़ी मिलाने का काम करती थीं और उनकी तरफ से आई किसी भी सूचना का घर में हमेशा स्वागत होता था। जैसी कि संभावना थी, मम्मी और पापा ने ऐसे प्रस्ताव पर खुशी जाहिर की थी। देखने में अच्छा सुंदर लड़का व पारिवारिक व्यवसाय में जमा हुआ और एक प्रतिष्ठित खुशहाल परिवार। दहेज की माँग बस इतनी कि वे आसानी से पूरा कर सकें। उसे अपने आपको भाग्यशाली समझना चाहिए था।

समस्या यह थी कि शिल्पी को नहीं लगा कि वह भाग्यशाली है। इक्कीस साल की उम्र में वह पढ़ना चाहती थी और एक शानदार नौकरी पाने का अपना सपना साकार करना चाहती थी। मम्मी के इन आश्वासनों के बावजूद कि शादी के कारण उसकी पढ़ाई पर असर नहीं पड़ेगा, शिल्पी जानती थी कि शादी के बाद वह भी अपनी माँ और मौसी, बुआ आदि की तरह एक कर्तव्य-परायण पत्नी तथा गृहिणी बनकर रह जाएगी। मगर उसका पति खुले दिल का हुआ तो उसे फैमिली शोरूम काउंटरों के पीछे बैठने तथा हिसाब-किताब रखनेवालों पर नजर रखने की इजाजत मिल जाएगी। लेकिन उसे घर के अंदर या कार्यस्थल पर कभी मालिक बनने के बारे में नहीं सोचना चाहिए। लेकिन होनेवाली वधू की इच्छाओं को कब से महत्त्व दिया जाने लगा? उसका प्रतिरोध घास के उस तिनके के समान था, जो उसे उड़ाकर ले जानेवाली तेज हवा को रोकने की

नाकाम कोशिश करता है। उसकी रिश्ते की बहन ने उसके प्रति सहानुभूति रखने के बावजूद उसे सलाह दी कि उसे प्रवाह के साथ ही जाना चाहिए और वैवाहिक संबंध में खुशी तलाशनी चाहिए। लेकिन शिल्पी के अंदर के एक हठी हृदय ने अपने सपनों को इस अतिक्रमण के हवाले करने से इंकार कर दिया। जिंदगी में पहली बार उसने निश्चेष्ट प्रतिरोध के पीछे उस रहस्य को समझा जिसने ब्रिटिश साम्राज्य की ताकत को घुटने टेकने पर विवश कर दिया था।

शिल्पी जब तक जान पाती उससे पहले ही उसकी सगाई कर दी गई और शादी की तारीख भी तय हो गई। उसने अपने भावी पति की एक झलक भर देखी थी। उसकी उम्र की लड़कियाँ जब अपने जीवन साथी को चुनने की आजादी भोग रही थीं तब शिल्पी को अपने जीवन साथी पर सिर्फ एक नजर डालने दी गई थी। वह विश्वास नहीं कर सकी कि इक्कीसवीं सदी में भी पुरानी व दकियानूसी धारणाओं ने उनके जीवन पर आधिपत्य जमाया हुआ है। उसने कसम खाई कि आजादी और केवल आजादी उसे स्वीकार्य होगी। लेकिन कैसे?

शादी की तैयारियों, कपड़ों, गहनों और उपहारों आदि की खरीदारी में समय तेजी से निकला जा रहा था। एक रात वह मंडप में थी और नीरज को माला पहना रही थी। साधारण दिखनेवाली इस एक परंपरा ने उसे न केवल उस घर से अलग कर दिया जहाँ वह जनमी थी और बड़ी हुई थी बल्कि अपने माता-पिता तथा अपने नाम से भी पराया कर दिया। अब वह नीरज अग्रवाल की पत्नी श्रीमती अग्रवाल थी। कार जैसे ही उसे लेकर उसके माता-पिता के घर से जाने के लिए तैयार हुई, शिल्पी को यह सोचकर बुरी तरह रोना आ गया कि वह अपना सब कुछ पीछे छोड़कर जा रही है। निश्चेष्ट प्रतिरोध में उसका विश्वास चमकती रेत जैसा था जिसे समुद्री लहरों का हर आक्रमण बहा ले जाता था। अंतिम परीक्षा का समय करीब था। क्या वह अपने निश्चय पर अडिग रह पाएगी या अपने पूर्वजों की तरह हार मान लेगी?

पहला दिन काफी आसान रहा। वे देर रात लखनऊ पहुँचे और घर इतना छोटा पड़ गया कि एकांत की कोई गुंजाइश नहीं थी। उसके सास-ससुर का शयन-कक्ष एक सामान्य शयनागार में बदल गया था। नीरज की दादी लंबे सफर के बाद इतनी थक गई थीं कि बिना सोचे-समझे नीरज के कमरे में जाकर लेट गईं। शिल्पी को नीरज के कमरे में उसकी दादी के साथ सोना पड़ा। शिल्पी ने सारे रास्ते गौर किया कि नीरज उसे खोजी नजरों से देख रहा है और पहुँच जाने के बाद उसकी भावनाओं को पढ़ने की कोशिश कर रहा है। क्या उसे आभास हुआ कि कुछ गलत है? अपनी गुप्त लालसा के बारे में उसे कोई सुराग न देने के इरादे पर डटी रहकर शिल्पी ने चेहरा शांत एवं अनुद्विग्न बनाए रखा तथा अपनी दूरी बनाए रखी। यह कोई मुश्किल काम नहीं था क्योंकि रूढ़िवादी

भारतीय परिवारों में घनिष्ठ प्रेम-संबंधों के प्रदर्शन की परंपरा नहीं है। शिल्पी जहाँ तक संभव हो, खुद को रोकने पर अडिग थी। उसे स्टॉकहोम सिंड्रोम याद आ गया। उसकी अपनी स्थिति उसी का एक भिन्न रूप थी। गले में सोने की जंजीरों और पैरों में पायलों ने उसे इस आदमी और उसके परिवार से बाँध दिया। उसे उन औरतों की मूर्खता पर आश्चर्य हुआ जिन्होंने उससे पहले इन जंजीरों को हँसते-हँसते स्वीकार कर लिया था। अगर उन्हें बता दिया गया होता कि 'तुम्हें जीवन भर के लिए 1200 वर्ग फीट के एक फ्लैट में कैद किया जा रहा है, जहाँ तुम्हें अपने मन व तन से अपने स्वामी की सेवा करनी होगी और उन सभी सपनों या संबंधों को त्याग देना होगा, जिन्हें बनाए रखने की अनुमति तुम्हारा स्वामी नहीं देता है,' तो उन स्त्रियों ने शेरनी की तरह मुकाबला या विरोध किया होता। लेकिन जब उन्हें सोने की जंजीरों, जरी के काम की भड़कीली साड़ियों तथा चमचमाते हीरों का लालच दिया जाता है तो वे खुशी से उस जाल में फँस जाती हैं। शिल्पी को सामाजिक मान्यता प्राप्त इस युगों पुरानी प्रथा की विदग्धता पर हैरानी के साथ-साथ तीव्र वेदना का भी अनुभव हुआ।

आज लगातार हो रही बारिश के कारण उसका मिजाज बहुत खराब था। उसकी भावनाओं को प्रतिबिंबित करता धुँधला व उदासीन आकाश सुबह उससे मिलने आया। नीरज ने बाथरूम के पास उसे पकड़ लिया और उसके कान में धीरे से कहा कि आज दोपहर को हमें सिंगापुर के लिए निकलना है, उसके बारे में सोचो। बेचारा लौंडा! उसने शिल्पी की उदासी का कारण घबराहट समझ लिया। ऐसा कुछ नहीं है, हनीमून के दौरान सब ठीक हो जाएगा।

कैदी की ताबेदारी, और जी-हुजूरी सुनिश्चित करने के लिए शतरंज की एक और चाल। कुछ दिनों की छुट्टी लेकर किसी खूबसूरत जगह का भ्रमण करने जाना और नई-नवेली पत्नी के साथ एकांत में कुछ समय बिताना तथा उसे भेंट व उपहार दिलाना जिंदगी भर के लिए उसका समर्पण पाने और दासी बनाए रखने के लिए एक मामूली निवेश है।

वह जानती थी कि उसका निश्चेष्ट प्रतिरोध दो सप्ताह के निरंतर आक्रमण के आगे टिक नहीं पाएगा। यह अभी या कभी नहीं जैसा प्रश्न था। लेकिन कैसे? उसके मस्तिष्क पर शब्दों के हथौड़े पड़ रहे थे जो उसकी आँखों में आँसू ला रहे थे। उसके आँसुओं को देखकर औरतों ने एक-दूसरे की ओर मुसकान फेंकी—शायद उसे अपने मायके अर्थात् अपने माँ-पिताजी के घर की याद सता रही होगी। सब कुछ वैसा ही था जैसा कि होना चाहिए। शिल्पी विरोध में चीखना चाहती थी इस पहेली पर—उन्होंने मुझे नहीं बचाया। मुझे क्यों रोना चाहिए उनके लिए? मैं अपने लिए रो रही हूँ।... ढोलक की हर थाप किसी घड़ी की टिक-टिक जैसी थी, जो अपने प्रस्थान के समय को और

करीब ला रही थी। शिल्पी का मन और तनाव सहने की दशा में नहीं था और वह चेतना-शून्य हो गया।

किंतु किसी भी वास्तविकता से ज्यादा देर मुँह मोड़कर नहीं रहा जा सकता है। बहुत जल्दी वह बादलों से उतरकर अग्रवाल परिवार के लिजलिजे व ठसाठस भरे बैठक खाने में वापस आ गई। उसे पुन: होश में आते देखकर कमरे में मौजूद सभी लोगों ने सामूहिक रूप से एक गहरी साँस खींची। सबने सोचा कि गर्मी और थकान के कारण उसे चक्कर आ गया होगा। श्रीमती अग्रवाल अपनी बहू के लिए कुछ जूस लाने के लिए दौड़ गईं। ढोलक फिर उसी ताल में लेकिन कुछ धीमे सुर में बजने लगी। जूस पीते ही शिल्पी को कुछ-कुछ ऐसा अनुभव हुआ कि उसकी किलेबंदी में पहली दरारें आने लगी हैं। व्यंग्यात्मक रूप से घर में यह औरत ही थी जिसने सुनिश्चित किया कि नए कैदी को जंजीरों में अच्छी तरह जकड़ देना होगा। मानसिक रूप से खुद को झटककर उसने स्वयं को पुन: आश्वस्त किया कि उसकी खोई हुई आजादी लौटाने के लिए कोई चमत्कार अवश्य होगा।

साथ वाले कमरे में बड़ी हलचल थी जहाँ श्रीमती अग्रवाल दोपहर के भोजन की तैयारियों का निरीक्षण करने में लगी हुई थीं। किसी ने चीख मारी लेकिन गाने-बजाने का कार्यक्रम फिर शुरू हो जाने के कारण चीख दबकर रह गई। रिश्ते की बहनों में से एक देखने चली गई कि क्या हुआ है। कुछ क्षणों के बाद दूसरी उठकर चली गई। और यह सिलसिला चलता रहा। देखते-देखते बैठक में शिल्पी नितांत अकेली रह गई। रोने और सिसकने की आवाजें दूसरे कमरे को जोड़नेवाले बंद दरवाजे से आ रही थीं। शिल्पी असमंजस में थी—क्या करे, क्या न करे।

कुछ मिनट बीत जाने के बाद शिल्पी अपनी जिज्ञासा को नहीं रोक सकी। वह देखने के लिए बाहर निकली लेकिन उसने कमरा बिलकुल खाली पाया। सारे-के-सारे नाते-रिश्तेदार अपार्टमेंट बिल्डिंग के विशिष्ट कक्ष एवं दीर्घा में जाकर इकट्ठा हो गए थे। वह भीड़ के बीच से रास्ता बनाती हुई आगे बढ़ी और उस एकमात्र व्यक्ति श्रीमती अग्रवाल को खोजने लगी, जिसे वह जानने का दावा कर सकती थी। उन्होंने एक आंटी को पकड़ा हुआ था और रोए जा रही थीं। शिल्पी के दिल में डर बैठ गया। वह समझ गई कि कोई भयंकर घटना हुई है। सबकी निगाहें उसपर थीं। कुछ आँखों में उसपर दोष मढ़ने का भाव था तो कुछ में रहम और दया थी। भीड़ से नफरत की लहरें आ रही थीं और उसे चीर रही थीं। उसने क्या किया है?

बारिश लगातार गिर रही थी और दृष्टि धुँधला गई थी। उसी समय एक एंबुलेंस अंदर आई और दहाड़ें मारती हुई श्रीमती अग्रवाल बारिश में बाहर दौड़ गईं। एंबुलेंस के दरवाजे खुल गए। एक स्ट्रेचर पर सफेद चादर में लिपटी नीरज की निष्प्राण देह सबके

सामने थी। शिल्पी के चारों तरफ एक तेज मरमराहट की लहर उठी।

"केवल एक की ब्याहता···इतनी जवान।"

"···मंगली रही होगी, पति के लिए अमंगलकारी, अशुभ।"

"आज सुबह ही···उसका व्यवहार और उसका हँसना ऐसा लग रहा था जैसे कोई प्रेतात्मा उसपर सवार हो···दुष्टात्मा···"

"···इससे पहले कि कोई दूसरी विपत्ति आए तत्काल वापस भेज देना चाहिए···।"

"···सड़क दुर्घटना···भारी बारिश···बरसात में बाइक फिसल गई···मौके पर ही मौत।"

उनकी आँखों को वह अपने बदन पर महसूस कर सकती थी। वह समझ गई कि वे उसकी ओर से कोई भावनात्मक प्रतिक्रिया दर्शाने की प्रतीक्षा कर रहे हैं। शिल्पी असमंजस में थी कि वे उससे क्या चाहते हैं। विवाह के चौबीस घंटे बाद वह विधवा हो गई। उसे ऐसी अशुभ, दुष्टात्मा बताया गया जो अपनी प्यास बुझाने के लिए अपने ही पति का खून पी गई। तो फिर यह परिवार उससे किस प्रतिक्रिया की अपेक्षा रखता है, जो उसके लिए अभी बिल्कुल नया परिवार है? शिल्पी को स्वयं नहीं पता कि उसे कैसा महसूस हुआ। सदमा, सहानुभूति, दुःख, एक अनिश्चित भविष्य का डर और इन सबसे पहले स्वतंत्र होने का बोध—उसके मन में सब कुछ गड्ड-मड्ड हो रहा था।

वह एक विधवा थी।

वह एक हत्यारिन थी।

उसकी आजाद रहने की चाह ने उसे यानी उसके पति को मार डाला।

वह अब स्वतंत्र थी, एम.बी.ए. की पढ़ाई करने के लिए मुक्त, घर जाने के लिए मुक्त और अपने सपनों को पूरा करने के लिए मुक्त। उसने अपने पूर्वजों के युगों पुराने श्राप को तोड़ दिया था। वह एक उत्तरजीवी थी, एक विजेता।

लेकिन श्रीमती अग्रवाल और नीरज के बारे में सोचकर उसे नहीं लगा कि वह एक विजेता है।

उसे कैसा महसूस होना चाहिए था?

शिल्पी उस बारिश में ही बाहर निकल गई। उसके गाल पानी से भीग गए और पानी उसकी आँखों में घुसने लगा। {छब्बीस साल का एक आदमी उस समय मारा गया, जब बरसात में उसकी बाइक फिसल गई और 'प्रतिभा' सिनेमा हॉल के पास मोड़ पर एक पेड़ से जा टकराई। पिछले तीन महीनों में उस स्थान पर होनेवाली यह छठी दुर्घटना है। स्थानीय लोगों की शिकायत है कि उस अंधे मोड़ पर कोई गति-अवरोधक या चेतावनी के संकेत नहीं हैं। बार-बार हुई दुर्घटनाओं के बावजूद नगर प्राधिकारियों ने इस समस्या को हल करने के लिए कुछ नहीं किया है।

–स्नैपशॉट लखनऊ}

रिवर बैंक अपार्टमेंट्स, शाह नजफ रोड

सायं 2:45 बजे

शीनू घर जाने से डर रहा था। उसकी दस साल की बुद्धि में न जाने कहाँ से ऐसे-ऐसे अनकहे, अनसुने व डरावने चित्र उभरने लगे जिनके बारे में उसने बींस्टॉक की कहानी में पढ़ा था और कहानी के पात्र जैक को जिनका सामना करना पड़ा था। आज उसकी सफेद स्कूल ड्रेस बरसात के गँदले पानी से खराब हो गई थी और उसका डर जैक के बींस्टॉक जितना बढ़ गया था। उसने टाइम को रोकने की कोशिश की जो कभी-कभी उसकी मदद कर लेता था। लेकिन टाइम अर्थात् समय को भी पता था कि यदि उसे बहुत देर हो गई तो वह उसकी खोज में बस स्टॉप तक आ जाएगी और तब इसके बारे में उसके पिता को पता चल जाएगा। और फिर शीनू ने उन सभी डरावनी बातों के बारे में सोच लिया जो हो सकती थीं।

शीनू ने आँसुओं को रोकने का प्रयत्न किया, लेकिन वे बरसात से मिलकर आते रहे। ओह! बरसात क्यों होनी थी? स्कूल के बाद जब वह इंतजार कर रहा था तब बस का टायर एक गड्ढे में चला गया और गड्ढे का गंदा पानी छपाक से उसके ऊपर आ पड़ा। जब उसने देखा कि उसकी सफेद ड्रेस मटमैली हो गई है तो चीत्कार के साथ उसकी खुशी डर में बदल गई। उसे मालूम था कि वह उसे कभी माफ नहीं करेगी।

शीनू अपने घर पहुँचा और बरामदे तक जानेवाली सीढ़ियों पर बैठ गया। इस प्रकार वह समय को थोड़ी और देर के लिए रोक सकता था और यदि उसने उसकी तलाश में जाने का निश्चय किया तो वह बाहर निकलते ही उसे देख लेगी। शीनू को यह जुगत अच्छी लगी और उसने यहीं प्रतीक्षा करने का निर्णय किया। उसके बरसाती कोट ने कुछ हद तक उसका बचाव किया; लेकिन उसके पाँव व मोजे भीग गए थे और इसी कारण उसके बदन पर ठंड चढ़ने लगी। क्या वह भी मर जाएगा और अपनी मम्मी के पास चला जाएगा?

घर के अंदर रीना ने गुस्से में भरकर अपनी घड़ी पर नजर डाली। शीनू फिर लेट हो गया। लड़का गैर-जिम्मेदार है। शांतनु ने कहा, वह पहले ऐसा नहीं था लेकिन उनकी शादी हो जाने के बाद वह शायद असुरक्षित महसूस करने लगा है। आरंभ में रीना ने बहुत अच्छी माँ बनने का प्रयास किया। लेकिन शीनू ने उसकी प्यार-दुलार की सारी कोशिशों को अस्वीकार कर दिया। वह हर समय उससे भयभीत रहने लगा था। उसको अंतत: उसके भय का कारण समझ में आ गया जब उसने अर्थात् रीना ने उसे स्नोव्हाइट तथा सिंड्रेला की दुष्ट सौतेली माँओं के बारे में पढ़ते हुए पाया। क्या किसी नेक अच्छी

सौतेली माँ के बारे में कोई कहानी नहीं थी? रीना को अपने पति शांतनु के साथ कल रात हुई बहस की याद आ गई।

"उसे थोड़ा वक्त दो, रीना। लड़का डरा हुआ और अकेला है। मैं भी उसे वक्त नहीं दे पाता हूँ।"

"मैं सहनशील बनने की कोशिश कर रही हूँ, तनु; लेकिन वह लगता है अपने ही बनाए किसी खेल में सिमटकर रहने की आदत डाल रहा है। स्कूल में उसके नंबर घटने लगे हैं। हमें जल्दी कुछ करना होगा।"

"मैं समझता हूँ, हमें उसे कुछ और समय देना चाहिए। सब कुछ ठीक हो जाएगा। तुम चिंता बहुत करती हो।" इसके साथ ही शांतनु ने बहस बंद कर दी थी।

लेकिन रीना बेचैन थी। उसने बहुत छोटी आयु में अपने पिता को खो दिया था और उसकी माँ ने यद्यपि दुबारा शादी नहीं की थी फिर भी वह उस पीड़ा को अच्छी तरह समझती थी जो माँ-बाप में से किसी एक के न रहने के कारण बच्चे को भुगतनी पड़ती है। वह जानती थी कि बालक को अकेले छोड़ देना इस समस्या का समाधान नहीं है। इससे पहले कि वह तय करे कि हमेशा अकेला रहना चाहता है उससे बात करनी होगी और उसके करीब जाना होगा।

वह अभी इन्हीं विचारों में खोई हुई थी कि तभी घड़ी ने 3 बजा दिए। शीनू को दो घंटे पहले घर आ जाना चाहिए था। रीना जानती थी कि उसे घर देर से पहुँचने की आदत है। बस स्टॉप से धीरे-धीरे चलकर रास्ते में छोटे-छोटे पिल्लों के साथ खेलकर वह घर आता है। लेकिन आज बारिश में उसे बाहर नहीं रहना चाहिए था। रीना ने एक दूसरे लड़के को फोन लगाया जो उसी बस में जाता-आता था। उन्हें कुछ देर अवश्य हो गई थी लेकिन शीनू 1 बजकर 15 मिनट पर उसके साथ बस स्टॉप पर उतर गया था। अनेक प्रकार की शंकाओं को दबाकर रीना ने एक छाता पकड़ा और बाहर निकल पड़ी। वह ठंड व गीली हवा में ठिठुरती हुई बस स्टॉप तक चलकर गई। वहाँ शीनू का कुछ अतापता नहीं था। उसने बस स्टॉप के निकट एक मरी हुई कुतिया को सड़क पर पड़े हुए देखा। जरूर कोई पागल, तेजी से गाड़ी चलानेवाला उसे दबाकर चला गया होगा। उसे चिंता होने लगी कि अब उसके छोटे-छोटे बच्चों का क्या होगा? और फिर एक भीषण डर ने उसे घेर लिया—अगर शीनू के साथ कोई दुर्घटना हो गई हो तो!

वह तुरंत घर के लिए मुड़ गई। उसने सोचा लिया कि शांतनु को बुलाकर शीनू को खोज लाने के लिए कहेगी। और फिर रीना की नजर उसपर पड़ गई। उनके साधारण घर के बाहर घास की पट्टी पर वह मुड़ी-मुड़ी होकर पड़ा था। उसने चैन की साँस ली।

वह दौड़ी-दौड़ी शीनू के पास गई और देखा कि वह लेटा हुआ है, सर्दी से ठिठुर रहा है, आँखें बंद हैं और साँस रुक-रुककर चल रही है। जायफल के वृक्ष ने उसका

कुछ बचाव अवश्य किया था, लेकिन फिर भी बरसाती कोट के अंदर वह पूरी तरह भीगा हुआ था। रीना उसे उठाकर घर के अंदर ले गई और फिर कुछ देर उससे इंतजार किया।

उसने अपनी आँखें खोलीं और मम्मी को अपने निकट पाया। वह उसे चूम रही थी। उसकी गरमाहट बहुत आरामदायक थी और फिर उसने कान में कुछ कहा। शीनू ने खुद को एक बहुत छोटे पिल्ले के साथ बिस्तर पर बैठा हुआ पाया। उसकी माँ का फोटो पलंग की बगल में रखा था। पप्पी प्यार से उसे चाट रहा था। शीनू खुशी से हँसा और उसके गरम बालदार जिस्म को सहलाने लगा।

उसी समय दरवाजा खुला और वह अंदर आई। शीनू ने सोच लिया कि देर से आने, अपने स्कूल की पोशाक गंदी करने और भिगो लेने के लिए उसे अब फटकार पड़ने वाली है। लेकिन डाँटने-डपटने के बजाय वह उसके पलंग पर पास में बैठ गई और पूछने लगी, ''तुम इसे किस नाम से पुकारोगे?''

''राजा, बाहर बारिश में यही मेरे साथ था।''

''मैं जानती हूँ। यह अंदर चला आया, जब मैं तुम्हें उठाकर लाई। यह तुम्हें कहाँ मिला?''

''इसकी मम्मी भी मर गई। मैंने बस से उतरते समय उसे देखा था। यह मुझे जानता है। मैं हर रोज अपना टिफिन इसे देता हूँ। यह मेरे पास आ गया।''

फिर एक क्षण रुककर और आँखों में घबराहट लिये हुए शीनू ने अपने मन पर भारी पड़ रही बात के बारे में उससे पूछा, ''क्या मैं इसे रख सकता हूँ?''

उसने जवाब नहीं दिया। उसने शीनू की मम्मी की तस्वीर उठा ली और कहा, ''क्या तुम समझते हो कि यह तुम्हारे साथ रहना चाहेगा?''

''बेशक! मैं उसे प्यार करूँगा और उसे सब कुछ दूँगा।''

''लेकिन वह अभी भी अपनी मम्मी चाहेगा।'' उसने हठपूर्वक कहा।

''लेकिन उसकी मम्मी तो मर चुकी है और आज से मैं उसकी मम्मी बनूँगा।''

''पक्का?''

''पक्का।'' शीनू ने अपनी योजना रीना के हाथों में रख दी ताकि वह उसपर अपनी मुहर लगा दे।

''एक शर्त और। अगर तुम उसकी मम्मी बनोगे आज से तो क्या तुम मुझे अपनी मम्मी बनने दोगे?''

शीनू की लजीली मुसकान में उसे अपना जवाब मिल गया।

{ऐनीमल्स इंटरनेशनल ने उन भूले-भटके पशुओं के लिए अखबारों की रद्दी, कंबल और बिछानेवाली चादरें दान में देने की माँग की है, जिन्हें बरसात

में आश्रय के लिए उनके सेंटर में लाया गया है। पशु-प्रेमियों से अनुरोध है कि वे ज्यादा आगे आएँ और ज्यादा-से-ज्यादा मात्रा में अंशदान करें। याद रहे, आपका सहयोग किसी की जान बचा सकता है।

—ऐनीमल्स इंटरनेशनल}

एल.आइ.सी. ऑफिस, हजरतगंज

सायं 5:20 बजे

वरुण ने अपनी घड़ी देखी और फिर बाहर हो रही बारिश पर नजर डाली। आज बारिश के रुकने का कोई आसार नजर नहीं आ रहा था। वरुण ने अपना काम बंद करके बाइक पर सवार होकर घर जाने का फैसला कर लिया। सुबह अपशकुनी बादलों के बावजूद वह अपने साथ अपना बरसाती कोट लाना भूल गया था। कुछ दिलेरी दिखाने का यही तो समय था।

नीचे स्वागत क्षेत्र में कई लोग झुंड बनाकर खड़े हुए थे। उन्हें देखकर वरुण को उन छोटे-छोटे पिल्लों का ध्यान आ गया जो एक-दूसरे के ऊपर पड़े हुए गरमाहट ले रहे होते हैं। उसने इधर-उधर नजर दौड़ाई और रेनू को एक कोने में खड़े हुए पाया। रेनू हमेशा किसी कोने में ही खड़ी होती थी, नहीं तो उसे लगता था कि लोगों को उसपर आँखें गड़ाने के सिवा कोई और काम नहीं है। वरुण को यह देखकर बड़ी चिढ़ हो रही थी कि वह फर्नीचर में धँसने की कोशिश क्यों कर रही है। उसने सोचा कि इस बाहरी चेहरे-मोहरे के पीछे जरूर कोई कुशाग्र एवं दिलचस्प शख्सियत छिपी है। उसके मन में कुछ ऐसी हिलोर अचानक उठी कि वह तुरंत उसके पास जा पहुँचा।

"अच्छे समय पर बारिश आई है।"

"मुझे बारिश अच्छी लगती है और आश्चर्य सदैव बेहतर होते हैं, क्या नहीं होते?"

वरुण को रेनू से यह सुनकर अचंभा हुआ। अधिकांश समय वह यही जतलाने का प्रयास करती थी कि यदि किसी ने उसे चौंकाया तो वह बेहोश हो जाएगी। वरुण ने सोचा कि वह उसे बच्चा समझ रही है। और तभी रेनू को चकित करने के उद्देश्य से वरुण ने यह सवाल उछाल दिया, "तो फिर बाइक पर चढ़कर घर जाने के बारे में क्या ख्याल है?"

"लगता तो नहीं कि तुम गंभीर हो। हम भीग जाएँगे पूरी तरह। और मेरी वजह से 4 किलो मीटर आगे जाना पड़ेगा।" रेनू की आवाज संतुलित व संजीदा थी लेकिन उसकी चमकती आँखों में दिलचस्पी का संकेत भी था।

"प्रस्ताव के लिए धन्यवाद, लेकिन नहीं, शुक्रिया।"

साधारणत: वरुण ने मामला वहीं खत्म हो जाने दिया होता। आखिरकार, रेनू उसके जैसी तो बिल्कुल नहीं थी, मेकअप नाममात्र का करती थी और उसे देखकर लगता था जैसे मीताली शर्मा की देहात में रहनेवाली रिश्ते की बहन हो। अब मीताली कोई और थी और उनके ऑफिस में उसे मिस हॉट लेग्स (मिस गरम टाँग) यूँ ही नहीं कहा जाता था। ऑफिस में उसके रहते रेनू उर्फ मिस प्लेन फेस (मिस साधारण) की ओर कोई नजर उठाकर भी नहीं देखता था। लेकिन आज कोई दुष्ट उसे धकेल रहा था। उसने खुद से कहा कि बारिश और अचंभों के बारे में उसकी पहलेवाली बात ने उसे उकसा दिया था। एजेंट विनोद ने मिस रेनू के रहस्य पर से आज परदा उठाने का फैसला कर लिया और इस प्रकार उसने एक नीरस शाम को मजेदार बनाने के बारे में सोचा।

''तुम डरी हुई हो। डरपोक।''

जैसा कि वरुण का अनुमान था रेनू ने चुनौती को जाने नहीं दिया। ठीक तीन मिनट के अंदर वे बजाज पल्सर पर सवार होकर बारिश की परवाह न करते हुए हवा से बातें कर रहे थे, जो उनके चेहरों और जिस्मों पर तड़ातड़ पड़ रही थी।

नढ़ी ट्रैफिक जंक्शन पर यातायात संकेत हरा होने तक उन्हें रुकना पड़ा। बाएँ हाथ की तरफ कॉफी हाउस न्योता दे रहा था और वरुण ने बाइक वहाँ रोक दी।

''क्या हुआ?''

रेनू की आवाज में घबराहट थी।

''तुम्हारा तो मुझे पता नहीं लेकिन मेरा कुछ गरमागरम कप्पूशीनों कॉफी पीने का मन कर रहा है।'' वरुण चुनौती की सीमाओं को बढ़ा रहा था।

अपने भावों को मुखौटे से ढाँपे हुए रेनू उसके पीछे-पीछे अंदर चली गई।

कॉफी लाने के आदेश जल्दी और खामोशी से दे दिए गए। प्रतीक्षा में बैठे-बैठे वरुण को न जाने क्या हुआ कि वह रेनू के चेहरे से अपनी आँखें नहीं हटा सके। बारिश ने मिस प्लेन-फेस को पूरी तरह बदल दिया था। उसका अंडाकार चेहरा, चिकने, काले व घने बालों के बीच तेज रोशनी में चमक रहा था। भीगी साड़ी जिस प्रकार उसके बदन से चिपकी हुई थी, उसे देखकर वरुण को यह बात समझ आ गई कि साड़ी की गणना अत्यंत विषयासक्त या इंद्रियजनित परिधानों में क्यों की जाती है। वह बहुत तंग एवं छोटे कपड़े पहननेवाली मिस हॉट लेग्स से कहीं अधिक आकर्षक लग रही थी।

वरुण को बोलने से पहले तीन बार अपना गला साफ करना पड़ा और फिर उसने वह बात कह डाली जो उसके मन में सबसे पहले आई।

''क्या तुम्हारी सगाई हो गई या कुछ चल रहा है?''

उसके चेहरे पर आई हैरानी को देखकर वरुण ने आगे कहा, ''नहीं, मेरा मतलब है, इस कॉफी के लिए आने में तुम्हें कुछ ठीक नहीं लग रहा था। ऑफिस में भी तुम

लड़कों से बचकर रहती हो।''

ऐसी सच्ची बात कह देने के बदले उसे एक मुसकान इनाम में मिली। वह एकदम स्तब्ध रह गई।

''नहीं, लेकिन मैं समझती हूँ, प्लेन-फेस के लिए मिस हॉट लेग्स की जमात में कोई जगह नहीं है।''

यह जानकर कि उसे उपनामों के बारे में पता है वरुण का गर्व चूर हो गया। ओह, वह उसके बारे में क्या सोचती होगी?

''जिन लड़कों का तुमने जिक्र किया है उनमें से अधिकांश से कतराने या बचकर रहने की जरूरत नहीं है। उन्हें मुझमें कोई आकर्षण नजर नहीं आता है।''

''और फिर यह एक झूठ है।'' लेकिन वरुण जानता था कि यह झूठ नहीं है। उसने रेनू को इस दृष्टि से कभी नहीं देखा था, जैसा आज उसे पाया है, स्वाभाविक और सांसारिक। इस वास्तविक भारतीय नारी की तुलना में मिस हॉट-लेग्स प्लास्टिक की एक बॉर्बी से ज्यादा कुछ नहीं थी।

कॉफी आ गई और असहज खामोशी उसकी गरमाहट में लुप्त हो गई। वे दफ्तर के अपने सहयोगियों के बारे में किस्से सुनाने लगे और फिर हँसी-मजाक पर उतर आए तथा अपने-अपने अनुभव उन्होंने साझा किए। रेनू समझदार एवं बुद्धिमान तो थी ही, उसमें विनोद-प्रियता का भी अभाव नहीं था। बात करते-करते वरुण को पता लगा कि उन्हें गजल सुनने का शौक है। अमिताभ घोष और विक्रम सेठ को पढ़ना उन्हें अच्छा लगता है और वे फिल्में भी बहुत देखते हैं। लेकिन उसे यानी रेनू को नाश्ते में डोसा-साँभर अच्छा लगता है, वरुण को आलू के पराँठे। वह आर.डी. बर्मन को बहुत पसंद करती है और वह कुर्त कोबेन पर जान देता है। उनके पास बात करने के लिए इतना कुछ था कि एक की बात पूरी होने से पहले ही दूसरा अपने जवाब के साथ तैयार रहता।

वरुण को मजा आ रहा था और कुछ ही घंटों के बाद जब रेनू ने कहा कि अब उन्हें चलना चाहिए तो उसे भयंकर निराशा हुई।

जब वे कॉफी हाउस से चले तब वरुण ने उसे गाइड करने के बहाने उसकी कोहनी पकड़ ली। बारिश अब भी जारी थी और वे बाइक की तरफ दौड़ गए।

रेनू ने उसे इंदिरा नगर में अपने घर का रास्ता बताया।

''क्या मैं तुम्हें तुम्हारे घर के दरवाजे तक छोड़ सकता हूँ?''

''क्या हमने ऐसा कुछ किया है जिसके लिए हमें शर्मिंदा होने या छिपने की जरूरत है वरुण?''

पिछले कुछ घंटे उसके साथ बिताने के बाद वरुण को रेनू का उत्तर सुनकर हैरानी नहीं हुई। उसकी दृढ़ता और उसके आत्मविश्वास ने उसे वशीभूत कर दिया। उसके

व्यक्तित्व के इस पहलू को वह अनदेखा कैसे कर सकता था?

जब वे उसके घर के बाहर रुके, गिरती बारिश ने उन्हें उनकी दुनिया में समेट दिया और वरुण ने रेनू को ऐसे देखा जैसे वह उसे पहली बार देख रहा हो। उसने उसमें मिस प्लेन फेस को नहीं पाया बल्कि किसी ऐसी लड़की को देखा जो उसे जिंदगी भर बाँधे रख सकती थी।

"रेनू, आज से मैं बारिश को अपनी पहली मुलाकात के साथ जोड़ दूँगा। और मैं चाहूँगा कि यह अनेक मुलाकातों की पहली गवाह बने।"

"क्या मैंने तुम्हें नहीं बताया, बारिश दिलचस्प चमत्कार लेकर आती है?"

{ऑफिस जानेवालों को शाम के समय भारी बारिश का सामना करना पड़ा। सड़कों पर पानी भर गया तथा ट्रैफिक बहुत धीरे-धीरे सरक रहा था। अधिकतर यात्री कई घंटों की देरी के बाद अपने-अपने गंतव्य पर पहुँच सके।

—शाम-ए-लखनऊ}

मॉडल टाउन

सायं 5:40 बजे

सेवानिवृत्त सदस्य, रेलवे बोर्ड—85 वर्षीय विमल नाथ राय, अपने घर के आगेवाले बरामदे पर अपनी बाजूवाली कुर्सी में आराम फरमा रहे थे। उस मुद्रा में लेटे हुए वह 100 वर्ष से अधिक पुरानी हवेली की काली एवं सफेद भीतरी छत देख सकते थे। यह हवेली उनके परदादा ने बनवाई थी। राय परिवार की तरह इस हवेली ने भी काफी समय बीत जाने के बावजूद अपनी प्रतिष्ठा की महक बनाए रखी थी।

पूरे घर में वह बरामदा उनकी पसंदीदा जगह थी। यहाँ बैठे-बैठे वह गुलाब वाटिका को देख सकते थे जिसे उनकी पत्नी अन्नपूर्णा ने बड़े प्यार से लगाया था। यादों का सिलसिला चल पड़ा। वह और अन्नपूर्णा दोनों की नव-विवाहित जोड़ी गुलाब-रोपण के बहाने कुछ क्षण चुरा लेते थे, जब वे 'नेताजी' किस्म का पौधा लगा रहे थे, जिसका फूल उनके अपने विरोध के रूप में सात दिन तक हर रोज रंग बदलता है तो उसी समय आपातकालीन स्थिति (इमरजेंसी) की घोषणा हो गई। बेबी पिंक गुलाब के फूलों की क्यारी उस समय लगाई गई थी जब सोमू पैदा हुआ इत्यादि। उनके जीवन में हर घटना ने भूमि के उस छोटे से टुकड़े पर अपनी छाप छोड़ी थी। गुलाब-वाटिका में सैर करना उनके लिए अलबम के पन्ने पलटने जैसा था। उनकी दृष्टि सफेद रंग के गुलाबों पर जाकर टिक गई जो उन्होंने ठीक 17 वर्ष पहले लगाए थे। उनके जीवन की सबसे पीड़ादायक घटना के बाद जब अन्नपूर्णा ने अस्पताल में उनका हाथ पकड़ा था और अपने अंतिम शब्द कहे थे। आज अन्नपूर्णा की पुण्यतिथि थी और उनकी अंतरात्मा

एक बार आखिरी बार अपनी पत्नी की उस आवाज को सुनने के लिए उत्कंठित हो रही थी, जो वह गुनगुनाया करती थी या उसके चाबी के गुच्छे की आवाज, जो उसकी साड़ी में बँधा रहता था और जब वह चलती थी तो गुच्छे की रुन-झुन सुनाई देती थी। उन्हें अपनी पत्नी की याद बहुत सताती थी।

और फिर उन्हें आगेवाली क्यारी में चमकदार लाल गुलाब—अवनी गुलाब नजर आए। अन्नू के निधन के बाद वर्षों तक घर सुर-ताल के बिना किसी गाने की तरह सुनसान बना रहा। उसके बाद अवनी आ गई थी। वह बिल्कुल अबनी पर गई थी। अवनी के आने से उनके जीवन में रंग भर गया था। वह उनकी हर समय की साथी बन गई और वे साथ-साथ मैदान में सैर करते तथा गुलाब-वाटिका की देखभाल करते थे। वह हर पौधे के बारे में उनसे पूछती तथा जब वे बताने लगते तो वह आँखें चौड़ी करके सुना करती थी। लाल गुलाब उसे सबसे ज्यादा पसंद थे जो उसके आने की खुशी में लगाए गए थे।

तीन माह पहले यह सब बदल गया जब सोमू के साथ एक लड़ाई के बाद टिया और अवनी अपने पिता के घर चले गए। विमल बाबू का दिल बैठ गया। उनके दुःख का कोई ठिकाना नहीं था। इस बार अपने किसी प्रिय की कमी उन्हें बहुत अधिक महसूस हुई। शुरू-शुरू में वह खामोश रहे। उन्हें आशा थी कि टिया और सोमू झगड़ा मिटाकर फिर एक हो जाएँगे। लेकिन जैसे-जैसे समय निकलता गया तथा अवनी की वापसी का कोई संकेत नहीं मिला तो उनकी निराशा बढ़ने लगी। एक शाम उन्होंने सोमू को पकड़ लिया और उससे उन्हें पता लगा कि सारा किस्सा असल में उन्हीं के कारण है। टिया विस्तृत मैदान के एक हिस्से को एक शॉपिंग कॉम्प्लेक्स में बदलना चाहती थी। उसके रिश्ते के किसी भाई ने यह सुझाव दिया था। उससे उन्हें हर महीने 50 हजार की आमदनी होगी। लेकिन शॉपिंग कॉम्प्लेक्स बनाने से उनकी गुलाब-वाटिका नष्ट हो जाएगी।

''मुझे यह मंजूर नहीं था बाबा क्योंकि मैं जानता हूँ कि वह जमीन का टुकड़ा आपके लिए क्या मायने रखता है। लेकिन वह समझना ही नहीं चाहती। मुझे कुछ समझ नहीं आ रहा है कि मैं क्या करूँ, बाबा।'' सोमू ने आँसू बहाते हुए कबूल किया था।

उस रात विमल बाबू सो नहीं सके। वह जान गए थे कि इस जीवन की यात्रा का अंतिम स्टेशन अब निकट ही है। फिर क्या वह अतीत से चिपके रहकर अपने परिवार की खुशी को नष्ट करना चाहते हैं? जो नहीं रहा उसके लिए क्या वह जीवित लोगों की बलि चढ़ा देंगे? अपना मन पक्का करने के बाद विमल बाबू अपने समधी के घर गए थे। उन्होंने टिया को वचन दिया कि उसकी इच्छा हो जाएगी और उसे लौट चलने के लिए कहा।

टिया और अवनी के लौट आने से जीवन की गाड़ी पुनः पटरी पर आ गई। रसोई में हलचल शुरू हो गई। नौकरों को काम करने के लिए हुक्म देती टिया की आवाज

सुनाई देने लगी। अवनी के गाने-गुनगुनाने की भोली आवाज से घर वैसे ही गूँजने लगा जैसे उसकी दादी के गाने से घर गूँजता रहता था। उनके आ जाने से घर का सूनापन दूर हो गया। फिर भी एक बड़ा खालीपन उनके दिल में बना रहा और उन्हें कचोटने लगा।

इन्हीं विचारों में गहरे डूबे विमल बाबू को पता भी नहीं चल पाया कि कब अँधियारा अंदर चला आया। सुबह से बारिश होती रही थी और बरामदे की छत से बाहर प्रवेश मार्ग पर गिरती बूँदों की टप-टप उन्हें सुनाई देती रही। कल ठेकेदार और उसके मजदूर मार्केट कॉम्प्लेक्स की नींव रखने के लिए आ जाएँगे। उन्होंने और अन्नू ने मिलकर जो बगीचा बनाया था उसपर मजदूरों की कुदाल चलने और पूरे बगीचे को खोद डालने के बारे में सोचकर उन्हें बहुत मानसिक पीड़ा हो रही थी। लेकिन वह अवनी की खातिर वचन दे चुके थे और वह अपने वचन को हमेशा पूरा करते थे। फिर भी एक प्रकार की बेचैनी उन्हें सता रही थी और उनके कंधे लटक गए थे।

शाम का समय उन्होंने अवनी के साथ चौपड़ और स्क्रैबल खेलने में बिताया। कोई और शाम होती तो वह उसके साथ बच्चा बन जाते, उसे हराकर वह खूब हँसते और खिलखिलाते। लेकिन आज रात उनका ध्यान कहीं और था। उनका मन भटक रहा था।

रात 10 बजे सब सोने चले गए। कुछ मिनट करवटें बदलने के बाद विमल बाबू ने अपनी बेचैनी को शांत करने के लिए नींद की एक गोली ले ली। और फिर वह सो गए।

प्रात: 2:16 बजे सोमू एक गरजदार धमाके की आवाज से चौंककर उठ बैठा। वह दौड़कर बाबा के कमरे की तरफ गया, जो घर के दूसरी ओर था। लेकिन वह हॉल के आगे नहीं जा सका क्योंकि दरवाजे का रास्ता धँस गया था। उसने कई बार 'बाबा, बाबा' कहकर पुकारा लेकिन कोई जवाब नहीं मिला।

अगले दिन सुबह मार्केट कॉम्प्लेक्स की नींव रख दी गई। नाम रखा गया— 'अन्नपूर्णा कॉम्प्लेक्स'।

{भारी बारिश के कारण कल रात मॉडल टाउन इलाके में एक मकान गिर गया। रेलवे बोर्ड के सेवानिवृत्त सदस्य श्री बी.एन. राय जिस कमरे में सोए हुए थे, उसकी छत धँस जाने से उनकी मृत्यु हो गई। दैवयोग से जान या माल का कोई और नुकसान नहीं हुआ।

—सुप्रभात, लखनऊ}

□

13

डायरी का रहस्य

''चौथे माले पर फ्लैट में कोई परिवार रहने आ रहा है।''

''ह-म्-म्-म्``।''

''मैं नहीं समझती कि उस फ्लैट के इतिहास के बारे में उन्हें पता है। ये लालची प्रॉपर्टी डीलर कभी किसी को सच नहीं बताते हैं।''

''हो सकता है। लेकिन कभी-न-कभी तो उन्हें पता चल ही जाएगा।''

''मैं सोच रही थी``क्या मुझे जाकर उन्हें बता देना चाहिए कि प्रवेश से पहले वे पूजा करा लें? वे बहुत कम उम्र के लगते हैं। बस, एक छोटा बच्चा है उनका।''

चुप्पी।

मनोविज्ञान में गुरु बनने की आकांक्षी 17 वर्षीय ऋतु, अपने माता-पिता के बीच इस वार्त्तालाप को मुग्ध होकर सुन रही थी। उसकी गहरी धँसी भूरी आँखें अपने पिता की प्रतिक्रिया पर ध्यान देने की कोशिश में संकुचित हो गईं। तो मम्मी इसलिए अपने नए पड़ोसी की छत पर चोरी-छिपे बार-बार नजर डालकर बहुत परेशान हो रही थीं। उनके पाँचवीं मंजिल के फ्लैट से नीचेवाले फ्लैट का विहंगम दृश्य पाने की सुविधा उन्हें प्राप्त थी। सुरुचि-संपन्न वास्तुकारों और निर्माणकर्ताओं ने प्रत्येक इकाई की बालकनी को कोण में रखा था। इसके फलस्वरूप पूरी इमारत चारों तरफ बाहर की ओर निकले हुए आच्छादित बरामदों के साथ देखने में एक पंखे जैसी नजर आती थी।

एकदम ऊपर या नीचे की मंजिल पर बने फ्लैट भिन्न स्तरों पर होने के बावजूद लगभग एक-दूसरे के सदृश थे। ऐसा होने से फ्लैटों में रहनेवालों को यह सुविधा प्राप्त थी कि वे अपने-अपने मचानों से एक-दूसरे के साथ जब चाहें तब बतिया सकते थे। किशोर-किशोरियों के बीच प्रेमालाप को बढ़ावा देने के लिए यह एकदम सही स्थिति थी। रोमियो और जूलियट अपनी-अपनी बालकनी से प्रेम-पत्रों का आदान-प्रदान सहजता

से कर सकते थे। दुर्भाग्यवश ऋतु के वास्ते कोई रोमियो उपलब्ध नहीं था; हालाँकि वह मानती थी कि वह एक बहुत ही चंचल, शोख लड़की जैसी जूलियट साबित होती। बिल्डिंग में उसकी माँ के लिए भी कोई सखी या साथिन नहीं थी। अधिकतर निवासी युवा व्यवसायी, पेशेवर लोग थे जिनके पास छत पर जाकर ताक-झाँक करने और पड़ोसियों के साथ गप-शप करने के लिए बिल्कुल समय नहीं था। लेकिन एक समय था जब मम्मी बालकनी की गोलाईदार, बेलबूटेदार रेलिंग के सहारे झुककर शाम के समय उमा आंटी से बातें करती रहती थी। दोनों के हाथों में चाय के कप होते थे और उनकी गपशप उनके पतियों के लौटने के समय तक जारी रहती थी। यह एक अजीब लगाव था। आधुनिक युग की सीताओं की तरह अपने-अपने घर की लक्ष्मण-रेखा की मर्यादा रखते हुए भी वे मुक्ति के कुछ क्षण निकाल लेती थीं। इसलिए नहीं किअगर वे बाहर जातीं तो उनके पतियों को उसपर कोई आपत्ति होती, पापा को तो बिल्कुल भी नहीं। जहाँ तक उमा आंटी के पति महोदय का सवाल है, ऋतु इतनी छोटी थी कि उसे कुछ याद नहीं लेकिन घर की अलबम में उमा आंटी तथा उनके पति का एक फोटो था। वह फोटो एक वर्ष पूजोर उत्सव के दौरान खींचा गया था। दोनों सुंदर और जवान दिखते थे। पति का रंग साँवला और कद-काठी गठी हुई और पत्नी नाटी तथा रंग एकदम गोरा। मम्मी उन्हें अमिताभ-जया बच्चन की जोड़ी कहती थी।

''क्या पुलिस कभी पता लगा पाएगी कि उन्हें किसने मारा?'' ऋतु ने जान-बूझकर यह सवाल उछाला। नहीं तो उसे डर था कि यह बातचीत यहीं समाप्त हो जाएगी। यह सवाल मम्मी की भीषण शंकाओं को भड़का देगा और उसके पिता को जवाब देना पड़ेगा। उसके माता-पिता प्रस्तुत मूल विषय से हटने की भरसक चेष्टा कर रहे थे। ऋतु उनकी इस कोशिश को विफल करने पर तुली हुई थी।

''मैं नहीं मानती कि उस घर में प्रेतात्मा का वास है। बहरहाल, हम हमेशा से यहाँ रहते आ रहे हैं और हमने कभी कुछ देखा या सुना नहीं है।''

''जो भी हो, उमा ने मुझे बताया था कि घर में जरूर किसी प्रेत का वास है। और भूलो मत...'' माँ की आवाज यहाँ थर्रा गई, ''कि इतने वर्षों में यहाँ तीन परिवार आ चुके हैं और अजीब-अजीब घटनाओं के कारण उन्हें वह घर छोड़कर जाना पड़ा है।''

कुछ क्षणों के लिए खामोशी छा गई। ऋतु ने उसपर विचार किया, जो मम्मी ने कभी कहा था। सेठ परिवार के आने से कुछ माह पहले ही उस घर में दो हत्याएँ हुई थीं। वे ठीक तेरह महीने बाद अपनी सात साल की बेटी की मृत्यु के बाद घर छोड़कर चले गए। उनके जाने के बाद सिंह परिवार आया। वे छह महीनों के अंदर ही घर खाली कर गए। कोई कारण तो नहीं बताया गया। हालाँकि उनके जाने के बाद बहुत तरह की बातें सुनने में आई थीं। लोगों ने दावा किया कि वह भूतिया मकान है। यह कहा गया कि पूर्णिमा की

रातों में अर्ध-रात्रि के समय फ्लैट नं. 401 में बत्तियाँ जल उठती हैं। उस समय किसी ने बताया कि गर्मी के उमस भरे दिनों में खिड़कियाँ खड़खड़ाने लगती हैं जबकि हवा का नामोनिशान भी नहीं होता है। सबसे बाद में जो परिवार उस फ्लैट में आकर रहा, वह अधेड़ उम्र के दंपती राय परिवार का था। वे खुश थे और आराम से रह रहे थे। लेकिन एक दिन उन्होंने अपने कुत्ते का गला कटा हुआ पाया। रहस्यमय तरीके से चीजें गायब हो जाती थीं। फिर श्री राय की मृत्यु ने मकान में भूत के होने की आशंका पर कील ठोंक दी। वह अपने बिस्तर पर मरे हुए पाए गए। डॉक्टरों के अनुसार उनकी मृत्यु दिल का दौरा पड़ने से हुई थी। कुछ दूसरों ने कहा कि उन्हें दुष्ट आत्माओं ने मारा है।

''मुझे अभी भी विश्वास नहीं होता है। आप क्या सोचते हैं, पापा?'' ऋतु ने समर्थन के लिए विद्रोहपूर्वक अपने पिता की ओर देखा। उनके घर में अक्सर ऐसे दृश्य उपस्थित होते रहते थे। माँ और बेटी की जुबानी लड़ाई में पिता को निर्णायक की भूमिका निभानी पड़ती और वह अपनी शानदार कूटनीति से स्थिति को सँभालने का यत्न करते थे। ऋतु ने जल्दी से अखबार अपनी तरफ खींच लिया ताकि वह उसकी आड़ में बचने की कोशिश न कर सकें।

परास्त पापा ने एक गहरी-लंबी साँस खींचकर संकेत दे दिया कि वह उस बहस में पड़ना नहीं चाहते जिसका कोई अकाट्य तर्क नहीं है। तभी दरवाजे की घंटी बज गई और वह उस बहस पर अपना फैसला सुनाने से बच गए जो बहस उनके घर में बहुत जल्द मान्यताओं के युद्ध में तब्दील होने जा रही थी।

इस असामयिक घुसपैठ पर नाराज ऋतु ने अपनी माँ पर मुँह बनाया। उसने सोचा भी कि आज शाम वह अपनी माँ के साथ कुछ चटपटी व मसालेदार बहस का मजा उठाएगी। वह उठी और जाकर उसने दरवाजा खोला। उसकी खुशी का ठिकाना नहीं रहा जब उसने उन्हीं लोगों को सामने खड़े पाया जिनको ध्यान में रखकर घर में बहस छिड़ी हुई थी यानी उनकी बिल्डिंग में नए-नए आए किराएदार।

''नमस्ते! मैं हूँ रिंकू बसु। हमने हाल ही में नीचेवाले फ्लोर में प्रवेश किया है। कल हम एक छोटी सी पूजा और हवन करवा रहे हैं। कृपया आप लोग सुबह 10 बजे के लगभग हमारे यहाँ प्रसाद ग्रहण करने आइए।''

मम्मी नवागतों को आमंत्रित करने फौरन आ गईं। लगता था उन्हें अपनी प्रार्थनाओं का उत्तर मिल गया।

''मेरा नाम निशा है। आपसे मिलकर अच्छा लगा। हम अवश्य आएँगे। क्या आप अंदर आने और एक प्याली चाय पीने का कष्ट नहीं करेंगे?''

उनके नए पड़ोसी नम्रतापूर्वक यह कहकर जल्दी चले गए, कि चाय पीने फिर कभी आएँगे। अभी उन्हें कल के कार्यक्रम के लिए बहुत तैयारी करनी है। माँ बहुत

खुश लगी और पड़ोसी की समझदारी की बहुत तारीफ करने लगी। वो जरूर उन दुष्ट आत्माओं के बारे में जान गए होंगे, जो उनके नए घर में बसती हैं। कितने दु:ख की बात है कि माँ ने अगर उन्हें इस बारे में पहले बता दिया होता तो कुछ सद्‌भावना अर्जित कर ली होती।

मम्मी की निरंतर चटर-पटर से तंग आकर ऋतु चुपके से अपने कमरे में चली गई। वह बेचैन थी। उनके पड़ोसियों को लेकर हुई बहस बहुत असंतोषप्रद रूप से समाप्त हो गई थी। उसकी उत्कंठा अनबुझी रह गई। यद्यपि उस समय वह केवल आठ वर्ष की रही होगी, फिर भी उमा आंटी की यादें उसके मन में सुस्पष्ट थीं। युवा ऋतु की दृष्टि में उमा वास्तव में किसी देवी से कम नहीं थी। गहरी व काली सुंदर आँखें, एकदम दूधिया रंग और कमर तक लंबे चमकीले बाल। उनको हुआ क्या था?

अगली सुबह ठीक 10 बजे ऋतु और उसकी माँ अपने सामाजिक दायित्व पूरे करने निकल पड़े। पिछली शाम हुए झगड़े के बाद से वह अपनी माँ से बात नहीं कर रही थी। उसने जानबूझकर फिरोजी रंग की सलवार-कमीज पहनी जो एक आंटी ने उसे भेंट की थी और जिस आंटी को मम्मी बिल्कुल पसंद नहीं करती थीं। कमीज का करदे जैसा गला कुछ अधिक ही गहरा और प्रकटनीय था। मम्मी ने उसकी पसंद पर गुस्से से अपने होंठ काट लिये लेकिन कुछ कहने से खुद को रोक लिया। इतना समय भी नहीं बचा था कि वह ऋतु को कपड़े बदलने के लिए कहकर झगड़ा मोल ले। वे इसलिए भी समय पर पहुँचने के लिए प्रतिबद्ध थे क्योंकि उन दोनों के मन में उस भूतिया घर को अंदर से देखने की जिज्ञासा थी जिसे वे एक-दूसरे से छिपा रहे थे।

जब वे नीचेवाले तल पर पहुँचे तब कुछ मेहमान वहाँ पहले से मौजूद थे जो शायद परिवार के सदस्य रहे होंगे। नई सफेदी के कारण घर बहुत साफ-सुथरा लग रहा था। वहाँ परदों के पीछे या कोनों के आस-पास किसी दुष्टात्मा के मँडराने के कोई संकेत नहीं थे; बल्कि वह किसी साधारण मध्यम वर्ग परिवार के फ्लैट जैसा लग रहा था। एकत्र लोगों के बीच ऋतु को अपनी हमउम्र एक लड़की को पाकर बहुत खुशी हुई। अत: मम्मी को दूसरे लोगों से मिली सूचना पूरी तरह सच नहीं थी। उस परिवार में एक छोटे लड़के के अलावा एक बेटी भी थी। कितनी अच्छी बात है!

दोनों लड़कियों की आँखें मिलते ही दोस्ती हो गई और वे पूजा के धुएँ भरे माहौल से निकलकर बाहर चली गईं। वे बहुत समय से बिछुड़े मित्रों की भाँति बतियाने लगीं। रोली एक गप्पी लड़की थी और उसे एक ऐसे श्रोता की जरूरत थी जो उसके किस्से सुन सके, जहाँ से वे हाल ही में वापस आए हैं। उसकी बातें सुनते हुए भी ऋतु को लग रहा था जैसे उसपर नजर रखी जा रही है। उसने कई बार नजर उठाकर अपने अगल-बगल देखा कि कहीं मम्मी तो दरवाजे के पास नहीं खड़ी हैं लेकिन वहाँ कोई भी नहीं

था। उसकी यह धारणा गलत थी कि यह घर कोई सामान्य घर है। घर में कोई साया, कोई प्रेत था। कोई उन्हें देख रहा था। गुस्से में! किसी सोए हुए जानवर की तरह जो घर में अचानक हलचल के कारण नींद में विघ्न पड़ने से जागकर गुस्से से भर जाता है।

मूल रूप से अतिथि-कक्ष के रूप में बनाए गए इस कमरे में माहौल सबसे ज्यादा डरावना लग रहा था। बसु परिवार ने इसे बच्चों के पढ़ने-लिखने का कमरा बना दिया था। उसका ध्यान लौटकर रोली की बातों पर आ गया। रोली एक महत्त्वाकांक्षी चित्रकार थी और अपने बनाए कुछ चित्र उसे दिखाना चाहती थी। उन्हें कल ही खोला गया था। लेकिन अभी तक यह फैसला नहीं हुआ था कि उन चित्रों को कहाँ लगाया जाए। फिलहाल वे किताबें रखने के लिए दीवार में जड़े लकड़ी के एक तख्ते या पट्टे के ऊपर रखे हुए थे। ऋतु खुद उस पट्टे की तरफ खिंची चली गई। एक आवाज ने धीमे से इशारा किया—आओ···और पास आओ। वह पट्टी मामूली लकड़ी की बनी हुई थी जिसे दीवार में जड़ दिया गया था। जंग लगी कीलों से पता लगता था कि उसे काफी समय हो गया है। रोली ने जैसे ही उस तख्ते के ऊपर रखी पेंटिंग को पकड़ने के लिए अपना हाथ लगाया तभी दीवार से जुड़ा सारा ढाँचा नीचे आ गिरा। प्रेत धीरे से बोला, 'भयानक घटनाएँ होंगी। तुम्हें उसका मूल्य चुकाना पड़ेगा।'

सब कुछ धड़ाम से नीचे आते ही धूल बैठ जाने के बाद ऋतु यह देखकर अचंभित रह गई कि दीवार पर जहाँ एक तख्त लटका हुआ था उस जगह एक आला था। आले के अंदर नीले रंग की एक डायरी पड़ी हुई थी। धूल से अँटी उस डायरी पर सुनहरे अक्षरों में 'वर्ष 2005' उत्कीर्ण था। उसी वर्ष इस फ्लैट में उमा आंटी की मृत्यु हुई थी। एक क्षण भी व्यर्थ किए बिना ऋतु ने वह डायरी उठा ली और तुरंत उस फ्लैट से बाहर दौड़ गई। उसकी नीली पोशाक में नीले रंग की डायरी छिप गई। जाते हुए उसने रोली से क्षमा माँगी और अस्पष्ट रूप से उसे बता भी दिया कि यह डायरी पहले रहकर गए किराएदारों की है और वह उनको लौटा देगी। रोली इतनी भयभीत थी कि वह अपनी माँ को ठीक से बता नहीं पा रही थी कि धूल में अँटी एक पुरानी डायरी को पाने के लिए उसने किस तरह उस तख्ते को उखाड़कर गिरा दिया था। दूसरे मेहमानों को कुछ भी गड़बड़ नजर नहीं आया और न ही कोई गड़बड़ी देखने का मौका उन्हें मिला।

घर पहुँचकर ऋतु अपनी उत्तेजना पर काबू नहीं रख पाई। उस घर में अवश्य ही कुछ था। कोई आवाज थी जिसने उसे इस डायरी तक पहुँचाया लेकिन कोई दूसरी ताकत उस डायरी को प्रकाश में नहीं आने देना चाहती थी। कौन से रहस्य उसमें छिपे हुए थे? उसने खुद को अपने कमरे में बंद कर लिया और वह बहुत ही स्पष्ट, सिलसिलेवार तथा सुंदर अक्षरों में लिखी डायरी को पढ़ने में व्यस्त हो गई।

21 मई, 2005

मैंने एक डायरी लिखने का फैसला किया है। शशि जब यहाँ नहीं होते हैं तो मेरे पास इसके बहाने कुछ काम तो होगा। एक अच्छी शुरुआत के लिए शाबाशी!

अगली कुछ प्रविष्टियाँ अहानिकर थीं। कोलकाता की एक गृहिणी के जीवन में घटी सांसारिक घटनाओं का वर्णन था। ऋतु ने निराशापूर्वक पन्नों को पलटा। उन पन्नों में कुछ भी जानने लायक नहीं था। कुछ घरेलू वस्तुओं की फेहरिस्त, सब्जी विक्रेता के साथ बातचीत, तरह-तरह के व्यंजन पकाने के नुस्खे थे। वह इतनी जल्दी अंतिम पृष्ठ तक पहुँचना नहीं चाहती थी। उसे तब तक धैर्य रखने की जरूरत थी। ठक की आवाज हुई। देखा तो पाया कि उसकी टेबल पर रखा कैलेंडर जमीन पर गिर गया था। उसने कैलेंडर उठा लिया। 29 जून! क्या यह कोई अपशकुन था? क्या उसे विश्वास करना चाहिए? कानों में आवाज आई, प्लीज। उसने तब तक पन्ने पलटे जब तक वह तारीख नहीं आई।

29 जून, 2005

मुझे लिखना आरंभ किए एक माह हो गया है। लेकिन मेरी प्रिय डायरी एक रहस्य है जो मैंने तुमसे भी छिपाकर रखा है। मैंने महीनों से इस घर में उसकी मौजूदगी को महसूस किया है। उसकी पाजेबों की छन-छन मुझे नींद से उठा देती है। मेरी भौंह पर उसकी नरम श्वास इस गर्मी में मुझे ठंडक का एहसास कराती है। वह रेत के महीन कणों की भाँति मेरी उँगलियों से फिसल जाती है। क्या वह वास्तविकता है या मेरी कल्पना का कोई अंश? लेकिन आज मैंने उसे देखा। वह सुंदर दिखती है, जैसे आकाश से उतरी कोई परी। उसकी आँखें कमल के पुष्प जैसी हैं। उसकी भृकुटि ऊँची है और उसके होंठ आकाशीय धनुष की तरह गोल हैं। वह मुझे देखकर मुसकराई। मैं समझती हूँ कि हम दोनों में दोस्ती हो जाएगी। तो अब यह प्रकट हो गया है। तुम्हें मेरे छोटे से रहस्य का पता चल गया है। लेकिन उसे मत बताना। उसे यह अच्छा नहीं लगेगा। मुझे डर है कि वह उसे ताले में बंद कर देगा और मुझसे मिलने के लिए उसे मना कर देगा।

ऋतु की दिल की धड़कनें बढ़ गईं। कोई शक्ति मौजूद है जो उसे उकसा रही है। लेकिन यह सब बड़ा क्रांतिजनक था। उमा क्या देख रही थी? सपना कतई डरावना नहीं लगता था। 'वह' से उसका अभिप्राय क्या था या किसकी ओर इशारा था? उसने कुछ और पन्ने पलटे और वर्णित दृश्यों के संदर्भों को खोजने का प्रयास किया। एक पृष्ठ पर आकर वह रुक गई जो थोड़ा मरोड़ा हुआ लगता था—कुछ-कुछ उसकी डायरी के पन्नों जैसा जो मम्मी के साथ तीखी बहस के बाद आँसू झरने के कारण भीगने से गंदे हो गए थे।

जुलाई 6, 2005

मैं असमंजस में हूँ। मुझे क्या करना चाहिए? आज राधा आँसू बहा रही थी। उसका जीवन खतरे में है। यह वही राक्षस है। वह उसपर नजर रखे हुए है। वह कहती है कि मेरे घर में वह सबसे ज्यादा सुरक्षित महसूस करती है। प्रवेश द्वार पर गणेश की मूर्ति और घर के पूर्वी कोने में स्थित मंदिर का इतना प्रभाव अवश्य है कि वह अंदर नहीं आ सकता। लेकिन राधा चिंतित और भयभीत है। वह बोल भी नहीं सकती। मुझे माँ से बात करनी होगी और हम सबकी सुरक्षा के लिए जल्दी कोई पूजा करवानी होगी।

11 जुलाई, 2005

सॉरी डियर! मैं सत्यनारायण की पूजा का आयोजन करने में इतनी व्यस्त रही कि मैं अपने विचार तुमसे साझा नहीं कर सकी। लेकिन प्रभु की कृपा से सब कुछ ठीक-ठाक हो गया। शशि को आश्चर्य अवश्य हुआ कि इतना कम समय देकर अकस्मात् पूजा कराने की बात क्यों सूझी। असल में राक्षस के बारे में मैंने उसे कुछ बताया नहीं है। उसे चिंता में डालने का कोई लाभ नहीं है। लेकिन तुम और मैं जानते हैं कि उसके लिए बहुत चिंता की बात है। पंडित ने जब अनाज के दाने अग्नि में डाले तब चर-चर की जो अचानक आवाज उठी थी वह तो तुमने सुनी होगी। अनाज के दाने कमरे में सर्वत्र बिखेरने से उठे घने काले धुएँ ने हमको अंधा कर दिया। ऐसा तभी होता है जब वातावरण में प्रेतात्माएँ मौजूद रहती हैं। ईश्वर की कृपा से अभी वे सब परास्त हो गई हैं। पंडित ने ऐसा ही कहा। चीत्कार जैसी कर्कश ध्वनि बताती है कि अग्नि ने उन्हें नष्ट कर दिया है। मैं विश्वास करना चाहती हूँ कि वह चीख राक्षस के मुँह से तब निकलती है जब वह जल रहा होता है। उसे भी उतना ही कष्ट मिले जितना कष्ट राधा सहती है।

20 जुलाई, 2005

मैं तो रात से सोई नहीं हूँ। मुझे हर समय राधा की सिसकियाँ सुनाई देती हैं। वह पीड़ा में है। राक्षस ने उसे पकड़ लिया है। उसने राधा को जंजीरों में बाँध रखा है और वह उसे यंत्रणा दे रहा है। कभी-कभी वह उसे पानी भी नहीं देता है। मैं सुन सकती हूँ। वह एक घूँट पानी के लिए भीख माँग रही है और याचना कर रही है। लेकिन वह बेरहम है। मैं उसे इस दशा में नहीं देख सकती। मैं ताँबे के एक कटोरे में कुछ पानी भरकर रसोई की खिड़की के पास रख देती हूँ। यह उसके पास है जहाँ उसने राधा को बंदी बना रखा है। जब भी वह निकल सकती है तब वहाँ आती है और अपनी प्यास बुझा लेती है। लेकिन वह पूरी तरह उससे दूर कभी नहीं जा सकती। एक खूँटे से बँधी गाय की तरह वह आसपास घूम तो सकती है लेकिन एक सीमा के आगे नहीं जा

सकती। उसने बुने हुए धागे की भारी जंजीरों में उसे बाँध दिया है। ये नाजुक जंजीरें उसे तभी पीछे खींच लेती हैं जब-जब वह दूर जाने का प्रयास करती है। मैं उसकी सहायता करना चाहती हूँ, कुछ मात्रा में उसकी वेदना और उसके कष्ट को सोख लेना चाहती हूँ। जब मैं असलियत में बहुत कोशिश करती हूँ और ध्यान केंद्रित करती हूँ तब उसके कष्ट को कुछ हद तक अपना कर पाती हूँ। वह अपनी पीड़ा और भय मुझे दे देती है। आज देखो, मेरी ऊपरी बाँहों पर लाल निशान पड़े हुए हैं जहाँ राक्षस ने उसे कसकर पकड़ा है। राक्षस हमारे मंत्र-तंत्र के प्रभाव को तोड़ने में सफल हो गया है। हमारे पर्दे इतने मजबूत नहीं थे कि उसे बाहर रख सकें। पूर्णमासी के बाद हमारी पूजा का प्रभाव कम हो गया है। वह अब हर दिन राधा का खून पी रहा है और शक्ति प्राप्त कर रहा है। वह उसे रोकने में अक्षम है। आज देवता, गणेश और महिषासुर-मर्दिनी दुर्गा मुझे इतनी शक्ति प्रदान करें कि मैं उसे मिटा सकूँ।

ऋतु ने यहाँ कुछ क्षणों का विराम लिया। पढ़ने के लिए दो-चार पृष्ठ ही शेष रह गए थे। उसने अब तक जो कुछ पढ़ा था, उसकी कड़ियों को जोड़ने का प्रयास किया। लेकिन उसका कोई मतलब उसके पल्ले नहीं पड़ा। यह कोई साधारण गृहिणी नहीं थी जो अपने घरेलू दु:ख-दर्द की चर्चा कर रही हो। हत्याओं के रहस्य का मुख्य सुराग यहीं कहीं था। वह उस गूढ़ रहस्य को खोलना चाहती थी। राधा कौन थी? उमा आंटी के बदन पर निशान कैसे पड़े? वहाँ कोई ऐसा राक्षस कैसे हो सकता है जिसे उस इमारत में किसी और ने नहीं देखा?

27 जुलाई, 2005

मैं थकी हुई हूँ। शशि किसी मीटिंग के लिए सुबह राँची चले गए। पिछली रात मेरे लिए अत्यंत कठिन साबित हुई। मैं राधा की चीखें सुन रही थी। वह मदद के लिए चिल्ला रही थी क्योंकि राक्षस उसे फिर परेशान कर रहा था। मैं नहीं कह सकती कि वह कभी उसकी गुलामी से मुक्त हो पाएगी। राक्षस पर उसकी दया याचनाओं का कोई असर नहीं होता। वह उसे बार-बार लूटता-खसोटता है और फिर उसे बुरी तरह रोते-बिलखते छोड़ देता है। मैं असहाय मूक-दर्शक बनी उनके द्वंद्व-युद्ध को देखती रहती हूँ। राधा राक्षस पर प्रहार करती है। मैं देवी दुर्गा से प्रार्थना करती हूँ कि अपनी कुछ शक्ति राधा के नाटे शरीर में भर दे। जब वह स्वयं को छुड़ाने की नाकामयाब कोशिश करती है तो राक्षस उसपर हँसता है और उसकी कलाइयों व बाजुओं को अपने दमदार पंजों में पकड़कर पीस डालता है। कुछ ही मिनट में सारा खेल खत्म हो जाता है।

मैं रोती हूँ और राधा की पीड़ा को महसूस करती हूँ। मैंने एकाग्रता की वह तकनीक सीख ली है जो उसकी कुछ पीड़ा को मेरे अंदर समेटने में मेरी सहायता करती

है। उसकी चूड़ियों के टुकड़ों में मेरी कलाइयों को जख्मी कर दिया है और मेरी बाँहों को चीर-फाड़ दिया है। लेकिन मैं उसे छुड़ाने और मुक्त करने में असमर्थ हूँ।

आज रात मुझे उससे बात करनी होगी। हाँ, जब राक्षस एक बार अपने रैन बसेरे में चला जाएगा तब हम इस बारे में चर्चा और सोच-विचार करेंगे कि क्या करना चाहिए। इसका अंत होना आवश्यक है।

''ऋतु, ऋतु! क्या कर रही हो? डिनर ठंडा हो रहा है।''

ऋतु ने अनिच्छा से डायरी बंद कर दी और उसे अपने तकिए के नीचे छिपा दिया तथा अगाथा क्रिस्टी की किताब 'डैथ ऑन द नील' उसके ऊपर रख दी। उसने डायरी अचानक मिलने की बात किसी को भी नहीं बताई थी बल्कि अपने कमरे में जाकर कमरा अंदर से बंद कर लिया था और डायरी पढ़ने में व्यस्त हो गई थी। फिर भी उसने स्वभाव से अत्यंत सावधान होने के बावजूद वह रहस्यमय उपन्यास एक चेतावनी के रूप में वहाँ रख दिया था। ऐसी बात नहीं थी कि वह उस डायरी को अपनी मम्मी से छिपाना चाहती थी। किसी को उस डायरी के बारे में बताने से पहले वह उसे पूरा पढ़ लेना चाहती थी। तथापि, उसके अंदर एक प्रकार का संघर्ष चल रहा था। आंशिक रूप से वह बहुत उद्विग्न थी जिसकी वजह से बेचैन थी। उसके मन में विरोधाभासी विचार आ रहे थे। कभी वह डायरी को रद्दी की टोकरी में फेंक देना चाहती थी तो कभी वह उसका एक-एक पन्ना और एक-एक शब्द बार-बार पढ़ना चाहती थी। भय जिज्ञासा को बढ़ा रहा था। तर्क ने जिन निष्कर्षों की ओर इशारा किया था सहज बुद्धि ने उन्हें नकार दिया।

एक चित्र उभर रहा था—जवान लड़की एक खूबसूरत आदमी से प्रेम करने लगती है। लड़की अमीर घर की है और लड़का गरीब है। लड़की के माता-पिता इस प्रेम-संबंध के खिलाफ हैं। वे भाग जाते हैं। उसके माता-पिता उन्हें वापस करने के लिए भाड़े के गुंडे उनके पीछे लगा देते हैं। वे दोनों उमा आंटी के घर में शरण लेते हैं। न-न-न। इसमें राक्षस के लिए कोई जगह नहीं है। और हीरो कहाँ है? उसने प्रयत्न किया। अमीर आदमी, गरीब लड़की। वह वादे कर-करके उसे बेवकूफ बनाता है लेकिन है एक केसानोवा। विश्वासघात और दुःख की मारी वह उमा आंटी के घर पहुँच जाती है। उसके चले जाने के बाद उसे समझ में आता है कि वह वास्तव में उसे चाहता है। वह उसे खोज लेता है। वह उससे प्यार करती है लेकिन चाहती है कि वह उसे विश्वास दिलाए कि वह फिर उससे झूठ नहीं बोल रहा है। वह उसका दिल जीत लेता है। तत्पश्चात् वे दोनों हमेशा खुश रहने लगते हैं। लेकिन यह कहानी भी कुछ ठीक नहीं बैठी। तब क्या वास्तव में वहाँ कोई प्रेत था, एक दुष्ट चुड़ैल जो बच्चों को खा जाती थी और आदमियों का खून पी जाती थी—शायद उसने ही श्रीमान राय और सेठ दंपती की

बेटी की हत्या की होगी। कोई जवान स्त्री जिसे पिछले जन्म में भ्रष्ट कर दिया गया था शायद वह उसी जगह रहती रही होगी जहाँ आज यह बिल्डिंग खड़ी है और उसके पति की दूसरी पत्नी ने उसकी हत्या की होगी। दूसरी शादी के चौथे दिन धोखेबाज पति और उसकी नई दुलहन ने चाकू घोंपकर उसे मार दिया। तभी से उसकी भटकती आत्मा ने चौथे फ्लोर के फ्लैट में रहनेवाले नव-विवाहित जोड़ों को मारना शुरू कर दिया। उस चुड़ैल ने पहले उन्हें मारा और फिर उनका खून पी गई। इससे पहले कि वह इस ख्याल को दृढ़तापूर्वक मन से निकालती तब उसकी आँखों के सामने खून भरे होंठोंवाली चुड़ैल की छवि तैर गई। नहीं! कोई तर्कसंगत स्पष्टीकरण होना चाहिए। पापा हमेशा यही कहते हैं और वह तब तक चैन से नहीं बैठेगी जब तक सही बात की तह तक नहीं पहुँच जाती।

तब क्या डायरी की लेखन-शैली में कोई सुराग था? आरंभ में उमा ने अनेक सांसारिक बातों के बारे में लिखा—उस सब्जी विक्रेता के बारे में लिखा जो एकदम ताजा सब्जियाँ लेकर आता था। घर का काम करने के लिए आनेवाली नौकरानी के बारे में लिखा और फिर किसी पड़ोसी या दोस्त के साथ बातचीत के बारे में भी। धीरे-धीरे उसकी सभी प्रविष्टियों में केवल राधा और राक्षस का जिक्र आने लगा। उसे राधा के कष्टों की बहुत चिंता रहती थी और वह उसे बचाना चाहती थी। विचित्र बात तो यह है कि उसने अपने पति के संबंध में विशेष कुछ नहीं लिखा, सिवाय इसके कि वह किसी दौरे पर जा रहा है। लगता है, वह ज्यादातर सफर में रहता था। जब वह कोलकाता में था, तब भी जैसा कि ऋतु ने समझा, वह देर तक काम करता था और शाम को बहुत देर से वापस आता था। शायद अकेलेपन के कारण ही उमा ने राधा नाम का कल्पित पात्र गढ़ लिया। या क्या सचमुच में कोई स्त्री थी जिसकी पहचान को वह बचाना चाहती थी? और वह राक्षस कौन था जिसके प्रहार उमा के शरीर और उसके मन को जख्म दे रहे थे? या क्या वह भी उसके पति की अनुपस्थिति तथा एकाकीपन के कारण उपजी अत्यधिक सक्रिय कल्पना का परिणाम था? क्या वह सब एक अस्थिर मन का दृष्टि-भ्रम मात्र था?

''मम्मी, क्या उमा आंटी के पति बहुत अधिक भ्रमण करते थे?'' ऋतु ने यह सवाल आलू पराँठा खाते-खाते दाग दिया। वह इस विषय पर मम्मी से बहस नहीं करना चाहती थी, लेकिन यूँ ही मुँह से निकल गया।

इसपर मम्मी ने उसपर एक पैनी नजर डाली। उन्होंने अपने भूतपूर्व पड़ोसियों के व्यक्तिगत जीवन के बारे में कभी चर्चा नहीं की थी। उसे यह भी पसंद नहीं था कि ऋतु उस दिशा में झाँकने के लिए बहुत अधिक उत्सुक हो। जब मम्मी ने जवाब नहीं दिया तो ऋतु जिद पकड़ गई और समर्थन के लिए अपने पिता की ओर देखने लगी। डिनर टेबल

पर मम्मी की डाँट-डपट के विरुद्ध वही उसकी एकमात्र आशा थे।

"मुझे शंका हो रही थी कि एक बड़े अनजान शहर में अकेले रहने के दबाव के कारण उमा आंटी कुछ मेंटल...मेरा मतलब है मानसिक रूप से विक्षिप्त तो नहीं हो गई थीं?"

ऋतु को विषय की दिशा बदलते और अपने पिता की ओर मुखातिब होते देख मम्मी ने बातों को उसी मोड़ पर समाप्त करने का फैसला किया।

"उस अभिशप्त फ्लैट में होकर आने से ही तुम्हारे दिमाग में ये ऊल-जलूल विचार उठ रहे हैं। हमारे पास पहले ही क्या कम उलझनें हैं जो हम अपने पड़ोसियों की जिंदगी में ताक-झाँक करने की कोशिश करें। अपना खाना खत्म करो और फिर कूलर भरने में मेरी मदद करो। नहीं तो सोच लो, रात भर तुम्हें गर्मी में सोना पड़ेगा।"

ऋतु ने तुरंत पिछला गियर डाल दिया और समझौते के मूड में आ गई।

"ठीक है। पर क्या तुम्हें पता है कि उमा आंटी की राधा नाम की कोई बहन या सहेली थी?"

इस अप्रत्याशित सवाल ने मम्मी का संतुलन बिगाड़ दिया और वह भूल गई कि उन्हें पड़ोसियों के व्यक्तिगत जीवन के बारे में बहस नहीं करनी थी। उसने अपना सिर झटका।

"जहाँ तक मुझे याद पड़ता है, उमा की कोई बहन नहीं थी; लेकिन फिर उसकी कोई रिश्ते की बहन रही होगी। पर तुम क्यों पूछ रही हो?"

अब कन्नी काटने की बारी ऋतु की थी। वह ऐसी कोई सूचना प्रकट करना नहीं चाहती थी जिसके कारण डायरी पर उसका कब्जा खतरे में पड़ जाए। कम-से-कम तब तक तो नहीं जब तक कि वह उसे पूरा पढ़ न ले। इस नाजुक मसले पर और कोई बहस किए बगैर उसने जल्दी अपना डिनर खा लिया, कूलर भरने में मदद की और अपने कमरे में लौट गई।

कितनी निराशाजनक बात है कि मम्मी उस राधा को नहीं जानती हैं, जिसका उल्लेख उस डायरी में है। सहज बुद्धि कह रही थी कि राधा असल में कोई स्त्री है। ऋतु को संदेह था कि वह कोई करीबी दोस्त या रिश्तेदार रही होगी जो उमा के यहाँ रात में रहने आई थी।

सोने से पहले कपड़े बदलते समय उसके मन में एक और घटनाक्रम का चित्र उभरने लगा। राधा का प्रेमी या पति धोखेबाज था जिससे वह भाग रही थी। वही राक्षस था। वह उमा के घर में नहीं आ सकता था। हो सकता है कि उसे पता न हो कि राधा वहाँ छिपी हुई है। एक दिन राक्षस को राधा का पता चल जाता है और वह जबरदस्ती घर के अंदर आ जाता है। उसने राधा का अपहरण कर लिया। उमा और उसके पति ने

राधा को बचाने की कोशिश की लेकिन उस भीषण लड़ाई में उनकी जान चली गई। किस्सा समाप्त। ऋतु ने सोचा कि उसने गुत्थी सुलझा ली है लेकिन वह अपनी कल्पित कहानी की पुष्टि करने के लिए डायरी को शुरू से अंत तक पढ़ लेना चाहती थी।

28 जुलाई, 2005

मुझे कुछ सूझ नहीं रहा है। मैं राधा को बचाने की कोशिश करती हूँ और नए-नए उपाय सोचती रहती हूँ लेकिन कोई उपाय काम नहीं आता है। राक्षस की नींद बढ़ गई है। वह सोचता है कि उसकी ताकत घट रही है। उसे अभी तक पता नहीं है कि मैं उसे चुपके से नींद की दवा पिला रही हूँ। उसे कमजोरी महसूस होती है और उसे विश्वास होने लगा है कि वह राधा का खून पीकर ही अपनी ताकत बनाए रख सकता है। वह हर रोज अपनी प्यास बुझाता है। वह जब अपना काम कर चुका होता है, उसके बाद मैं राधा के पास जाती हूँ। वह रसोई के पास अलमारी में छिप जाती है। राक्षस की रेशमी जंजीरें उसे इतनी दूर ही जाने देती हैं, उसके आगे नहीं। मैं उसे पानी देती हूँ, उसके घावों को धोती हूँ और उसकी पीठ सहलाती हूँ ताकि उसे आराम मिले। सुबह जब मैं जाना चाहती हूँ, वह मेरी कलाई पकड़ लेती है और मुझसे रुके रहने की विनती करती है। मैं नहीं रुक सकती। शशि के जागने का समय हो रहा है। उसे राधा के बारे में अभी तक पता नहीं है। अगर मैं बहुत देर तक रुकी रहूँ तो उसे पता चल जाएगा। उसे पहले से ही शंका है कि कुछ गड़बड़ है। विशेषकर तब उसका संदेह और बढ़ जाता है जब वह मेरे चेहरे पर खरोंचें और मेरे बदन पर चोट के निशान देखता है। मैं इन्हें शेष दुनिया की नजर से छिपाती हूँ। पड़ोसियों को पता नहीं चलना चाहिए। लेकिन शशि के मन में संदेह है। मुझे किसी भी कीमत पर सच्चाई उससे छिपानी है। मेरी डायरी, मैं तुझे बाहर निकालने का साहस नहीं कर सकती। अगर उसने तुझे देख लिया तो उसे सारी बात पता चल जाएगी। मैं जानती हूँ, तू अतिथि-कक्ष में उस फोटो के पीछे आले से बाहर आना चाहती है। सॉरी, तुझे वहीं छिपे हुए पड़े रहना होगा।

ऋतु ने एक गहरी साँस खींची। डायरी का विश्राम-स्थल कोई आकस्मिक घटना नहीं थी। उमा ने जान-बूझकर डायरी को उस आले में रखा था। यह बात अविश्वसनीय लगती थी कि पुलिस जाँच के बावजूद डायरी का पता नहीं लग पाया। अगर रोली ने अपने बनाए चित्र उस टाँड़ पर नहीं रखे होते तो यह वहीं छिपी पड़ी रहती। उसने अगली प्रविष्टि पर दृष्टि डाली। उस डायरी में यह अंतिम प्रविष्टि थी। दूसरी प्रविष्टियों के विपरीत प्रत्येक पैराग्राफ में हस्तलेख भिन्न था। उमा ने सार-वृत्तांत एक बार में नहीं लिखा, हालाँकि एक ही तिथि के अंतर्गत लिखा गया था। फिर उसने इसे एकल प्रविष्टि के रूप में क्यों प्रस्तुत किया? ऋतु को अब पक्का विश्वास हो गया कि वह पहेली के

अंतिम पड़ाव में पहुँच गई है। एक गहरी साँस लेकर उसने आगे पढ़ना जारी रखा।

5 अगस्त, 2005

उसे गए हुए तीन और रातें बीत चुकी हैं। आज रात वह लौट आएगा। राधा मुझसे मदद की गुहार लगा रही है। मेरा दिल मुझे उसकी तरफ खींच रहा है, लेकिन मेरा मन मुझे रोक देता है। मैं उसकी याचनाओं को स्वीकार नहीं कर सकती। इतना साहस नहीं है मुझमें। लेकिन वह जिद कर रही है। मैंने मना कर दिया है लेकिन वह मानने को तैयार नहीं। बता मुझे, डायरी···

मैंने कैलेंडर देख लिया है। आज पूर्णिमा की रात है। राधा ने मुझे कहा है कि आज रात हमें चूकना नहीं चाहिए। यह हमारा आखिरी मौका है। राक्षस की शक्ति चंद्रमा के बढ़ने के साथ-साथ हर दिन कम होती रही है। आज की रात के बाद, चंद्र-किरणों के क्षीण होते जाने के साथ उसकी शक्तियाँ बढ़ने लगेंगी। अपनी शक्ति को बढ़ाए रखने के लिए आज रात वह राधा के प्राणों को पूरी तरह चूस लेने के इरादे से आएगा। वह बहुत डरी हुई है। मैं भी उसके लिए डर रही हूँ। क्या उसकी रक्षा करने के लिए मुझे सब कुछ दाँव पर लगा देना चाहिए? वह क्या कहेगा?

हमने एक पूजा का आयोजन किया है। सारी व्यवस्था हो गई है। यह पूजा मैं स्वयं करूँगी। मैं पंडित को बुलाने का खतरा मोल नहीं ले सकती। फिर उसे सब पता चल जाएगा। खैर, यह एक साधारण पूजा है जिसमें काली से विनती की जाती है कि राक्षस का विनाश करने में वह हमारी सहायता करे। काली माँ के आशीर्वाद और उसकी शक्ति के सहारे आज रात हम उसका मुकाबला करेंगे।

सब कुछ योजनानुसार चला। पूजा सफल हुई और हमें देवी का आशीर्वाद प्राप्त हुआ। राधा और मैं बैठक में रँगे मनकेदार पर्दे के पास आकर छिप गए। उनकी टन-टन की आवाज बड़ी मधुर होती है। उन्हें शायद मेरा स्पर्श अच्छा लगता है। लेकिन आज रात वे चुप हैं। मैं भी ऐसे शांत बनी रही जैसे पत्थर में उत्कीर्ण कोई मूर्ति। राधा दूसरे कोने में निश्चेष्ट खड़ी थी। मुझे खिड़की से छनकर आती चाँदनी में उसकी नाटी छाया दिख रही थी। अपने हाथ में उसने माँ काली से प्रसाद-स्वरूप प्राप्त एक तलवार पकड़ी हुई थी। उसके आने की किसी आहट के पहले ही मुझे उसकी मौजूदगी का एहसास हो गया। राधा ने भी उसकी आहट सुनी। राक्षस अंदर आ रहा था। वह चुपके-चुपके जरा भी आवाज किए बिना आ रहा था; लेकिन हमारे कान चौकन्ने थे और उसके कदमों की दबी आवाज भी पकड़ सकते थे। वह और करीब आ गया। मैंने अपनी साँस रोक ली। मेरा बदन भागने के लिए व्यग्र हो उठा। मैंने देखा, राधा ने तलवार ऊपर उठाई हुई है। उसके बाजू सख्त हैं। एक पल में जो होना था सब हो गया। तलवार जाकर ठीक निशाने

पर पड़ी। शारीरिक शक्ति के अभाव के बावजूद राधा के भय और घृणा ने उसे वह ताकत दे दी जिसकी उसे बहुत आवश्यकता थी।

राक्षस का सिर बीच से दो हिस्सों में फट गया था और वह नीचे पड़ा हुआ दर्द से कराह रहा था। राधा और मैंने भय एवं घृणा-मिश्रित भाव से उसपर एक नजर डाली।

हम उसे धीरे-धीरे मरते हुए देखना चाहते थे ताकि उसे भी उसी पीड़ा और संत्रास से गुजरना पड़े जो कष्ट उसने राधा को दिया था। हम चाहते थे कि उसकी तुरंत मौत हो जाए। कौन जाने अगर वह काफी समय तक जीवित रहा तो वह हमें तबाह करने के लिए कोई मायावी चाल चल सकता है। उसका तड़पता बदन जब हमारी आँखों के सामने ठंडा पड़ गया तब मैंने एक लंबी साँस छोड़ी जो अनजाने में अब तक रोकी हुई थी। मैं राधा की तरफ मुड़ी। अब इसे चाहे रोशनी का कोई चमत्कार कहें या मेरी कल्पना की उपज चूँकि अब वह अंदर से ज्योतित लग रही थी। उसके मुख से एक उज्ज्वल आभा छिटक रही थी। दुर्गा के मुख पर भी तब ऐसी ही चमक रही होगी जब महिषासुर उसके हाथों मारा गया। एक भी शब्द निकाले बिना मैंने घुटनों के बल झुककर उसे प्रणाम किया। उसने आशीर्वाद देने की मुद्रा में अपना हाथ उठाया और मैंने अपने अंदर मुक्ति के लिए एक तीव्र उत्कंठा को जागते महसूस किया। मेरे हृदय ने अनजाने ही उसके लिए एक मौन प्रार्थना की। उसके दूसरे हाथ में राक्षस के गरम खून से भीगी हुई तलवार थी। मैं उठना चाहती थी लेकिन मेरा बदन मेरा साथ नहीं दे रहा था। लोहित इस्पात और शीतल धातु की एक दमक मेरी त्वचा का स्पर्श कर रही थी। मुझे कोई पीड़ा महसूस नहीं हुई। अगर कुछ था तो सिर्फ मुक्ति का एहसास। राधा ने मेरा हाथ उसी तरह पकड़ा हुआ था जैसे मैंने बहुत बार उसका हाथ पकड़ा था। उसके बोल नरम और सुखदायी थे। मेरी विदीर्ण काया और मन के लिए उन स्वर्णिम और शहद की मानिंद मीठे स्वरों का संस्पर्श अंदर से मुझे स्वस्थ करने वाला था। सब कुछ ठीक होने जा रहा है यह मैं जानती हूँ।

डायरी में जो कुछ भी लिखा था वह इस बिंदु पर आकर एक रहस्यमय किंतु सुस्पष्ट ढंग से समाप्त हो गया। ऋतु असमंजस में थी कि वह इसका क्या अर्थ निकाले। उसने अपनी याददाश्त को खँगालकर उस अपराध के वास्तविक तथ्यों तक पहुँचने का प्रयत्न किया जो अपराध लगभग एक दशक पहले हुआ था। उसे जहाँ तक याद पड़ता था कि उमा के पति की मृत्यु सिर पर कोई गहरी चोट लगने के कारण हुई थी। उमा ने खुद अपनी छाती में चाकू घोंप लिया था। वह एक बड़ा चाकू था जिसे सामान्य भाषा में 'दाव' कहा जाता है। अरुणाचल प्रदेश की अपतानी जाति इस प्रकार का चाकू बनाती है। वह प्रदर्शनीय हथियार उन्हें किसी ने तब भेंट-स्वरूप दिया था जब वे अवकाश पर भ्रमण के लिए गए थे और उसे उन्होंने अपने ड्राइंग-रूम में बड़ी शान से रखा हुआ था।

28 इंच की लंबी धारवाले इस चाकू के वार ने उस रात पति-पत्नी को इस संसार से हमेशा के लिए विदा कर दिया था।

डायरी में अंतिम प्रविष्टि के अनुसार राधा ने उमा पर वार किया था। लेकिन अगर ऐसी बात थी तो उमा ने डायरी में कैसे लिखा? इसके बारे में कोई स्पष्ट विवरण नहीं था। क्या यह संभव था कि उमा आत्महत्या करना चाहती थी और इसमें राधा उसकी मददगार बनी? लेकिन वह ऐसा क्यों करेगी चूँकि ये सभी तर्क व्यर्थ थे।

शक्तिहीन व निर्बल ऋतु ने बत्तियाँ बुझा दीं और सोने का उपक्रम किया। निद्रा में उसे दुर्गा के वेश में अति सुंदर राधा, दस सिर वाला एक राक्षस और उससे सहायता व न्याय के लिए रोती हुई उमा अजीब-अजीब सपने दिखाई दिए। अगली सुबह जब उसकी आँखें खुलीं तब वह बहुत थकान महसूस कर रही थी। वह डायरी किसी ऐसे व्यक्ति के हाथों में सौंपने का समय आ गया था जो उस डायरी में बंद पहेली को सुलझा सके और हत्यारों को सजा दिला सके।

पापा ऑफिस के लिए निकल गए थे। उसके मन में यह द्वंद्व चल रहा था कि वह पापा के लौटने तक इंतजार करे या सारी बात मम्मी को बताकर अपने मन का बोझ उतार दे। नाश्ता सामने रखा था लेकिन उसका ध्यान इस समस्या पर गंभीर सोच-विचार करने में लगा हुआ था। इस दौरान कब उसकी मम्मी आकर बगलवाली कुर्सी पर बैठ गई, उसे कुछ पता नहीं चल पाया। मम्मी बहुत परेशान व बेचैन लग रही थी। मम्मी को इस दशा में देखकर ऋतु एक क्षण के लिए अपनी सारी दुविधा को भूल गई।

"यह क्या है, मम्मी?"

"तुझे पता है, कल रात तूने मुझसे क्या पूछा था? तूने पूछा था कि क्या उमा की राधा नाम की कोई सहेली या कोई बहन थी।"

"हाँ, और आपने कहा कि जहाँ तक आपको पता है, कोई नहीं थी। क्या अब आपको कुछ याद आ गया है?"

मम्मी ने स्वीकृति में सिर हिलाया। ऋतु खुशी में उछल पड़ने वाली थी। इस राधा के पास सारे जवाब होंगे।

"जैसा कि तुझे शायद मालूम हो, उमा और शशि मीरपुरी सिंधी थे। सिंधी समाज में एक विचित्र प्रथा है। शादी के समय लड़के का परिवार लड़की को एक नया नाम देता है। उनके परिवार में लड़की को उस नए नाम से ही पुकारा जाता है। संभवतया, इसका संबंध एक नए जीवन की शुरुआत करने से है। शशि के परिवार द्वारा उसे दिया गया नाम 'उमा' था। उसका अपना नाम राधा था।"

□□□